Chiemsee-Verschwörung

Der Rosenheimer Heinz von Wilk war schon vieles in seinem Leben: Musiker, Weltreisender, Künstleragent und später viele Jahre Immobilienhändler in Spanien. Nach langer Zeit im Ausland lebt er nun wieder in seiner Heimat im Chiemgau und schreibt hier seine »etwas anderen« Chiemsee-Krimis. Der vorliegende Band erzählt Stockers dritten Fall.
www.heinz-von-wilk.de

HEINZ VON WILK

Chiemsee-Verschwörung

OBERBAYERN KRIMI

emons:

Bibliografische Information der Deutschen Nationalbibliothek
Die Deutsche Nationalbibliothek verzeichnet diese Publikation in der Deutschen Nationalbibliografie; detaillierte bibliografische Daten sind im Internet über http://dnb.d-nb.de abrufbar.

MIX
Papier aus verantwortungsvollen Quellen
FSC www.fsc.org
FSC® C083411

Umschlagmotiv: iStockphoto.com/fotoblanko40
Umschlaggestaltung: Tobias Doetsch
Gestaltung Innenteil: César Satz & Grafik GmbH, Köln
Lektorat: Carlos Westerkamp
Druck und Bindung: CPI – Clausen & Bosse, Leck
Printed in Germany 2014
ISBN 978-3-95451-366-6
Oberbayern Krimi
Originalausgabe

Dieses Werk wurde vermittelt durch die
Michael Meller Literary Agency GmbH, München.

Irgendwo, unten in einer abgelegenen Chiemsee-Bucht

Ganz hinten im Mund, da hatte er den Geschmack von Blut und Brackwasser. Und der Geruch, hier in der engen und dunklen Kiste, der war irgendwie … sumpfig.

Bewegen konnte er sich nicht, aber er spürte, wie das Blut langsam und mit jedem Herzschlag aus seinem Körper floss: aus der tiefen Schnittwunde an der Schulter und aus der Schusswunde am Bauch. Undeutlich und gedämpft hörte er die Kerle da draußen lachen und reden. Einer, wahrscheinlich der Große, der mit dem rasierten Schädel und der Tätowierung am Hals, der sagte: »Hier, du, schlaf nicht ein. Grab jetzt. Ja, genau da, wo du stehst. Da findet ihn so schnell keiner. Ich halte die Lampe. Und du gehst da rüber und beobachtest die Straße. Und ihr zwei legt die scheiß Kiste solange da hin und helft ihm hier graben. Los, Freunde, vorwärts, die Uhr tickt.«

Die Kiste wurde auf den Boden geworfen, und eine gelbe blitzende Schmerzwelle fegte durch den gefesselten Mann. Hinter dem grellen Schmerz kam ein dichter, dunkler Nebel durch den geschundenen Körper gekrochen, der, von den Beinen ausgehend, sich schnell nach oben ausbreitete. Aus dem Nebel erklang ein Flüsterchor. Stimmen, erst ganz leise und unverständlich.

Dann verstand er sie.

Komm, gib auf, sagten sie. Lass dich einfach fallen. Dann nehmen wir die Schmerzen mit, und da, wo du dann hingehst, da gibt es keine Schmerzen mehr. Gib einfach auf und ruh dich aus.

Aufgeben, dachte er, das kann vielleicht auch ein gutes Gefühl sein. Jetzt nicht aufgeben und davonlaufen, sondern aufgeben und schauen, was dann kommt. Nur mal schauen.

Nur ein bisschen ausruhen. Sterben kann ich, wenn ich tot bin.

Donnerstag, in Atzdorf bei Prien. Musikkneipe »Endstation«, 09.48 Uhr

»Jetzt halt doch mal die Zeitung ruhig, Albin. Hier, der da, der Kerl in der zweiten Reihe. Der auf dem Foto, da auf der Titelseite. Der blasse Typ in der zweiten Reihe. In dem grauen Anzug. Den hab ich schon mal gesehen, aber wo?«

Zeno nimmt seine Butterbreze, beißt ein Stück ab und schaut gedankenverloren auf die Zeitung, die der Stocker auf der anderen Seite des Tisches vor dem Gesicht hat.

Es hätte so ein schöner Tag werden können: Gestern war Mittwoch. Und jeden zweiten Mittwoch ist Rock 'n' Roll angesagt in der »Endstation«. Live und laut. So war's auch gestern. Der Laden war rappelvoll, die Stimmung perfekt. Der Umsatz wie immer super, und jetzt, beim Frühstück unter den Kastanienbäumen im Biergarten vor der Wirtschaft, die früher mal ein Bahnhof war, sind Stocker, Zeno, die Nellie und Josef, der hauptberufliche Dackel, versammelt. Auf dem Tisch: Kaffee, Brot, Semmeln, Butterbrezen, gekochte Eier, Schinken, verschiedene Marmeladen und Honig.

Stocker, der eine schmerzhafte Wasserblase zwischen Daumen und Zeigefinger hat, wahrscheinlich von der vielen Trommelei gestern Nacht, schaut über den Zeitungsrand und sagt: »Von was zum Teufel sprichst du?«

»Na, der auf dem Foto da. Unter der Schlagzeile. Hast du das überhaupt gelesen?«

»Nein. Und weißt du was? Das interessiert mich auch nicht. Hier, lies lieber mal das: Schweinsteiger hat eine Muskelzerrung. Und Lahm laboriert an irgendwas. Der Boss ist verurteilt und muss ins Gefängnis. Und das hier, da unten: Guardiola lernt heimlich Chinesisch. Warum macht der das? Weißt du, was das heißt? Bei den Bayern läuft schon wieder was ganz böse unrund. Und das alles ausgerechnet jetzt? Über so was sollte man mal nachdenken. So was ist wichtig.«

Weiter kommt er nicht, denn Zeno schnippt mit den Fingern und sagt: »Ja, genau. Damals in München. Da war ich noch bei der OK, der Abteilung für organisierte Kriminalität. Jetzt weiß ich es wieder. Auf den ist damals geschossen worden. Der kam aus diesem Nobelhotel am Platzl. Da, wo der Schubert, oder wie der heißt, sein Restaurant hat. Auf den ist geschossen worden. Und wir waren auf der anderen Straßenseite und sollten die überwachen, die ganze Banker-Truppe. Genau, so war das.«

»Der Koch? Der aus Waging? Der heißt nicht Schubert, sondern … Na, wie auch immer. Und auf den berühmten Fernsehkoch ist geschossen worden? Also, ich hab da auch mal gegessen, in seinem Laden am Platzl, und das war toll. Ich würd nicht auf den schießen.«

»Blödsinn.« Zeno reicht dem Josef ein Stück Butterbreze unter den Tisch und sagt: »Nein, auf den Typ da auf dem Foto ist geschossen worden. Weiß ich noch ganz genau.«

»Und? War es was Ernstes?« Stocker blättert seine Zeitungsseiten um und studiert jetzt die aktuelle Bundesligatabelle. Bayern führt so was von leger, da kann die neue Saison ruhig kommen.

»Was Ernstes? Keine Ahnung. Der war sofort tot, der Typ. Mit dem konnte keiner mehr so richtig sprechen.«

Zeno streichelt Josef unter dem Tisch über seine dicke Dackelmähne und sagt zur Nellie: »Das waren lauter Banker und Hedgefonds-Manager, die haben sich da in dem Nobelschuppen getroffen. Wir haben die beschattet, weil's um irgendein Geldwäsche-Dingens ging. Mit britischen und amerikanischen Banken. Und der Typ da, Friedberg hieß er, den hätten wir wahrscheinlich mit einem Zeugenschutz-Deal umdrehen können, sodass er aussagt. Dann ist er uns aber blöderweise vor der Nase biologisch entsorgt worden. Dumm gelaufen. Und ich bin kurze Zeit drauf versetzt worden. Keine Ahnung, wie das damals weiterging. Ist ja auch egal. Und du, Nellie, ziehst du bald um? Du hast mir doch was von einer neuen Wohnung erzählt, oder?«

»Ja, schon, ich hab da einen Tipp vom Primelmeier bekommen. Über ihm wird bald eine Kellerwohnung frei, sagt er. Im Souterrain. Da kann ich im Sommer aber nicht mit offenen Fenstern schlafen, meint er.«

»Warum nicht?«

»Weil mir da in warmen Nächten die Hunde beim Fenster reinpieseln. Außerdem hat der Vermieter gehört, dass ich lesbisch bin, und der denkt, so was ist ansteckend. So sind die eben, hier auf den Dörfern, sagt der Primelmeier. Wenn du nicht von hier bist, dann bist du auch in der Fremde ewig ein Fremder. Ist von Karl Valentin, der Spruch, aber zeitlos gut. Wisst ihr was? Ich glaub, der Primo, der will mich bloß verarschen.«

Stocker faltet seine Zeitung zusammen, legt sie auf die Tischplatte und sagt: »Kann man jetzt hier in Ruhe frühstücken oder nicht? Ich will eigentlich nichts von ansteckenden Krankheiten und verpieselten Hunden und toten Bankmanagern hören, wenn's geht. Ich bin nämlich sensibel, ja? Speziell morgens.«

Und um das zu unterstreichen, klopft er mit der Hand auf die Rosenheimer Zeitung, genau auf die Schlagzeile über dem Foto:

»Skandale um Banken reißen nicht ab«.

Und darunter, etwas kleiner:

»Der nächste saftige Bankenskandal steht an. Atemberaubende Vorwürfe werden laut: Amerikanische, britische und deutsche Banken, darunter mindestens eine Landesbank, sind in Geldwäsche für Drogendealer und Terroristen verwickelt. Spuren führen auch nach München, Salzburg und Tirol. Wo war die politische Aufsicht? Wo rollen wann die ersten Köpfe?« Und so weiter und so fort.

»Sag einmal, Zeno, kann der Josef jetzt außer freundlich sein und fressen auch irgendwas Vernünftiges? Ihr wart doch in der Hundeschule, da am Simssee, zu so einem Schnupperkurs, oder?«, fragt die Nellie und schaut auf den Rauhaardackel, der unter dem Tisch sehr ernsthaft nach Essbarem sucht.

»Klar, pass auf: Josef ... schau mich an ... und ... sitz!« Zeno schielt zwischen den Stühlen nach unten und sieht, wie der Josef die Augen verdreht, langsam nach rechts kippt und auf dem Rücken zum Liegen kommt. Die Ohren des Dackels liegen flach auf dem Boden auf, die vier kurzen Beine zeigen zum Himmel, und der Hund wirkt, als ob er grinsen würde. Jedenfalls sieht man zwischen den schmalen schwarzen Lippen die kleinen Zähne. Außerdem wackelt er mit dem Schwanz.

»Mit ›Sitz!‹ hat das in meinen Augen aber wenig zu tun«, sagt der Stocker. »Vielleicht ist er mit einer so direkten Ansprache doch noch etwas überfordert, hm?«

»Nein, nein. Dieser Hund ist einfach nur genial. Denkt doch mal mit, alle beide«, sagt Zeno, bückt sich und streichelt über Josefs hellen Bauch. »Sitz, hab ich zu ihm gesagt. Jeder normale Hund würde sich jetzt hinsetzen und blöd nach oben gucken. Josef nicht. Der denkt eben weiter, clever, wie er ist. Die Steigerung von ›Sitz!‹, das ist Liegen. Dieser Hund macht sich Gedanken und arbeitet mit, denkt den Befehl konsequent bis zum logischen Ende weiter und variiert ihn selbstständig. Ein Genie. Ehrlich. Für die Hundeschule ist Josef eindeutig überqualifiziert. Das haben wir sofort gemerkt. Nur der Besitzer der Hundeschule natürlich nicht, aber der will ja bloß schnelles Geld verdienen. Ruf doch mal den Premm an, der ist doch mittlerweile Polizeihund-Psychologe. Der wird dir meine Worte gerne bestätigen.«

»Der Premm?« Stocker nimmt einen Schluck von seinem Kaffee und sagt: »Der ist doch irgendwie auf Umschulung oder so. Hat mir unser spezieller Freund, der Kommissar Zuckerhahn neulich erzählt. Da hat sich wohl eine Hunde-Allergie aufgetan. Hast du das nicht mitgekriegt?«

»Der Premm ist allergisch gegen Hunde?« Zeno kann es nicht fassen.

»Nein, die Hunde reagieren allergisch auf ihn. Besonders die großen. Der Zuckerhahn wollte aber sowieso morgen oder am Samstag vorbeikommen, dann kannst du ihn ja danach fragen.«

»Ihr seid's irgendwie nicht von dieser Welt, und der Hund da unten auch nicht. Demnächst erzählt mir einer von euch, dass wenn man den armen Jesus vor zweitausend Jahren nicht ans Kreuz genagelt, sondern stattdessen im See Genezareth ersäuft hätte, dass wir dann statt einem Kreuz ein Aquarium an der Wand hängen hätten, oder? Also ich bin reif für den ersten Gin Tonic des Tages«, sagt die Nellie und verschwindet in Richtung Gaststube.

Zeitgleich in München, in der Bayerischen Staatskanzlei am Franz-Josef-Strauß-Ring 1, irgendwo in einem pompösen Minister-Vorzimmer im ersten Stock

»Ja, grüß Sie, Herr Oberstaatsanwalt, ich mein, Herr Dr. Wimmer. Gut schaun S' aus. Sie haben einen Termin beim Herrn Minister, gell? Setzen Sie sich doch hier ein bisserl hin, ich bring Ihnen einen Kaffee, und dem Herrn Minister sag ich auch gleich Bescheid, gell?«

Der Dr. Wimmer seufzt, schaut sich hilfesuchend in dem großen Raum um, der ganz in bayerischem Barock eingerichtet ist. Die Sekretärin, eine gut aussehende Endvierzigerin, die rauscht um ihren Schreibtisch herum und verschwindet hüftwackelnd hinter einer raumhohen, mit Blattgold verzierten Doppeltüre.

Gleich darauf kommt sie wieder angestöckelt, ohne Kaffee, und flötet: »Wenn Sie so freundlich sein wollen, Herr Oberstaatsanwalt? Der Herr Minister erwartet Sie schon. Da hinein, bitte sehr, Sie kennen sich ja aus, gell?«

Dr. Wimmer nimmt seine Aktentasche vom Boden auf und geht in das riesige, mit üppigem Luxus ausgestattete Büro.

Nahe an den bodenhohen Glaswänden sitzt hinter seinem Schreibtisch der Minister, klappt eine Akte zu und sagt: »Wimmerl, grüß dich, komm rein, komm rein. Ist ja ewig her, dass wir uns zuletzt gesehen haben. Wie geht's denn deiner Frau? Was macht sie so?«

»Schwer zu sagen«, meint der Oberstaatsanwalt, lässt sich in den samtenen Ohrensessel fallen und stellt seine Aktentasche auf den sündteuren antiken Perserteppich, »sie ist nämlich seit drei Jahren tot.«

»Ah so, ja. Was du nicht sagst. Also, mein Beileid. Wie die Zeit vergeht. Aber schön, dass du so schnell kommen konntest. Stellen Sie den Kaffee da hin, Ernie, wir machen das dann selber, ja?«

»Wenn Sie noch was brauchen, vielleicht ein paar Kekse oder so? Einfach sagen, Herr Minister, gell?«

»Wenn die noch einmal ›gell‹ sagt, dann schmeiß ich sie aus

dem Fenster«, sagt der Minister, nachdem die Sekretärin mit einem eleganten Schwung den Raum verlassen hat. »Aber für ihr Alter strahlt sie schon noch eine beachtliche Rest-Erotik auf hohem Kilometerstand aus, oder was meinst du? Ich hab sie erst seit ein paar Monaten. Die war Chefsekretärin bei diesem Professor Dingsda, der in diesen Organspende-Skandal in unserer Landesklinik verwickelt ist. Ist natürlich alles Blödsinn, was die Zeitungen da geschrieben haben. Bloß weil der Professor ein Schwippschwager von unserem Oberstaatssekretär ist, deswegen wird das so aufgebauscht. Fakt ist doch: Warum soll ein Pakistani nicht mit einer bayerischen Leber rumlaufen können, da in der Wüste, zwischen seinen ganzen Kamelen und Burka-Mädels? Das muss der doch mit sich selber und seinem Glauben ausmachen, ob er eine Leber verantworten kann, durch die unser Bier geflossen ist, oder? Auf jeden Fall: Der ist jetzt in Ulan Bator am Goethe-Institut, der Professor. Dahin haben sie ihn mit einem Forschungsauftrag abgeschoben. Er soll die Zusammenhänge zwischen moderner Nuklearmedizin und dem mongolischen Heilgrunzen erforschen. Tja, und die Ernie, die ist mir zugeteilt worden. Hätt sie auch schlechter treffen können, oder?«

»Was willst du von mir?«

»Wimmerl, ich hab dir die letzten zwei Beförderungen verschafft, obwohl du turnusmäßig noch gar nicht dran gewesen wärst. Schau dich an, du bist Oberstaatsanwalt, und das in deinem Alter. Respekt. Und in ein oder zwei Jahren könnt ich dafür sorgen, dass du Generalstaatsanwalt wirst. Dann geht's zügig weiter nach oben mit dir. In den bayerischen weiß-blauen Karrierehimmel. Nur, jetzt hab ich einen Gefallen einzufordern. Hast du heute schon die Zeitungen gelesen? Der Bankenskandal und dieser ganze Blödsinn, dieses dumme Geschmiere?«

»Ja, hab ich. Was hat das mit dir zu tun?«

»Ach, nicht viel.« Eins der vier Telefone auf dem Tisch des Ministers summt. Er nimmt den Hörer ab und brüllt: »Nicht jetzt. Nein. Auch für den bin ich nicht zu sprechen. Haben Sie was an den Ohren? Danke. Geht doch, oder?« Und zu Dr. Wimmer: »Entschuldige. Ich bin doch wohl ein bisschen nervöser, als ich dachte, mit dem ganzen Stress hier. Heute ist das schon wieder in aller Frühe losgegangen. Wo war ich? Ja, die Bankensache, richtig. Pass auf, Wimmerl. Ich bin da doch bei ein oder zwei Banken im Aufsichtsrat. Nichts Großes, alles rein politisch, das Ganze. Aber ich kann mich doch nicht um alles selber kümmern, oder? So was machen meine Leute. Ich selber, ich bin für das Land da. Fürs Volk, für das Allgemeinwohl, sozusagen. Für mein geliebtes Bayern. Für das Globale eben, das verstehst du doch, oder? Und dann ist da noch diese blöde Sache mit dem Seegrundstück in Prien, das ich vor ein paar Jahren günstig über eine Landesbank aus irgendeiner Konkursmasse gekriegt habe. Gut, das hätten wir anders machen sollen. Ist aber so gelaufen. Punkt und amen. Fünftausend Quadratmeter, mit eigenem Bootshaus und einer Traumvilla. In bester Chiemsee-Lage. Ich muss dich mal einladen, wir müssen uns sowieso öfters sehen.« Der Minister fährt sich mit dem Zeigefinger in den weißen Hemdkragen und legt mit verzerrtem Mund den Kopf schief.

»Du kannst doch in deiner Position und mit deinem Einkommen keine Millionenvilla am Chiemsee kaufen. Mit was denn, bitte? So was muss doch irgendwann hochkochen, Markus. Und was soll ich da jetzt machen?«

»Wimmerl, von der Villa weiß doch keiner was, und das muss auch so bleiben. Die gehört offiziell einer Stiftung, und die sitzt in Salzburg. Natürlich ist das meine Stiftung, darum geht's aber nicht. Noch nicht. Du übernimmst die Untersuchungen mit dem Banken-Dings. Das könnte nämlich ziemlich brisant werden. Und Brisanz brauch ich jetzt gar keine, weil ich wahrscheinlich nach Brüssel berufen werde. In ein hohes Amt bei der EU. Das hat mir der Ministerpräsident neulich nach ein paar Gläsern erzählt. Alles ganz vertraulich, natürlich. Also setz ein paar Leute ein, die nicht allzu tief graben, sitz das aus, und in ein paar Wochen treiben die Zeitungen wieder eine andere Sau durch das Dorf. Und die Opposition, die ist sowieso mit sich selber beschäftigt. Das will ich von dir.«

»Aber da ist vor zwei Jahren einer dieser Fonds-Manager erschossen worden, steht da. In München, nach so einer internationalen Finanzkonferenz. Und ein anderer, der auch mit auf dem

Foto ist, nämlich dieser Österreicher-Banker, der ist jetzt seit ein paar Tagen spurlos verschwunden. Und ich habe gestern einen Vierunddreißig-Seiten-Bericht von einem US-Senatsausschuss erhalten, mit der Bitte um Amtshilfe. Da steht unter anderem drin, dass allein aus Mexiko ein paar Milliarden Dollar über die USA und Österreich auf diese besagten Banken verschoben worden sind. Mit verdeckten Überweisungen, ohne dass es die üblichen Prüfungen gegeben hätte. Was erwartest du da von mir?«

»Siehst du, was sag ich denn die ganze Zeit? Die Amis sind da schon dran. Lass die das mal machen, das sind flotte Burschen. Mit dem Irak haben die auch nicht lange gefackelt. Du sollst hier an die Sache nur ein paar Flachdenker dransetzen. Die loben wir in der Presse hoch, du reichst mir die entsprechenden Berichte weiter, wir geben ein paar Pressekonferenzen und lassen das ganze Ding so langsam leerlaufen. Die Amis, die werden das da drüben auf ihrer Seite schon schaukeln, glaub mir das. Wen von deinen Leuten kannst du denn nehmen für so eine Soko, eine Ermittlertruppe, meine ich? Drei Pappnasen, mehr will ich gar nicht. Also, was machen wir?«

»Du weißt, dass du mich erpresst? Ja, das weißt du. Natürlich. Immer noch wegen der blöden Sache, bei der ich dir damals geholfen habe, ich Idiot. Aber warte mal: Der verschwundene Österreicher, der ist doch im Vorstand von der Salzburger KFB-Bank, oder? Hat das was mit deiner Stiftung zu tun, Markus?«

Der Minister streicht sich über das Revers seines grauen Maßanzugs und fährt sich dann nervös mit der Hand über den fast kahlen Kopf. »Ja. Nein. Also, ein bisschen schon. Die haben mir die Stiftung eingerichtet und auch das Grundstück über einen Mittelsmann gekauft. Offiziell zahle ich ein paar Euro Miete, und den eigentlichen Kaufpreis, den wollen wir über Beraterverträge oder so was Ähnliches aufbringen. Dafür hab ich den Salzburgern ein paar Kontakte gemacht. Und dafür gesorgt, dass auf ausländischen Partnerbanken Konten eröffnet worden sind. Von Leuten, die nicht so sehr penibel hinterfragt werden. Ich kenn da einen Berater in Luxemburg und einen, der macht so was über Singapur und Neuseeland. So Zeug eben.

Rein politisch, nicht wahr? Eine Hand wäscht die andere. Das kennst du doch, Mann. Und wenn der Österreicher wieder auftaucht und vernommen wird oder, um Himmels willen, gar in U-Haft kommt, dann singt der wie einst Pavarotti. Und dann bin ich mit dran. Das ist jetzt alles ein bisserl kompliziert. Aber deswegen hab ich ja dich kommen lassen. Wir müssen den finden und mit dem vernünftig reden, bevor ihn wer anders in die Finger kriegt. Also, was machen wir?«

»Ich lass mich da nicht mit reinziehen, Markus.«

Der Minister lacht bitter und beugt sich über seinen Barock-Schreibtisch. »Wenn ich falle, dann fällst du mit. Du hast damals einen Autounfall mit Todesfolge verschleiert. Für mich. Gut, dafür bist du jetzt der jüngste Oberstaatsanwalt Münchens und so weiter. Das kann sich aber schnell ändern. Ich frag dich jetzt nur noch ein Mal, Wimmerl. Was machen wir?«

»Ich selber kann da gar nichts machen. Das fällt auf. Und uns beide darf man auch in dieser Sache nicht miteinander in Verbindung bringen können. Ich setz einen meiner Staatsanwälte drauf an. Den Reimers. Der hat so viel Dreck am Stecken wegen der Sache mit seinem Schwager und so, mit dem will im Moment keiner arbeiten.«

»Mit dem Schwager?«

»Nein, der ist doch umgelegt worden. Mitten auf dem Chiemsee, gar nicht so weit weg von deiner Villa, übrigens. Das war ein Ding, sag ich dir: Drogen, illegales Glücksspiel, Prostitution, alles, was du willst. Dem Reimers konnte man aber keine Verbindung zu seinem Schwager und auch sonst nichts nachweisen. Und Sippenhaft ist ja bei uns hier im Lande dummerweise abgeschafft worden. Nein, der Reimers ist noch Staatsanwalt. Aber im Moment einer ohne Arbeitsbereich. Was heißt, der hat zurzeit so gute Connections wie ein amputiertes Bein. So, und dem stell ich noch ein oder zwei Beamte zur Seite, dann hast du deine Soko. Ich hab da noch einen Kommissar, diesen Zuckerhahn, der ist suspendiert, auch wegen dieser Chiemsee-Sache. Den hol ich wieder in den Dienst. Der ist richtig gut im Leute-Finden. Und noch so einen Nachtwächter hab ich da im Kopf. Lass mich das nur machen. Aber, Markus, nach dem Ding hier, da sind wir dann quitt. Und ich will Generalstaatsanwalt werden. Das wird dein Abschiedsgeschenk an mich, bevor du uns Richtung Brüssel verlässt. Haben wir einen Deal?«

»Wimmerl, Wimmerl, ich hab's ja gewusst. Auf dich kann ich mich immer verlassen. Weißt du, ich versteh dich ja. Aber sogar du solltest doch so langsam auch kapiert haben, dass unser Rechtssystem nicht dem Recht dient, sondern dem System. Und das System, das sind immer noch Leute wie du und ich. Das verstehen die da draußen auf der Straße doch gar nicht. So, und jetzt komm her und lass dich drücken.«

Der Minister geht schnell um den Tisch herum und zieht den Oberstaatsanwalt aus dem Ohrensessel.

Freitag, 16.58 Uhr, in der Küche der »Endstation« in Atzdorf bei Prien

Jetzt, wer den EKHK (Erster Kriminalhauptkommissar) Zuckerhahn schon mal gesehen hat, der erschrickt, weil er sofort denkt, dass er den toten Volksschauspieler Walter Sedlmayr vor sich hat. Aber der ist ja im Juli 1990 in seiner Wohnung in München in der Elisabethstraße umgebracht worden. Und zwar mit mehreren Messerstichen in Hals und Nieren. Zusätzlich hat man ihm noch mit einem Hammer auf den Kopf geschlagen. Und da muss man sich als normaler Mensch schon mal ernsthaft fragen, wer macht denn so was, mitten im Sommer?

Egal, wie er also da so steht, der Zuckerhahn, in der Küche der »Endstation«, an den alten Kühlschrank gelehnt und mit einem Teller mit Steinpilzen und Tagliatelle in der Hand, da hört man ihn sagen: »Ehrlich, irgendwie bin ich schon froh, dass ich wieder Dienst schieben kann. Weil mir vor lauter Langeweile schon so langsam die Motten aus der Hose geflogen sind. Aber das, was ich jetzt machen soll, das ist echt ein bisserl merkwürdig. Und meine neuen Mitarbeiter sind das auch, merkwürdig, meine ich. Ein Déjà-vu, das Ganze, sozusagen.«

»Meinst du damit uns?« Stocker flambiert ein Steak auf der Gasflamme am Herd, und Zeno rührt an dem verschrammten Holztisch auf der anderen Seite der Küche an irgendeiner Salatsoße.

»Nein. Ihr seid ja keine Mitarbeiter. Außer dem Zeno hier, der war mal einer. Mein bester Mann. Wenn ich bloß dran denke, was das für ein harter Hund war, und jetzt steht der hier in der Küche und macht Essen für andere Leute. Unfassbar.« Damit nimmt er einen gebratenen Steinpilz auf die Gabel, zeigt damit auf Zeno und spricht weiter: »Der Typ in der Bank in Harlaching, Zeno, weißt du das noch? Der Geiselnehmer. Weißt du noch, wie wir beide am versammelten SEK vorbei und unter der Absperrung durch direkt in die Bank marschiert sind? Nur du und ich? Und der Typ da drinnen hat seine Pistole sofort von der Geisel weg auf dich gerichtet und gesagt: ›Für dich, Bulle, da hab ich einen schönen Platz im Paradies. Mit unverbaubarer Aussicht. Adios, Amigo.‹ Und du? Du hast zu dem Kerl gesagt: ›Nett von dir, aber ich verreise nicht mehr so gerne.‹ Und hast ihm ins linke Bein geschossen.«

Zeno probiert seine Salatsoße und sagt zu Dackel Josef, der neben dem Kühlschrank sitzt und die Szene interessiert beobachtet: »Seppo, altes Floh-Taxi, hör dem Onkel einfach nicht zu, sonst kannst du wieder nicht einschlafen.«

Aber der Zuckerhahn, unsensibel, wie er ist, der spricht einfach weiter. Sogar mit vollem Mund, was den Stocker dazu bringt, dass er sich mit der Pfanne in der Hand umdreht, weil er so was nicht sehen kann. »Ja, und dann liegt der auf dem Boden in der Bank da, der Geiselnehmer. Heiß war das da drinnen, bestimmt so um die fünfunddreißig bis vierzig Grad. Weil die Deppen vom SEK den Strom gekappt haben. Der liegt also da, schaut auf sein Bein und das ganze Blut zwischen seinen Fingern und sagt zum Zeno: ›Mann, tut das scheißweh, das tut so unfassbar weh, Alter. Warum hast du das gemacht, Mann?‹ Und Zeno, der beugt sich zu dem Typen runter und sagt: ›Dicker, wer hat dir erzählt, dass so was nicht wehtut?‹ Tja, so war der.«

»Und du«, sagt Stocker zum Zuckerhahn und dekoriert das Steak auf dem großen, quadratischen Teller mit Petersilie und Trockenblüten, »du hast im letzten Jahr im Fernsehen Reklame gemacht. Für Tütensuppen. Hab ich selber gesehen. Auf TV-36 oder so, nach Mitternacht, zwischen all den Botox-Ludern mit Weißwurst-Lippen und Leberkäs-Möpsen. Hast du eigentlich gar kein Schamgefühl mehr, so wie du jetzt dastehst und unsere frischen Steinpilze isst?«

»Ich wollt halt auch mal ins Fernsehen, und suspendiert war ich zu der Zeit sowieso. Und einer von den Grünwalder Fuzzis, der hat zu mir gesagt: ›Sie sehen aus wie der selige Sedlmayr, da könnten wir gut was draus machen.‹ Aber weißt du was, Stocker? Träume, die sollen Träume bleiben. Denn wenn sie plötzlich Wirklichkeit werden, dann sind sie keine Träume mehr, sondern Realität. Und in der Realität kann dein Traum schnell zum Alptraum werden. Aber zu meinem neuen Job: Ich bin wieder aktiv bei der Kripo in München, und die Bosse haben mir eine

Soko um den Hals gewickelt. Und als Assistenten hab ich den Premm. Ausgerechnet den. Den mag ich, so wie Jan Ullrich Hämorrhoiden gemocht hat. Dabei hab ich gedacht, dass der als Hunde-Psychologe erst mal weg von meiner Umlaufbahn ist. War aber nix. Im Moment, da hat der so ein Internet-Dings am Laufen. Habt ihr das gewusst?«

»Was? Der Premm? Im Internet?« Stocker und Zeno drehen sich fast synchron zum Zuckerhahn um.

»Klar, der Laden heißt ›www.lass-die-sau-raus.com‹. Das ist seine Website. Da kann man online gehen und den Premm im Live-Chat beschimpfen. Shitstorm, für eins achtzig die Minute. Plus Mehrwertsteuer natürlich. Dafür hört der sich jede Beleidigung live an. Und für die Verwandtschaft macht er es gratis, hab ich gehört. Kommt übrigens aus Amerika, diese Geschäftsidee.«

»Das ist jetzt aber nicht wahr, oder?« Zeno stellt seine Soße ab.

»Doch, das stimmt.« Zuckerhahn nimmt sich noch ein paar Steinpilze aus der Pfanne und sagt: »Dazu muss man im Vorfeld wissen: Der Premm, der ist gebürtig aus Niederbayern. Und die sind alle ein bisschen anders veranlagt, das ist bei denen genetisch bedingt, denke ich mal. Die Niederbayern glauben ja, dass sie die reinen Bayern sind, also: Bayern unplugged und ohne Make-up.«

»Schon, aber der Premm, das war doch immer so ein ganz harter Schimanski-Fan, das passt für mich jetzt irgendwie alles nicht so recht zusammen«, meint der Stocker.

»Der Premm? Der hat doch immer geglaubt, dass der Schimanski schwul war und ein Verhältnis mit Dirty Harry hatte«, sagt der Zuckerhahn und wischt mit einem Stück Weißbrot die letzten Soßenreste von seinem Teller, bevor er weiterspricht. »Ist ja auch egal. Auf jeden Fall hab ich jetzt den Premm als Assi an der Backe, und den Ringo, unseren alten Gitarrenquäler, als örtlichen Verbindungsmann bei der Priener Polizei.«

»Den hättest du am Mittwoch hier erleben sollen«, meint Stocker, »der hat die Bude wieder zum Kochen gebracht. Er ist zwar wie immer erst auf den letzten Drücker angerauscht gekommen, in Uniform und voll gestresst. Weil die auf der

Autobahn bei Felden noch einen Unfall aufnehmen mussten. Sein Kollege hat ihn mit dem Streifenwagen kurz vor acht hier angekarrt. Aber unser Ringo, der zieht die Lederjacke aus, schmeißt die Krawatte in die Ecke und schnappt sich die Gitarre. Ich war schon am Schlagzeug, und der Bassist war noch am Stimmen. Aber um zwanzig Uhr fünf ging hier die Post ab. Alle Knöpfe nach rechts und: ›Smoke on the Water‹. Deine Soko, was genau soll die machen?«

»Um was es eigentlich geht, das weiß ich selber noch nicht so genau«, sagt der Zuckerhahn, »aber der zuständige Staatsanwalt, der Reimers, der sagt, ich soll einen vermissten Österreicher finden. Natürlich nur, falls der hier bei uns in Bayern sein sollte. Und dann, wenn's geht, noch so nebenbei einen zwei Jahre alten Mord aufklären. Alles sehr diskret-unauffällig und Berichte bitte nur an ihn persönlich. Kommt von ganz oben, die Anweisung, direkt von einem Minister, sagt der Herr Staatsanwalt. Irgendwas stinkt da gewaltig an dieser Sache, das sag ich euch. Das sehe ich schon an den paar Akten, die ich bis jetzt hab. Ich weiß bloß noch nicht, was da faul ist. Und der Reimers, der hasst mich von ganzem Herzen. Warum soll der ausgerechnet mir so einen Fall geben? Egal, morgen früh haben wir eine erste Teambesprechung, dann krieg ich die restlichen Unterlagen vom Reimers, und dann schauen wir mal. Aber jetzt was ganz anderes: So eine leckere Schwammerl-Sache hab ich schon lange nicht mehr gegessen. Wer hat das gekocht?«

»Hier, dein ehemals bester Mann, der Zeno. Unterstützt von seinem Assistenten Josef«, sagt der Stocker. »Und gemacht wird das so:

Seeoner Steinpilze in Weißwein-Soße mit Tagliatelle (für 4 Personen)

400 g Steinpilze, 3 Knoblauchzehen, 1 kleine Zwiebel, Weißwein, Butter, Pilzfond, Zitrone, Schlagsahne, Petersilie, Salz und Pfeffer.
Man nimmt (wenn's geht) nur frische Steinpilze aus der Gegend, putzt sie und schneidet sie in Scheiben, aber nicht zu dünn.

Zwiebel und Knoblauch klein schneiden, einen Esslöffel Butter in die Pfanne und glasig anbraten. Jetzt die Pilze dazu.
Nach ca. 1–2 Minuten mit einem kräftigen Schluck Weißwein ablöschen. Sahne und etwas Pilzfond drauf, und alles ca. 7–8 Minuten köcheln lassen.
Jetzt einen Spritzer Zitronensaft und die Hälfte der klein gehackten Petersilie dazugeben. Salzen und pfeffern.
Alles in die Tagliatelle mischen und die restliche Petersilie drüberstreuen.

Einfach und schnell, schmeckt aber perfekt«, sagt der Zeno, und Josef, der Chefdackel, der nickt. Jedenfalls sieht es so aus.

»Endstation«, 17.20 Uhr

»Nellie, das Steak ist fertig«, ruft der Stocker in Richtung Gaststube, und keine zehn Sekunden später schwingt die alte dunkelbraune Holztür mit dem Schiffsbullauge auf, und Nellie kommt kopfschüttelnd in die Küche.

»Dass der Primelmeier um die Zeit schon ein Steak isst, das ist schon mal nicht normal. Jetzt will er aber einen Bogen Papier und einen Kuli, wo haben wir so was?«

»Draußen, in der zweiten Schublade, rechts unter der Theke. Was will der mit Papier und Kuli, vielleicht das Steak vor dem Essen zeichnen, oder was?«

»Nein, der liest doch seit einiger Zeit die Heiratsanzeigen in der Zeitung. Und heute, da hat er was gefunden. Da steht doch tatsächlich: ›Frau mit sechs Richtigen sucht Mann mit einem Richtigen‹, Zuschriften unter Chiffre und so weiter. Da will er hinschreiben. Also, wenn ich im Lotto gewinnen tät, dann würd ich die gesamte Sippe der Primelmeiers, und zwar ratzeputz alle hier aus der Gegend, nach Neuguinea schicken. Erster Klasse und ohne Rückflug.« Damit schnappt sie sich den heißen Teller mit einem gelben Handtuch und eilt aus der Küche.

Die Schwingtür pendelt noch, als Zeno zum Zuckerhahn sagt: »Unser Personal ist einfach super. Immer mit einer innovativen Idee auf den Lippen. Aber sag mal, warum erzählst du uns dieses ganze Zeug? Wo ist dein Problem?«

»Mein Problem? Fangen wir doch gleich mit dem Mord von vor zwei Jahren an. Du, mein lieber Zeno, du warst damals noch bei der Bullerei, eigentlich in meiner Abteilung, und an besagtem Tag als Personenschützer zu einem Sechs-Mann-Team in die Sparkassenstraße in München abkommandiert. Die haben dich von mir ausgeliehen, sozusagen. Und der Typ, auf den ihr aufpassen solltet, der ist vor euren Augen erschossen worden. Patsch und weg. Schon vergessen?«

»Nein, hab ich nicht. Aber ich bin ja dann am nächsten Tag von dir wieder auf Undercover-Tour in eine andere Sache gesteckt worden. Wie ist denn das damals weitergegangen? Nach der Befragung hab ich auf dem Präsidium ein Protokoll unterschrieben, und das war's dann für mich und die anderen Kollegen. Hast du dir wenigstens die alten Akten angesehen, bevor du hier rummeckerst?«

»Hab ich«, sagt der Zuckerhahn und schneidet sich ein Stück von dem Heublumenkäse ab, den er sich mit spitzen Fingern aus dem Kühlschrank geholt hat. »Und da fängt die Stinkerei schon an. Pass auf: Dieser Typ, einer von der Sorte, die jeden Tag ein paar hundert Millionen Euro um den Globus schicken, der geht einfach aus dem Hotel raus und wird erschossen. Trotz der ganzen Sicherheitsmaßnahmen. An dem Tag waren ja ein paar dutzend Finanz-Cracks aus aller Welt da, zu dieser Dings-Tagung. Egal. Also, die Polizei sperrt gleich alles ab, die Spurensicherung rückt mit dreißig Mann an. Und dann, dann ist plötzlich Nachrichtensperre. Und in den Akten, die übrigens bis jetzt unter Verschluss waren, da steht, dass der Manager von einem Hausdach schräg gegenüber aus erschossen wurde. Profihafter Blattschuss. Und hinter einem Schornstein auf dem Dach von dem Eckhaus an der Pfisterstraße, da hat man wohl nur ein paar minimalste Spuren gefunden. Eigentlich so gut wie nichts. Und natürlich keinerlei DNA oder so was. Der Kerl hat ein Boattail-Hohlspitz-Geschoss verwendet, so viel ist sicher. Diese Dinger haben eine Geschwindigkeit von achthundertfünfzehn Metern in der Sekunde und sind im Handel kaum erhältlich. Die Stelle, von der aus der Kerl geschossen hat, die hat man auch nur über die Einschusswinkel-Analyse und Flugbahnberechnung rausgekriegt. Der Schütze wurde natürlich nie identifiziert und so weiter und so fort. Nach zwei Wochen wurden die Nachforschungen eingestellt. Klappe zu, Affe tot. Aber jede Menge Fragen wären da noch gewesen. Zum Beispiel: Woher hat der Schütze gewusst, wann seine Zielperson rauskommt, aus dem besagten Hotel? Der Killer kann ja nicht den ganzen Tag auf dem Dach liegen und warten, ob sein Mann auftaucht oder auch nicht. Dann weiter im Text: Hat einer der Hausbewohner in dem Block in der Pfisterstraße was gesehen oder bemerkt? Da kann doch nicht irgendein Kerl mit einem Geigenkoffer in der Hand beim Hausmeister läuten und sagen: ›Sie, entschuldigen S' bitte, ich hätt da schnell einen zum Erschießen. Darf ich das von Ihrem Dach aus machen, mir pressiert's nämlich? Stört Sie doch nicht, wenn's gleich ein bisserl kracht, oder?‹«

»Na ja«, sagt der Zeno, »das heißt doch im Klartext: Da war ein Profi dran. Und solche Leute fasst man so gut wie nie, das weißt du doch selber. So einer kommt eingeflogen und findet am Flughafenparkplatz an der ausgemachten Stelle sein Auto. Die Schlüssel liegen auf dem Hinterrad, die Instruktionen und die Fotos von der Zielperson sind im Handschuhfach. Die Waffe, die der Profi bestellt hat, und auch nur genau die, die er haben will, die liegt im Kofferraum, ebenso ein paar Schuss Munition. Alles genau nach den Vorgaben des Killers. Bestimmt war da noch ein Handy dabei, da hat ihn dann später einer angerufen und gesagt, in ein paar Minuten oder dann und dann kommt unser Mann wahrscheinlich raus aus der Tür. Jetzt macht der Killer seinen Job, Peng, packt dann alles wieder in den Kofferraum und stellt den Wagen am Flughafen am Langzeitparkplatz ab. Alles genau wie ausgemacht, und dann fliegt er mit einem neuen Pass und einem neuen Ticket wieder aus. Und sein Geld, das kommt auf ein Konto auf den Caymans oder auf den Bahamas oder in der Schweiz. So läuft das. Das weißt du doch, oder?«

»Ja«, sagt der Zuckerhahn, »da krieg ich auch nichts mehr raus aus der Sache. Es sei denn, das Geld von dem Killer wäre wirklich in der Schweiz. Aber der Schütze ist bestimmt schlauer als ein hiesiger Fußball-Boss und hat sich die Kohle mindestens nach Singapur überweisen lassen. Aber egal. Es ist ja so, der andere, der, der jetzt seit einer Woche verschwunden ist, das ist schon interessanter. Seine Frau hat scheinbar erst nach acht Tagen bemerkt, dass ihr Mann weg ist. Da erst hat sie nämlich seinen Partner in der Bank angerufen, und der hat ihr geraten, zur Polizei zu gehen. Das hat sie dann auch getan. In Salzburg natürlich. Deswegen sind nach meinem Verständnis ja auch die Kollegen von da drüben für den Fall zuständig.«

»Und weiter?«, fragt Stocker, während er mit einem ziemlich

großen und scharfen Messer ziemlich große und dünne Scheiben Kalbsschnitzel aus einem Stück Oberschale (in Österreich auch gerne »Bürgermeisterstück« genannt) schneidet. Das hat mittlerweile auch der Josef bemerkt, der von Zuckerhahn zu Stocker getrabt ist und nun eifrig auf zwei Beinen tanzt, was einem angetrunkenen Erdmännchen sehr ähnlich sieht.

»Was, und?«, sagt Zuckerhahn. »Die Frau Leitner, so heißt die, die hat ihren Mann also als abgängig gemeldet. Allerdings war der, also der Herr Dr. Leitner, wohl vorher noch an seinem Bankschließfach. Aus dem fehlen nun ein paar tausend Euro, dann noch ein paar tausend englische Pfund, außerdem fehlt ein Stapel Dollarnoten und, jetzt wird's ganz herzig, ein Beutel mit Diamanten im Wert von ungefähr ein oder zwei Millionen Euro, sagt seine Frau. Kann auch wesentlich mehr sein, das mit den Diamanten, so genau weiß sie das jetzt auf die Schnelle nicht. Woher denn auch? Gut, warum hat jemand einen Beutel mit Diamanten, fragt sich jetzt der unbedarfte Amateur? Weil das so ist, meine Herren: Diamanten lassen sich leicht ins Flugzeug schmuggeln. Die haben keine Seriennummern und können auch nicht von Spürhunden entdeckt werden. Tja, Leute, mit Diamanten kommt man überallhin, und Diamanten kann man auf der ganzen Welt relativ leicht zu Bargeld machen.«

»Da fallen mir nur zwei Möglichkeiten ein«, meint der Zeno, »entweder der Dr. Leitner hat sich mit seiner Geliebten abgesetzt, so er denn eine hat. Oder er ist abgehauen, weil ihm der Hintern wegen irgendwas auf Grundeis geht. Wegen irgendwas, das mit den Zeitungsschlagzeilen und dem Foto zu tun hat. Alles schön und gut, aber was willst du jetzt von uns? Du bist doch nicht wirklich zum Schwammerlessen von München extra hier rausgefahren, oder? Und außerdem, mein Lieber, wenn du morgen früh erst deine erste Teambesprechung hast, wie du ja selber sagst, woher bist du dann so verdammt gut informiert?«

»Einmal Bulle, immer Bulle, was, Zeno?« Der Zuckerhahn putzt sich die Finger an einem der Küchenhandtücher ab und sagt: »Wie wir alle hier drin wissen, ist einer meiner guten alten Freunde ein gewisser Major Schmittel vom Wiener BK, und den hab ich angerufen. Die Frau Dr. Leitner, die hat ja bei den Österreichern ihren Mann als vermisst gemeldet und nicht bei uns hier in Bayern. So weit klar, ja? Gut, dann weiter: Der Schmittel, der hat mir erzählt, dass die Leitner gesagt hat, die Diamanten, die gehören eigentlich gar nicht ihrem Mann. Die hat er für jemanden aufgehoben oder so, und dieser Jemand, der ist wohl vor zwei Tagen auf die Frau Leitner zugegangen und hat ihr charmant ins Ohr geflüstert, dass er ihr die frisch gefärbte Rübe abschneidet, wenn sie die Diamanten nicht rausrückt. Da hat sie Panik geschoben und ist zu den Kieberern gegangen. Ansonsten hätte sie ihren heiß geliebten Mann wahrscheinlich bis heute nicht als abgängig gemeldet. So wird's wohl in Wahrheit gewesen sein, das glaube ich persönlich. Der Schmittel sagt, der Leitner hat ihr die Steine gezeigt und gesagt: ›Bald gehören sie dir.‹ Also ihr, meinte er. Da war ein Deal im Gange, sagt der Schmittel, mehr weiß er aber auch noch nicht. Nur, dass gegen den Leitner und seine Bank schon seit einiger Zeit verdeckte Ermittlungen laufen. Wegen Geldwäsche. Für Waffendealer und eine ultrarechte Organisation und ein paar Saudis. Der Schmittel, der ermittelt offiziell auf halber Kraft, weil ihm sein zuständiger Staatssekretär das so verordnet hat. Im Wiener Ministerium, da haben die Politiker was am Laufen, da geht's um saudische Königsfamilien oder so was, die in Österreich und hier in Bayern im großen Stil Privatbanken aufkaufen wollen. Da kommt schnell mal die eine oder andere Milliarde auf den Tisch. Das will keiner gefährden, denn es geht ja um Arbeitsplätze, und nächstes Jahr stehen wieder Wahlen an, nicht wahr? Genaueres wollt ihr hier in eurer Provinzküche aber auch gar nicht erst wissen, oder?«

»Ultra rechts in Österreich? Kennst du die Geschichte? Da ist doch neulich ein Ultrarechter mit einer verletzten Hand ins Krankenhaus in Wien eingeliefert worden. Und der Arzt hat ihn gefragt: ›Ja jetzt sagen S' doch einmal, wie ist denn das mit Ihrer Hand passiert, mein Verehrtester? Das sieht ja schlimm aus.‹ Und der Typ sagt: ›Keine Ahnung, Herr Professor, ehrlich, I wollt doch bloß meine Briefbombe per Fax schicken, und dann hat's auch schon gekracht‹«, sagt der Stocker. »Aber jetzt mal unter uns, Zuckerhahn, was ist Sache? Du willst doch was von uns, oder?«

»Ja. Nein. Also jein. Das ist mehr so eine Gefälligkeit, die ihr mir eigentlich sowieso noch schuldig seid, und das nicht erst seit dem letzten Fall, bei dem ihr ja wohl auch ganz gut verdient habt, oder? Da brauchst du jetzt gar nicht so zu schauen, Stocker. Wer hat dich denn aus unserer ersten Sache heil rausgeholt? Hm? Und als Dank dafür hast du mir meinen besten Mann weggeschnappt. Der brät jetzt hier Schnitzel, anstatt mit mir die Bösen zu jagen. Aber ich bin ja nicht nachtragend. Was wollte ich eigentlich sagen? Ah ja: Der Schmittel, der hat die Witwe in spe, also die Frau Leitner, unter Observation.«

»Warum Witwe in spe? Ihr wisst doch noch gar nicht, ob der alte Leitner im Paradies jungfräuliche Ziegen knutscht oder noch fröhlich hier irgendwo rumtanzt, oder?«

»Nein, aber am Tag drauf, also, nachdem die Frau Leitner in Salzburg bei der Polizei war, da war wohl noch irgendwas zum Nachfragen. Da haben die dann einen Streifen-Schani zu der Leitner geschickt. Der hat geläutet, sie hat aufgemacht, und er hat gesagt: ›Sind Sie die Witwe Leitner?‹ Und sie hat gesagt: ›Witwe? Noch bin ich keine Witwe, ja?‹ Und der Polizist sagt: ›Gnä' Frau, wollen S' wetten?‹ Gut, was? Aber zurück zum Schmittel: Die Gnädigste, sagt er, die macht im Moment ein Seminar mit, hier am Chiemsee. Auf der Fraueninsel. Im Kloster Frauenchiemsee, genauer gesagt. Da läuft irgendwas Indianisches ab. Klangschalen-Stöhnen in Kleingruppen oder so was. Ich hab's nicht so recht verstanden. Aber die Frau Leitner, die geht in der Seminarpause, das ist so um drei am Nachmittag, da geht sie immer runter an den Seglersteg. Kennt ihr bestimmt, oder? Da gibt's eine Bank, und da sitzt sie dann, so für eine Stunde. Sitzt da, schaut in die Sonne und füttert die Möwen.«

»Ja und?« Zeno wirft dem Josef ein Stück Möhre hin, das der Hund aber mit Verachtung straft. Beleidigt schaut er zu den Männern hoch.

»Nichts ja und. Meine Idee ist: Dein Spezi hier, der Stocker, der wird morgen um drei rein zufällig am Seglersteg auf der Fraueninsel auftauchen. Lasst euch was einfallen, das muss nämlich wirklich absolut zufällig aussehen. Dann, Albin Stocker, quatschst du die Frau an und siehst mal zu, ob du was rauskriegst aus der Dame. Der Schmittel hat mich gebeten, da mal nachzuhaken, weil er sich von der absolut verarscht fühlt, und ich komm mir in dieser Sache auch vor wie ein Depp. Wenn's für euch dabei was zu verdienen oder was abzustauben gibt, dann nur zu. Von mir habt ihr jegliche Rückendeckung, wie immer. Aber ich will wissen, was da läuft. Haben wir einen Deal?«

»Was abzustauben? Was zu verdienen? Vergreifst du dich da mal nicht ein bisschen im Ton, mein Lieber?« Zeno schaut ehrlich entrüstet über seine Schüsseln gebeugt zum Zuckerhahn rüber.

Der nimmt sich eine hauchdünne Scheibe Serrano-Schinken von einem der Teller und sagt: »Nein, eigentlich gar nicht. Wenn ich mir bloß überlege, dass bei der letzten Sache nachts um eins Geldscheine auf dem Chiemsee rumgeschwommen sind, und mindestens einer von euch zweien war in der Nähe des Tatorts … Also nein, ehrlich, ich meine, wenn euch einer da was Böses will, der könnte sich ja weiß Gott was dabei denken, oder? Und ich habe euch ja noch gar nichts von dem folgenden Klops hier erzählt. Ist ja auch nicht so wichtig, aber den Sperber, unseren Ex-BND-Mann, den kennt ihr ja wohl auch noch, oder? Jetzt stellt euch mal vor, der ist neulich auf dem Luxemburger Flughafen unter einer Überwachungskamera durchmarschiert. Mit zwei kleinen Alukoffern in der Hand und einem ziemlich blöden Grinsen im Gesicht. Die Luxemburger Kollegen haben mir die Aufnahmen gemailt, zusammen mit der Bitte um Amtshilfe. Ich hab sie aber blöderweise gelöscht, die Mail. Dumm von mir, aber technisch bin ich nicht so gut drauf, das wisst ihr ja. Nur, diese jungen Computergenies, die kriegen fast alles wieder hin, sogar gelöschte Mails, gell, Stocker?«

»Ich kann dir jetzt ehrlich nicht folgen, Zuckerl«, sagt der Stocker und wischt sich mit dem Handtuch das Gesicht ab.

»Nein? Nicht?« Zuckerhahn grinst und sagt: »Für mich passt das alles gut zusammen. Euer nächtlicher Ausflug auf den See damals, zwei tote Männer, dann die mysteriöse Explosion. Das mit der Explosion, das trägt für mich übrigens eindeutig die Handschrift vom Sperber. Ach ja, und dann natürlich dieses Kajak, das am Priener Seeufer gefunden wurde. Wisst ihr eigentlich, dass der Sperber in jungen Jahren in der Polizeisportstaffel war? Der ist sogar mal deutscher Meister im Kajak-was-auch-immer gewesen. Also, ich will ja nichts sagen, aber wenn da einer die Akten genau durchgeht und eins und eins zusammenzählt … Mein lieber Scholli. Was meinst du, Stocker? Was kann da rauskommen?«

»Ja gut. Ich hätt's ja sowieso gemacht. Dir kann ich eben nichts abschlagen.«

Samstag, 15.08 Uhr, am Seglersteg auf der Fraueninsel

Stocker, am Steuer einer Corsiva 550 Classic, versucht, die Leinen am Poller festzumachen. Gar nicht so einfach, obwohl das Elektroboot nur fünfeinhalb Meter lang ist. Aber irgendwie klappt es dann doch.

Die Sonne steht schräg am Himmel, und der Chiemsee ist voll mit Segelbooten. Die Schiffe der Feßler-Flotte ziehen ihre Bahnen vom Festland zu den Inseln, und die Touristen steuern mit ihren Tretbooten und Elektroschiffen quer in die Dampferwellen und lachen und rufen und freuen sich wie Kinder.

Stocker springt auf den Steg und geht, die Sonne hoch im Rücken, auf die Bank zu, die unter den Bäumen auf dem frisch gemähten Rasen vor den Klostermauern steht.

Eine zierliche, aber gut gebaute Frau um die vierzig in einem engen hellblauen Hosenanzug sitzt mit einem Buch in der Hand auf der Bank. Die kurz geschnittenen goldblonden Haare leuchten in der Sonne.

Wenn mir der Zuckerhahn gesagt hätte, wie hübsch die ist, dann hätte ich mich freiwillig gemeldet, denkt sich der Stocker.

Weiter hinten, auf dem Kiesweg vor dem Kloster, da sind Gruppen von Tagestouristen mit Kindern und Hunden und fotografieren die unfassbar schöne Aussicht über den See zur Alpenkette hin. Im Süden, auf dem Gipfel der Kampenwand, erkennt man, wenn man ganz genau hinschaut, das Kreuz auf dem höchsten Felsen.

Die Frau auf der Bank sieht das alles nicht. Sie liest in einem Taschenbuch. Blauer Einband, mit zwei Möwen unter der Titelzeile. Sie ist so sehr in ihr Buch vertieft, dass sie erst aufschaut, als der Schatten von Stocker über sie fällt.

»Entschuldigung«, sagt er, »ich wollte Sie nicht stören. Ich geh auch gleich weiter. Ich hab mich nur gewundert, dass jemand hier, auf der Fraueninsel, ein Buch von der Nordsee liest. Das passt doch nicht so recht in die Landschaft, oder?«

Die Frau hält die flache Hand über ihre Augen und blinzelt zu Stocker hoch. »Haben Sie mich jetzt erschreckt. Puh, mein lieber Mann. Nein, das hier ist kein Buch von der Nordsee, sondern eins von hier. Die ›Inselgschicht'n‹. Das handelt von Möwen wie denen hier drüben. Aber ehrlich, ich hab Sie nicht kommen gehört. Ich war so vertieft in das hier.«

»Noch mal Entschuldigung, ehrlich. Ich bin mit dem Boot da, ich warte auf die Familie eines Freundes. Die soll ich rüberbringen nach Gstadt. Darf ich mich ein paar Minuten zu Ihnen setzen, bis die kommen? Ich selber bin absolut harmlos, ich bin eigentlich mehr so der Typ, von dem die meisten Frauen sagen: Der will doch bloß spielen.«

Die blonde Frau lacht und zeigt auf den Platz neben sich. »Bitte. Ich muss dann sowieso wieder rein.«

»Wo rein?«

»Ach so, das können Sie ja nicht wissen. Ich bin hier im Kloster in so einem Seminar. Jetzt haben wir Pause.«

»Was für ein Seminar?«

»Ja, was für ein Seminar. Da haben Sie recht. Ich bin im Moment so durcheinander, dass ich gar nicht so recht weiß, ob ich da überhaupt wieder rein will. Dabei ist heute sowieso der letzte Tag, und in ein paar Stunden fahre ich mit dem Schiff zurück. Rüber nach Felden. Da steht mein Auto. Aber warum erzähle ich Ihnen das alles?«

»Keine Ahnung«, sagt der Stocker. »Ich war noch nie auf einem Seminar. Ich habe ein Restaurant in Atzdorf, das ist ein kleines Dorf da drüben, in der Nähe von Prien. Meine Kneipe heißt ›Endstation‹. Und ich, ich bin der Albin Stocker. Kennen Sie Atzdorf?«

»Nein«, sagt die Frau, »das kenne ich nicht. Ich bin aus Salzburg. Aber wenn Sie ein Restaurant haben, dann müssen Sie ja auch so was wie ein Psychologe sein, oder?«

»Na ja, Restaurant ist vielleicht ein bisschen hoch gegriffen. Wissen Sie, eigentlich ist es mehr eine Kneipe. Nein, anders rum: Früher mal, da war es ein Bahnhof. Die Strecke wurde aber vor vielen Jahren stillgelegt, und jetzt ist es mein Bahnhof. Meine ›Endstation‹. Ich mache Musik da drin, jeden zweiten

Mittwoch, und zusammen mit meinem Partner koche ich für unsere Gäste.«

»Partner? Haben Sie keine Frau? Oder Kinder? Oder heißt Partner …« Die Frau Leitner wackelt mit Zeige- und Mittelfinger.

»Was? Nein, ich bin nicht andersrum, es ist nur so, Frau gibt es im Moment keine in meinem Leben. Ich hab da eine blöde Sache hinter mir, und das muss ich erst verarbeiten. Aber Kinder? Ja, so was in der Art habe ich.«

»Wie alt ist Ihr Kind denn?«

»Schwer zu sagen«, sagt der Stocker und zieht sein Handy aus der Hosentasche, »der war nämlich unter dem Tisch angebunden. Und spricht nach wie vor sehr unverständlich.«

»Was?« Verstört und mit gerunzelten Augenbrauen schaut die Frau Leitner auf das Handydisplay, das ihr der Stocker vor die Nase hält. »Das ist ja ein Hund, ein Rauhaardackel. Ja mei, ist der süß. Wie heißt der denn?«

»Josef. Das ist der Josef, und der ist bei uns in der Kneipe der Gemütlichkeitsbeauftragte. Er hat auch schon seinen eigenen Fanclub. Und wenn ich alleine unterwegs bin, fragen mich die meisten Leute: ›Ja, wo ist denn der Josef heute?‹ Oder: ›Warum hast den Josef nicht dabei? Ist der krank?‹ Gestern war ich auf einem Fest auf dem Marktplatz in Prien. Und da grüßt mich eine Frau, und ich schau die ganz konsterniert an, aber dann sagt die eine Sekunde später zu mir: ›Sie, Sie sind doch der, der immer hinter dem Josef herläuft, oder? Wie geht's ihm denn?‹«

Jetzt kann auch die Frau Leitner lachen und sagt: »Und warum wissen Sie nicht, wie alt der Josef ist?«

»Das ist eine blöde Sache gewesen. Bei uns in der Kneipe war mal ein Zechpreller. Der hat gegessen und getrunken wie ein Weltmeister, dann ist er aufgestanden und gegangen. Und weil er auf dem Tisch eine Zeitung liegen gelassen hat und einen Schlüsselbund, da haben wir uns nichts dabei gedacht. Ja, und unter dem Tisch, da war der Josef angebunden. Den hat er uns auch dagelassen.«

»Und jetzt?«

»Wie, und jetzt? Der Josef, der ist mittlerweile ein fester Bestandteil unserer Erlebnisgastronomie und unverkäuflich. Mein Partner und ich, wir haben ihn adoptiert. Kann gut sein, dass die ›Endstation‹ bald umgetauft wird: ›Zum Josef‹ oder ›Beim Schweinesepp‹, weil er manchmal schon ein ziemlicher Sauhund ist. Aber ein hochintelligenter Sauhund. Ach, entschuldigen Sie, Sie wissen ja jetzt, wer ich bin, aber Ihren Namen, den hab ich nicht richtig verstanden, glaube ich.«

»Wahrscheinlich deswegen, weil ich ihn noch gar nicht gesagt habe: Ich bin die Gerlinde Leitner, Albin. Freut mich, Sie kennenzulernen. Hat Ihnen schon mal jemand gesagt, dass Sie ein bisschen aussehen wie dieser Wirt in der Fernsehserie, wie heißt die doch gleich noch? Die spielt in Rosenheim, aber mir fällt's jetzt nicht ein, wie die heißt.«

»Rosenheim-Cops, so heißt die Serie. Und Sie, Gerlinde, Sie schauen ein bisschen aus wie diese blonde Controllerin, die in einen von den Hauptdarstellern verliebt ist.«

»Tja«, sagt die Leitner, »und jetzt sitzen wir wie zwei arbeitslose Schauspieler hier auf einer Bank. Ich muss gleich wieder rein in mein Seminar, obwohl ich überhaupt keine Lust dazu hab, und Sie, Sie sollten besser mal schauen, wo Ihre Leute stecken, die Sie aufs Festland fahren sollen.«

»Die kommen wohl nicht mehr«, sagt der Stocker, »wir haben nämlich ausgemacht, zwischen drei und halb vier treffen wir uns hier bei dieser Bank. Und wenn sie nicht kommen, dann sind sie wohl schon mit einem von den Ausflugsschiffen rübergefahren. Das sehen wir hier nicht so eng. Und Sie, warum wollen Sie nicht mehr rein in Ihr Seminar?«

»Weil … Ach, lassen Sie, ich geh jetzt mal. Vielleicht komm ich irgendwann mal in Ihr Lokal und besuche den Josef. Und Sie. Auf Wiedersehen, Albin Stocker.«

Damit steht sie auf und will weggehen. Stocker, der ebenfalls aufgestanden ist, schaut sie an und sagt: »Wissen Sie was? Sie haben keine Lust mehr auf Ihr Seminar, und ich hab keine Lust, gleich wieder in meiner Küche in Atzdorf zu stehen. Schauen Sie, da drüben, gleich hinter dem Kloster, da ist der ›Lindenwirt‹. Die ›Linde‹, wie sie hier sagen. Da gibt's eine Fisch-Spezialität, von der Sie garantiert noch nie was gehört haben. Und dahin gehen wir jetzt und nehmen ein extrem spätes Mittagessen, oder ein ziemlich frühes Abendessen, das ist Ansichtssache. Dann erzähl ich Ihnen ein paar Dinge, die so bestimmt nicht in Ihrem Inselbuch stehen. Und dann bring ich Sie mit meinem Boot rüber nach Felden. Na, wie wär das?«

»Albin, ich bin verheiratet und habe keine Lust auf einen Flirt oder so was, speziell jetzt nicht. Mein Leben ist eh schon kompliziert genug. Außerdem hab ich im Moment einen echten Riesenhaufen an Problemen, deswegen bin ich hierher auf die Insel geflüchtet. Ich wäre jetzt auch keine gute Gesellschafterin, okay? Vielleicht ein andermal.«

»Gut, das war nur ein Vorschlag, weil Sie so traurig ausgesehen haben, vorhin. Ich geh dann mal und trink beim ›Lindenwirt‹ ein Bier, dann fahre ich wieder rüber aufs Festland. Auf Wiedersehen, Gerlinde, hoffentlich schauen Sie bei mir und meinen Josef mal vorbei.«

Stocker dreht sich weg und geht ein paar Schritte den Weg zum Kloster hoch, da hört er hinter sich ihre Stimme: »Albin, warten Sie. Ich glaub, ich würd doch gerne was essen. Gehen Sie schon mal vor, ich sag da drinnen im Kloster Bescheid, dass ich nicht mehr reinkomme. Und meine Tasche, die muss ich ja auch noch holen. Bis gleich.«

»Inselhotel zur Linde«, Fraueninsel, 16.01 Uhr

Stocker sitzt bei seinem zweiten kleinen Bier draußen unter den Linden. Der Mittags-Run ist durch, und nur noch wenige Gäste sind in dem zauberhaften kleinen Biergarten. Weil Stocker die Bedienung kennt, sitzt er natürlich genau an dem Tisch mit genau dem besten Blick auf den See und rüber auf die Alpenkette mit der majestätischen Kampenwand als Krönung.

Und dann kommt sie auch schon, die Frau Leitner. Ein bisschen unsicher sieht sie sich um, mit ihrer großen blauen Segeltuchtasche in der einen und einer so was von todschicken schwarzen LV-Handtasche in der anderen Hand.

Stocker winkt, und Fanny, die Bedienung, die nimmt auch gleich Fahrt auf und geleitet die Frau Leitner zu dem Tisch unter den Bäumen und sagt: »Ja, kommen S' nur rein, gnä' Frau, und setzen Sie sich. Der Albin, also ich mein natürlich, der Herr Stocker, der hat schon für sie beide bestellt, wenn's recht ist. Der Alfons in der Küche, der war sowieso noch da, und der macht Ihnen jetzt die Schratzen. Wissen S', es tät ja eigentlich nur noch was von der Brotzeit-Karte geben, jetzt, um die Zeit. Aber der Albin, also ich mein, der Herr Stocker, das ist ja so ein Netter, da machen wir das einfach, nicht wahr? Ein Weinderl, vielleicht ein trockener Zweigelt-Rosé, das tät doch jetzt gut passen, oder was meinen Sie, gnä' Frau?«

»Ja, bitte, gerne. Danke.« Verwirrt schaut die Frau Leitner der Bedienung nach und sagt zu Stocker: »Gehört Ihnen der Gasthof hier auch?«

»Nein, um Gottes willen, aber man kennt sich halt hier, rund um den See. Und, wie war's bei Ihnen, haben Sie schon bereut, dass Sie nicht mehr in das Seminar gehen?«

»Nein, das ist schon okay. Hier in der ›Linde‹ war ich noch nie, dabei hab ich gedacht, ich kenne die Insel.«

»Dann wissen Sie vielleicht auch nicht, dass hier in dieser Gaststätte die berühmte Münchner Malerschule ihre Wurzeln hat. Weil nämlich der Münchner Maler Max Haushofer vor vielen Jahren eine der ›Linden‹-Wirtstöchter geheiratet hat, die Anna Dumbser. Und ab dann sind hier in diesem Haus die berühmten Münchner Landschaftsmaler ein und aus gegangen. Auch der Ludwig Thoma, der Ludwig Ganghofer und Erich Kästner waren hier zu Gast. Der Kästner, der soll hier sogar ›Das doppelte Lottchen‹ geschrieben haben. Aber die ›Linde‹ gibt es ja schon seit über sechshundert Jahren, da passiert schon mal das eine oder andere. Und jetzt, jetzt sitzen wir beide hier, das hat lange genug gedauert, oder was meinen Sie?«

Jetzt lacht sie, die Frau Leitner, und sagt: »Albin Stocker, ich kann Sie noch nicht so richtig einordnen, aber ich glaub, es passt.«

Die Fanny bringt den Wein und schenkt den Rosé in zwei schlanke Gläser, die sofort von außen beschlagen sind. »Zum Wohl, wohl bekomm's. Dass man dich einmal mit einer Frau sieht, Albin, das muss man sich ja auch direkt aufschreiben. Der Fisch kommt gleich.« Und weg ist sie, die Fanny.

»Prost. Was hat Sie denn so davon abgehalten, wieder in Ihr Seminar zu gehen? Der Josef und ich doch wohl bestimmt nicht, oder?«, sagt Stocker und nimmt sein Weinglas.

»Nein. Das muss ich Ihnen erzählen. Also, die Seminarleiterin, das ist so eine Frau um die fünfzig, würde ich mal sagen. Und die ist blind. Das habe ich natürlich gewusst, das stand ja auf ihrer Website. Dieses Seminar, das ist so was wie Meditation, ein Wegdenken von den Alltagsproblemen, so was in der Art. Und mit dem ganzen Zeug, das ich im Moment um mich rum habe, da wollte ich einfach nur … flüchten, für ein oder zwei Tage. Raus aus dem Ganzen, verstehen Sie?«

»Ja.«

»Gut. Dann prost erst mal. So, und außer mir sind da also noch zwölf andere Frauen, und wir sitzen so da rum und hören uns das Ganze an und meditieren und so weiter. Aber gestern Abend, nach dem gemeinsamen Abendessen im Kloster, da kommt diese blinde Seminarleiterin auf mich zu und setzt sich neben mich. Wollen Sie das überhaupt hören?«

»Ja, sicher«, sagt der Stocker.

»Jetzt muss ich noch erklären, wie diese Frau aussieht: groß, schlank, mit langen schwarzen Haaren. Fast wie eine Indianerin.

Ist sie aber nicht, sie kommt aus einem kleinen Dorf in Niederbayern, hat sie erzählt. Aber sie hat sich in einen Brieffreund verliebt, einen Navajo-Indianer. Da war sie achtzehn oder so. Dann ist sie zu ihm ins Reservat, da irgendwo in Amerika, gezogen, ist dort schwer krank geworden und dann ziemlich schnell erblindet. Mit zwanzig, da war sie dann voll blind. Aber, und jetzt wird's interessant, ein paar Jahre drauf, da hat sie gemerkt, dass sie in ihrem Kopf Sachen sehen kann. Sachen, die andere Leute nicht sehen. Szenen aus der Vergangenheit und der Zukunft anderer Menschen. Und das war ihrem Mann so unheimlich, dass er sie weggeschickt hat. Jetzt ist sie wieder hier, und seit ein paar Jahren gibt sie hier auf der Insel ihre Seminare.«

Nun wird sie unterbrochen, die Frau Leitner, weil die Fanny mit zwei großen, viereckigen weißen Tellern ankommt und diese auf den Tisch stellt. »So, da sind eure Schratzen, guten Appetit wünsche ich euch zwei Hübschen. Wenn ihr noch was braucht, dann nur winken, ich bin für euch da.«

»Und ich weiß immer noch nicht, was Schratzen eigentlich sind«, sagt die Gerlinde Leitner, und Stocker erwidert: »Die Schratzen, manche sagen auch Schraatz, das sind Barsche, ziemlich kleine, ungefähr handlange Barsche. Die fängt man mit einem speziell geknüpften Netz, und die sind auch überdies sauschwer zu fangen, die flinken Schratzen. Also gibt es immer nur ganz wenige, die erwischt werden, und die paar, die das Pech haben und im Netz landen, die kommen erst gar nicht in den Verkauf, sondern werden exklusiv in ganz wenigen Gaststätten hier auf den Inseln und auf dem Festland angeboten. Diese Filets hier, die sind in Knoblauchbutter gebraten, und dazu isst man am besten Petersilien-Kartoffeln, so wie die hier auf dem Teller. Einen Guten wünsche ich Ihnen. Macht Ihnen doch nichts aus, der Knoblauch, oder?«

»Nein, auf mich wartet außer meinen Problemen niemand.«

»Ja, und was ist jetzt mit Ihrer blinden Seminarleiterin?«

»Mhm«, sagt die Frau Leitner und schluckt den ersten Bissen von dem Fisch runter, »das ist interessant. Die sitzt also neben mir, nimmt meine Hand und sagt Sachen zu mir, über mich und meine Situation, die sie gar nicht wissen kann. Und sie beschreibt die Szenen so erschreckend genau, dass ich von gestern auf heute so gut wie nicht geschlafen habe. Heute Vormittag, da war ich wie betäubt. Und so um zwölf, da ist sie wieder zu mir gekommen und hat mich angesehen, mit diesen grauen farblosen und toten Augen, die scheinbar keine Pupillen mehr haben und milchig gesprenkelt sind. Meistens trägt sie ja diese sehr dunkle Sonnenbrille, und dann sieht sie wirklich aus wie eine echte Indianerin. So mit dem schwarzen Pferdeschwanz und der schwarzen Bluse mit den aufgestickten bunten Blumen und den Perlmuttknöpfen und den Jeans dazu. Jetzt bin ich weg vom Thema. Was wollt ich eigentlich sagen? Ach so, ja, ich hab sie natürlich gefragt, wie das so ist, wenn man plötzlich Szenen im Kopf hat und Sachen sieht, die noch gar nicht passiert sind. Mit Leuten, die man nicht kennt und nie zuvor gesehen hat. Und woher sie denn weiß, dass das, was sie sieht, zu der Person passt, mit der sie gerade spricht, und wie sie diese Leute aussucht. Wissen Sie, was sie da zu mir gesagt hat?«

»Nein.« Stocker sieht die Leitner an, aber die schaut auf ihre Hände und ihren Teller und weiß offensichtlich nicht, wie sie das, was sie sagen möchte, aussprechen soll.

»Sie hat gesagt, die Leute suchen sie aus, verstehen Sie das? Wenn sie plötzlich ein Kribbeln auf der Haut spürt, sagt sie, so … ein Brennen durch die Poren, und wenn sie mit jemandem spricht, so wie mit mir, oder wenn jemand nahe an ihr vorbeigeht. Dann kribbelt es ganz intensiv bei ihr, dann hat sie der Person was zu sagen. Manchen, ganz wenigen Leuten hat sie was zu sagen, den meisten nichts. Aber bei denen, wenn es kribbelt, da kommen dann plötzlich die Szenen in ihren Kopf. So, wie wenn man einen Fernseher einschaltet, sagt sie. Können Sie sich das vorstellen?«

»Nein, und ich weiß auch nicht so recht, wie ich mit so was umgehen soll«, sagt der Stocker und schenkt in beide Gläser etwas Wein nach. »Schauen Sie mal, da, schräg hinter mir, auf der anderen Seite der Insel, da ist die Fährenlände. Man kann es von hier aus nicht sehen. Aber da ist auch der ›Inselwirt‹. Und dort im Haus, da soll es spuken, sagt man. Die Grundmauern vom ›Inselwirt‹ sind ja über tausend Jahre alt, und so im 12. Jahrhundert, glaube ich, da war da drüben der Klosterrichter zugange. Mit seinen Folterknechten und so weiter. Volles Programm, und bis zur Säkularisation, das muss so um 1803 gewesen sein, da ist da in dem Haus vom jetzigen ›Inselwirt‹ so manches grausame Verbrechen verhandelt worden. Haben Sie das gewusst?«

»Nein.« Jetzt lächelt sie wieder und sagt: »Aber das passt dann ja, wenn man sagt, die Inseln hier auf dem Chiemsee, die haben was Mystisches. Wissen Sie was? Ich will da jetzt nicht mehr drüber reden, über meine Seminar-Erlebnisse und so weiter. Und ich will auch keine Spukgeschichten hören. Jetzt erzählen Sie doch mal was von sich. Warum haben Sie einen Partner? Ist der Koch? Und Sie, was oder wer sind Sie? Sie sind in meinen Augen nämlich kein typischer Gastwirt. Wo kommen Sie her? Von hier? Also, auf geht's, reden Sie.«

»Puh, da trinken wir erst mal einen. Prost. Wie ist der Fisch?«

»Der ist umwerfend. So was hab ich noch nie gegessen. Doch, vielleicht so was Ähnliches. Vor vielen Jahren. In der Schweiz, aber da heißen diese kleinen Barschfilets Eglis, glaube ich. So, und jetzt wird erzählt, mein lieber Herr Stocker. Und keine Ausflüchte, bitte!«

Stocker schaut durch sein Weinglas zur Leitner und sagt: »Okay, auf Ihre Verantwortung. Hier ist die Kurzfassung: Ich bin Rosenheimer, aber früh weg von da und erst seit ein paar Jahren wieder in Deutschland. Vorher war ich so ziemlich überall auf dieser Welt und hab auch vieles gemacht. Manches hab ich gut gemacht, das meiste andere nicht so gut. Eigentlich war das meiste nicht so gut, wenn ich so zurückdenke. Kochen, das konnte ich aber immer schon ganz passabel. Und weil ich rein aussehensmäßig nicht so der Frauentyp bin, hab ich schnell gemerkt, dass man über Töpfe und Pfannen auch ganz schön weit kommt, bei den Mädels. Musik hab ich auch schon ewig gemacht. Das mit der Kneipe, der ›Endstation‹, das hat sich also aus den genannten Gesamtzutaten rein schicksalsmäßig so ergeben. Jetzt kommt mein Partner ins Spiel: Der war viele Jahre bei der Polizei. Bei so ziemlich allen Spezialeinheiten, die es so gibt, da war der. Und eben dieses Leben, das ständige Kämpfen ums Überleben, keinem kannst du trauen, Familie kannst du vergessen, all das wollte er irgendwann nicht mehr. Er, der Zeno, er ist ein begnadeter Koch, ein guter Freund, und ich könnte mir niemand anders als Partner vorstellen. Gut, so nebenbei nehmen wir den einen oder anderen, wie soll ich sagen, Spezialauftrag an. Tja, und dann haben wir da noch die Nellie, unsere Bedienung. Die hält die Kneipe über Wasser, bis wir von so einem Auftrag dann wieder auftauchen. Das war's, mehr gibt es nicht zu erzählen.«

»Klingt sehr interessant. Den letzten Teil, den mit den Spezialaufträgen, den hab ich aber nicht ganz kapiert. Was muss ich mir denn darunter vorstellen?«

»Nein, nein, jetzt erst mal prost, und dann erzählen Sie wieder ein bisschen, danach ich wieder. Wie im richtigen Leben, okay?«

Die Gerlinde Leitner lacht, ein sehr sympathisches Lachen übrigens, und hebt ihr Glas.

Fanny, die Bedienung, kommt angerauscht, nimmt die mittlerweile fast leeren Teller mit und sagt: »Hat's euch beiden denn geschmeckt?«

»Ja, danke, das war wirklich außergewöhnlich gut«, sagt die Leitner, und zu Stocker, nachdem die Fanny wieder im Haus verschwunden ist: »Ich bin geborene Salzburgerin und hab nach der Matura in der Bank bei uns im Viertel angefangen. Mein Vater hat da gewisse Beziehungen gehabt. Erst war ich Azubi, dann Praktikantin, dann Sekretärin, dann Sachbearbeiterin. Kurz darauf war ich schon in unserer Zentrale in der Innenstadt, und zwar als Abteilungsleiterin für … wie soll ich sagen … nicht ganz unkomplizierte Finanzgeschäfte mit ausländischen Geschäftspartnern. Dann kam der Wechsel in die Chefetage, in den Vorstand. Jetzt überspringe ich ein paar Jahre. Dann kam die Heirat mit dem Chef. Seit zehn Jahren bin ich verheiratet. Seitdem kümmere ich mich nur noch um eine Handvoll … spezieller Kunden. Privat mag ich … ja, was eigentlich? Eigentlich habe ich gar keine Hobbys. In meinem Job hat man ja auch gar kein Privatleben mehr. Wenn ich das alles nur gewusst hätte, damals, vor vielen Jahren. Da hab ich gedacht, was hast du doch für ein Glück. Mit meinem Glück hab ich allerdings nur Pech gehabt. Aber was soll's? Prost!«

Sie trinkt, legt den Kopf schräg und sagt: »Und wie im richtigen Leben sind Sie jetzt wieder dran mit Erzählen. Das mit den Spezialaufträgen, das interessiert mich. Also, wie läuft das ab?«

»Schwer zu erklären«, sagt der Stocker, »wir, der Zeno und ich, wir haben da einen ganz speziellen Draht zu einem hochstehenden Kripo-Mann. Und wir haben Möglichkeiten und Verbindungen, die die Polizei so nicht hat, oder besser gesagt, nicht haben darf. Ich kenn in Spanien zum Beispiel jemanden, der wiederum eine Truppe an der Hand hat, die mit modernster Technik an wirklich unglaubliche Informationen herankommt. Und so weiter und so fort. Tja, und unser Kripo-Mann, der hat manchmal ein Problem, das er nicht so einfach knacken kann. Oder er braucht ganz spezielle Infos oder Unterlagen, und wir … Aber wissen Sie was, das ist ja nun wirklich kein Thema für einen Nachmittag wie heute. Lassen Sie uns jetzt wieder von was anderem reden, ja?«

»Ja, gleich, sofort. Nur noch ein paar Fragen: Ist das, was Sie da machen, ich meine, ist das alles legal? Also, gesetzeskonform?«

Da lacht der Stocker und schüttelt den Kopf. »Nicht mal ansatzweise. Aber jetzt frag ich Sie was zurück: Das, was auch immer Sie da für Ihre ausgewählte Handvoll Klienten machen, ist das denn immer legal?«

»Gute Frage, die passt aber jetzt wirklich nicht hierher, oder? Ich habe noch eine letzte Frage zu dem Thema, und dann höre ich wirklich auf damit: Kann man Sie und Ihren Partner engagieren? Ich meine, stellen wir uns mal vor, ich hätte ein, sagen wir mal, geschäftliches Problem. Kann ich Sie da anrufen, und Sie arbeiten dann für mich?«

»Klares Nein.« Stocker schüttelt erneut den Kopf. »Wir sind keine Privatdetektive oder so was, und uns kann man nicht anheuern. Das haben Sie missverstanden. Uns geht's auch nicht um Geld. Nur, wie soll ich sagen, das mit dem Kommissar und uns, also, auch mit dem Zeno und mir, das hat sich aus ein paar Situationen heraus so ergeben. Einer hat den anderen plötzlich in der Hand gehabt, war auf den anderen angewiesen, auf Gedeih und Verderb. Das klingt jetzt saublöd, ist mir schon klar, aber so hat das angefangen, das alles. Wissen Sie, was ich machen wollte, als ich aus Spanien zurückkam, nach dem ganzen Schlamassel da unten? Ich wollte einfach meine Ruhe und einen Platz finden, wo ich so leben kann, wie ich will. Und ein bisschen Musik machen und ein bisschen vor mich hin kochen. Aber erstens kommt es anders, und zweitens, als man denkt, nicht wahr?«

»Wem sagen Sie das, Albin. Ich frag ja nur, weil ich im Moment in einer Situation bin, wo … Ach, lassen wir das. Den Fisch hier, diese Schratzen, gibt's das bei Ihnen in der ›Endstation‹ auch?«

»Normalerweise nicht. Einmal, vor ein paar Wochen, da hab ich von einem befreundeten Fischer aus Prien an die zwei Dutzend Schratzen-Filets kaufen können. Die haben wir am Abend in der Kneipe angeboten, und nach einer halben Stunde waren die weg.«

»Würde mich ja doch interessieren, wie Sie die zubereitet haben. So, wie wir die heute bekommen haben?«

»Nein«, sagt der Stocker, »wir haben die so gemacht:

Gebratene Chiemsee-Schratzen-Filets mit Roséwein-Schnittlauchsoße und Trüffel-Kartoffeln, für 2 Personen

10 Schratzen-Filets (für 2 Personen? Ja, die sind so klein, ehrlich), 1 Schalotte, 2 Knoblauchzehen (geht auch ohne, schmeckt dann aber nicht ganz so toll), 40 g Butter, 1 Bund Schnittlauch, ½ Becher Rahm, Salz, Pfeffer und natürlich: ein Viertel richtig guten Rosé

Die Schalotte und den Knoblauch klein würfeln, mit etwas Butter oder Olivenöl glasieren, den Roséwein drüber und einkochen lassen. Dann die klare Butter in kleine Würfel schneiden und in die reduzierte Soße rühren.

Die Schratzen-Filets auf der Fleischseite durch den leicht geschlagenen Rahm ziehen und bei gut Hitze auf der Hautseite (die muss trocken sein) für 1 Minute scharf anbraten. Die Pfanne dann von der Herdplatte nehmen und den Fisch für vielleicht 2 oder 3 Minuten durchziehen lassen. Den Fisch nicht wenden, das ist wichtig.

Jetzt den restlichen, leicht geschlagenen Rahm in die Soße rühren, mit Salz und Pfeffer abschmecken. Auf dem vorgewärmten Teller die Beilage drapieren (z. B. gebratener Reis oder knusprige Bratkartoffeln), dann die Soße auf die Teller geben und die Fischfilets fächerförmig halb auf die Beilage legen.
In dem Fall: Trüffel-Kartoffeln. Geht so: Kartoffeln in der Schale kochen. Durch die Presse drücken, mit etwas Sahne, Salz und Pfeffer und gehacktem Basilikum würzen und einen Schuss gutes Trüffel-Öl reinrühren. Voilà!«

»Wow, das kann ich mir so richtig vorstellen. Lecker. Haben wir noch Wein?«

Die Leitner hält ihr leeres Glas hoch, und Stocker greift nach dem Weinkühler und sagt: »Frau Leitner, ich kenne Sie ja erst ein paar Stunden, und ich glaube eigentlich nicht so sehr an Schicksal und solche Dinge. Und vielleicht ist das hier und jetzt auch nicht der richtige Zeitpunkt, um Sie nach so was zu fragen. Aber ich will Ihnen was zeigen, mit dem ich überhaupt nichts anfangen kann, und mein Partner auch nicht. Und ich will auch im Vorfeld niemanden danach fragen, weil ich nicht weiß, was ich damit auslöse. Aber Sie, Sie können mir vielleicht helfen. Möglicherweise, keine Ahnung. Nach dem, was Sie mir da von sich erzählt haben, könnte ich mir das allerdings gut vorstellen. Schauen Sie mal: Was ist das? Was bedeutet das?«

Während der umständlichen Vorrede hat Stocker sein Handy aus der Hosentasche gezogen, die Foto-Dateien aufgerufen und eine von den Seiten aus dem alten, abgegriffenen Notizbuch aufgerufen, die er am Morgen noch abfotografiert hat.

»Hier, das hat uns jemand geschickt, der denkt, er sei in unserer Schuld. Dieser Jemand, ein Mann mit einem Namen wie ein Raubvogel, möchte ich mal sagen, der ist in Sicherheit. Er ist weit weg von hier, am anderen Ende der Welt. Und von da hat er uns ein Notizbuch geschickt und ein paar Zeilen. Weil er glaubt, dass er uns wegen einer Sache, die im letzten Jahr gelaufen ist, noch was schuldig ist. Er schreibt: ›Jetzt sind wir quitt. Vielleicht könnt ihr mit dem Buch was anfangen. Macht was draus.‹ Aber wir haben keine Ahnung, und wir wissen auch nicht, was das sein soll. Was ist das? Für mich sieht das aus wie eine Liste von Banküberweisungen.«

Die Leitner nimmt das Handy aus Stockers Hand und schaut auf das Display. Ihre hübsche Stirn zeigt zwei Falten, sie scrollt sich durch die Zahlenreihen, klopft auf das Handy und sagt: »Wie viel habt ihr von dem da?«

»Zwanzig Seiten oder so, warum?«

»Das sind wirklich Aufzeichnungen von Überweisungen. Hohe Beträge. Sehr hohe Beträge, würde ich mal sagen. Das links, das sind wahrscheinlich Angaben, wann was von wo abgeschickt wurde, und das in der Mitte, das sind die Beträge. Für was sind die bezahlt worden, diese Beträge? Warten Sie mal, da, da rechts, gleich nach der Mitte, das da sind Abkürzungen für … Lieferungen, Waren. Aber welche, das weiß ich jetzt so auch nicht. Mein lieber Mann, da geht's wirklich um Geld. Hier, das kenne ich, das ist das Zeichen für Öl. Und das hier, das bedeutet fünfunddreißig Millionen, wahrscheinlich Dollar. Das hier drüben, das sind Kürzel, die nur ein Banker kennt. Und das da rechts, das sind die Abkürzungen der Banken, von Bank A nach Bank B und so weiter. Das hier ist das Zeichen für die Chase First, die ist in New York. Das hier unten, das ist die Singapore Group. Da, das ist die Bank of East-Kowloon und das hier, das ist eine Schweizer Bank und hier … nein. Mein Gott!«

»Was?«

»Das hier unten, das ist unsere Bank. Da ist Geld reingekommen und gleich wieder weitertransferiert worden, zu einer unserer Partner-Banken in Kufstein. Sehr seltsam. Ich müsste mal das ganze Büchlein sehen, dann kann ich vielleicht sagen, um was es geht. Aber hier haben ein paar Leute riesige Summen rund um die Welt geschickt, und die haben genau gewusst, was sie da machen. So auf den ersten Blick würde ich mal sagen, da hat jemand Geld aus allen möglichen Ecken zusammengekratzt und damit Waren gekauft. Öl, Rohöl wahrscheinlich, auch noch was anderes, so wie es aussieht. Und gleich mit ganz wenig Gewinn weiterverkauft. Damit hat er die eigentliche Geldherkunft verschleiert, um mit eben diesem Geld hier irgendwo in Bayern oder in Österreich einen Mordsdeal zu machen. Da kommt fast eine Milliarde zusammen, so wie ich das auf den ersten Blick sehe. Können Sie mir das und vielleicht ein bisschen mehr auf mein Handy schicken? Ich möchte mir das mal in Ruhe anschauen. Von solchen Summen, die zum Teil auch über unsere Bank laufen oder gelaufen sind, da müsste ich eigentlich was wissen. So was sollte normalerweise auch über meinen Schreibtisch gehen.«

»Nein, kann ich nicht«, sagt der Stocker und winkt nach der Rechnung.

Die Leitner schaut leicht verwirrt von dem Handy auf. »Ich wollte Ihnen nur helfen, das Ganze bleibt unter uns, versprochen!«

»Schon klar«, sagt der Stocker, »aber ich habe Ihre Handynummer nicht, wie soll ich Ihnen da was schicken?«

Die Fanny legt die Rechnung auf den Tisch: zweiundfünfzig Euro. Da kann man nicht meckern, weil alleine der Wein schon ziemlich gut war. Und der Fisch, der war einfach überirdisch.

»Wissen Sie was, ich fahre Sie jetzt rüber nach Felden, und Sie überlegen sich, ob Sie sich mit der Sache wirklich, wie soll ich sagen, beschäftigen wollen. Es könnte ja sein, dass die Angelegenheit für Sie, mal vorsichtig ausgedrückt, mindestens ärgerlich wird, oder?«

»Ja, gut. Dann wollen wir mal. Danke für das nette Essen. Und ja, Sie haben recht. Ich muss das Ganze wirklich noch mal überschlafen. Noch mehr Stress brauch ich jetzt wirklich nicht.«

Die Leitner schüttelt den Kopf und nimmt ihre beiden Taschen. Dann gibt sie die Segeltuchtasche aber nach kurzem Zögern dem Stocker und geht schnell über den Kies unter den Bäumen zum Ausgang.

Stocker winkt der Fanny und überholt die Leitner auf dem Gehweg vor der Torhalle. »Jetzt warten Sie doch. Ich will doch bloß nicht, dass Sie Probleme kriegen. Hallo? Erde an Gerlinde: wichtige Durchsage. Es tut mir leid. Wollen wir die letzten paar Minuten streichen?«

»Wissen Sie was? Ich habe diese ganze Seminar-Sache hier eigentlich nur gemacht, um ein bisschen von meinen Problemen wegzukommen. Und jetzt? Jetzt bin ich wieder genau da, wo ich so was von überhaupt nicht sein wollte. Haben Sie ›Der Pate‹ gesehen? Die Szene, wo Michael Corleone sagt: ›Gerade jetzt, wo ich gedacht habe, ich bin raus ... da ziehen sie mich wieder rein!‹«

Jetzt muss sie selber lachen, die Leitner, und der Stocker lacht mit, obwohl er sich an diese Szene im »Paten« überhaupt nicht erinnern kann. Und in das Lachen der beiden kommt ein Inder marschiert, das muss man sich jetzt mal vorstellen: auf der Fraueninsel ein leibhaftiger Inder. Den gibt es aber wirklich. Nicky, der »Insel-Hindu«. Vor einigen Jahren ist besagter Nicky als Gast auf die Insel gekommen, und als Ayurveda-Koch im Kloster, da ist er hängen geblieben. Und wie es so ist, man kennt sich halt: »Sei vorsichtig, Stocker, du alter Knödelschubser. Wasser erhitzt sich langsam und kocht dann schnell. Buddha hat das gesagt. Obwohl ich nicht weiß, ob es damals schon so hübsche Frauen gegeben hat.«

Und weg ist er, der Nicky. Stocker ruft ihm noch nach: »Wer anderen eine Bratwurst brät, der braucht ein Bratwurst-Bratgerät. Das ist von mir. Grüß deine Frau, Nicky! Servus.«

»Sie kennen aber auch wirklich jeden«, sagt die Leitner und schaut sich um. »Welches ist denn Ihr Boot?«

»Das weiße mit den blauen Sitzen. Das da vorne, am Ende vom Steg.«

Mittlerweile ist es spät am Nachmittag geworden. Die Sonne steht schon sehr schief über dem See, und die Stimmung, die ist einfach magisch.

Möwen fliegen tief über die Inseln, die Touristenschiffe ziehen majestätisch ihre Bahn, und der See liegt da und glitzert wie ein Meer von Edelsteinen. Stocker löst die Leinen und nimmt Kurs auf das Südufer.

»Wow, was für ein schönes Boot. Gehört das Ihnen?«

»Nein, einem Freund von mir, der wohnt in Gstadt, das ist da schräg hinter uns.«

Stocker zeigt mit dem Daumen über seinen Rücken, während die Corsiva 550 langsam Fahrt aufnimmt, und Gerlinde Leitner sagt: »Also, wenn Ihr Freund so wohnt und wenn er so ein Boot hat, da muss er doch ziemlich glücklich sein, oder?«

»Schwer zu sagen«, meint der Stocker, »aber: Der kann fünf Minuten die Luft anhalten. Unter Wasser. Und früher, da hat er reihenweise Leute aus dem See gezogen. Bei Sturm, meine ich. Das macht er jetzt aber nicht mehr. Weil, er hat da mal einen kleinen Jungen aus dem Wasser geholt. Das muss übrigens hier irgendwo gewesen sein. Dem kleinen Burschen hat er das Leben gerettet. Bei Windstärke elf. Und ein oder zwei Wochen nach der Sache, da hat's bei ihm, meinem Freund, meine ich, an der Tür geläutet, und draußen stand die Mutter. Die von dem Jungen. Und die sagt zu meinem Freund: ›Sie sind doch der, der meinen Anton aus dem See gezogen hat, bei dem großen Sturm vor zwei Wochen, oder? Sie haben ihn aus dem See gezogen und ihm das Leben gerettet, oder?‹ – ›Ja, ja‹, sagt mein Freund, ›aber das habe ich doch gerne gemacht, gute Frau, da brauchen Sie sich jetzt nicht extra zu bedanken.‹ Sagt die Frau: ›Um das geht's ja auch gar nicht. Was ich von Ihnen wissen will: Wo ist seine verdammte Mütze geblieben?‹«

Jetzt lacht sie wieder, die Gerlinde Leitner, und wenn sie lacht, dann sieht sie aus wie … ich weiß auch nicht, aber irgendwie … Ist ja auch egal, denkt sich der Stocker und holt eine kleine Flasche Cava aus dem Kühlfach neben dem Steuerrad und sagt: »Wissen Sie was? Wenn Sie mir vertrauen wollen, dann rufen Sie mich an. Meine Kneipe steht im Telefonbuch. Die ›Endstation‹ in Atzdorf. Und wenn Sie nicht anrufen, dann eben nicht. Dann hören Sie auch garantiert nie wieder was von mir. Versprochen. So, und jetzt, jetzt trinken wir noch einen schönen kalten Schluck, und dann gehen Sie zu Ihrem Auto und fahren aus meinem Leben. Aber bitte langsam anfahren, weil ich die Abdrücke sonst nie wieder aus meinem Herzen kriege. Hier, nehmen Sie den Becher. Gläser haben wir keine mehr an Bord, weil der Steward gestern gekündigt hat. Auf Sie, Frau Leitner.«

»Gerlinde. Bitte sagen Sie Gerlinde zu mir. Und ich rufe Sie morgen an, Albin. Senden Sie mir die Sachen, die Sie mir vorhin gezeigt haben. Hier, an diese Nummer.« Damit nimmt sie einen Zettel aus ihrer Handtasche und schreibt hastig eine Zahlenreihe auf, während sie sagt: »Ich will mir das morgen früh in der Bank in aller Ruhe mal ansehen. Da, hier ist meine Handynummer. Und danke für diese nette Mini-Kreuzfahrt. Wissen Sie, wir leben alle in unserem eigenen Film, ohne es zu merken. Mein Gott, wie das jetzt klingt: gefangen im eigenen Film. Komisch, was? Dinge aus der Vergangenheit steuern uns auf einen Kurs in die Zukunft und halten uns in der Spur. Aber so was wie heute Nachmittag, das bringt mich ein bisschen zum Nachdenken. Weil, ich weiß auch nicht, wie ich das sagen soll, aber im Moment, da hab ich solche Probleme an der Backe, das ist mir irgendwie alles zu viel. Wissen Sie –«

Tja, und jetzt summt das Handy vom Stocker. Genau in den magischen Moment hinein. Und der zerplatzt, dieser Moment, wie eine große, runde und schillernde Seifenblase. Was zurückbleibt, das sind zwei Menschen in einem Boot, die sich ansehen wie zwei, die gerade aus einem tiefen Schlaf gerissen wurden.

»Stocker? Hallo! Stocker? Mann, ist das wieder eine scheiß Verbindung hier. Übernachtest du in einem Schlagloch auf der Autobahn, oder was? Hallo? Zuckerhahn hier. Kannst du mich hören? Wo steckst du?«

»Ich hör dich. Was gibt's?«

»Wo bist du? Ich bin, warte mal, ich fahre gerade an der Ausfahrt, wie heißt die? Ich hab's gerade gelesen. Schweinbach? Ja, Schweinbach vorbei. Möchtest du in Schweinbach wohnen, Stocker?«

»Da wohnen ziemlich viele Leute, und denen gefällt es da, glaube ich. Was willst du, Donat?«

»Ich war mit dem Schmittel in Salzburg essen. Im ›Stiftskeller‹. Mann, ich sag's dir, zum Niederknien, die Schnitzel dort. Und die Informationen erst, die ich hab. Das wirst du nicht glauben. Also, wo bist du?«

»Ich kann in einer Viertelstunde in Bernau-Felden im ›Badehaus‹ sein. Das ist die Wirtschaft unten am See, wo –«

»Kenn ich, kenn ich alles. In einer Viertelstunde, das passt. Wer zuletzt kommt, den bestraft die Rechnung, okay?«

Gaststätte »Badehaus«, Bernau-Felden, im Biergarten vor dem gläsernen Anbau, 18.47 Uhr

Er ist logischerweise schon als Erster da, der Kommissar Zuckerhahn. Wahrscheinlich ist er wieder mal mit Blaulicht gefahren, damit er das Bier nicht bezahlen muss, denkt sich der Stocker.

Die Gerlinde Leitner, die hat ihm noch ein relativ gefühlsfreies Küsschen auf die Wange gegeben und ist in Richtung Medical Park verschwunden. Mit der großen blauen Segeltuchtasche über der Schulter. Aber interessant, was Frauen so machen: Da winkt sie über die Schulter zurück, ohne zu schauen, ob ich das auch sehe, denkt sich der Stocker. Dabei weiß sie genau, dass ich das sehe.

Der Kommissar Zuckerhahn, der sitzt am letzten Tisch rechts vorne im Biergarten. Er hat ein schön gezapftes Bier vor sich und zeigt mit dem zweiten Bier in der Hand in Richtung Bootssteg, zum Stocker hin.

»Tolle Frau, die Gerlinde Leitner, was? Hier, trink einen Schluck. Hast du ihr gesagt, was Sache ist?«

»Nein.« Stocker winkt, und durch den gläsernen Wintergartenanbau winkt der Wirt zurück. »Nein. Ich wollte ihr eigentlich alles erzählen, aber dann hast du ja freundlicherweise angerufen. Wie war dein Treffen mit dem Schmittel?«

»Gut. Und sehr konstruktiv. Hier, schau dir das mal an!« Zuckerhahn nimmt einen dünnen Aktenordner, den er neben sich liegen hatte, und schlägt ihn auf. Zu sehen ist das Foto eines Mannes, der direkt und leicht aggressiv in die Kamera schaut. »Das ist der Typ, der in München vor unseren Augen erschossen wurde. Und der da«, damit blättert Zuckerhahn um und tippt mit seinem dicken Zeigefinger auf ein weiteres Foto, auf dem ein zweiter Mann in eine Kamera schaut, lächelnd und irgendwie unsicher, »der da, das ist der Dr. Leitner. Unser Dr. Leitner. Der Mann von der netten Gerlinde. Aber diese beiden Männer verbindet was. Jetzt nicht mehr so, könnte man sagen, weil der eine ziemlich tot ist. Und der andere verschwunden ist und möglicherweise auch nicht mehr lebt. Aber die beiden hier, die haben in großem Stil Geld gewaschen. Zusammen mit ein paar anderen Bankern haben die zwei Musterbürger hier Unsummen über den Globus transferiert. Und weißt du, was ich glaube? Deine süße Gerlinde, da vorne verschwindet sie in der Abendsonne, die könnte so einiges davon wissen. Na, was sagst du jetzt?«

»Glaub ich nicht. Was hat dir der Schmittel noch erzählt?«

»Dass der Typ hier, der in München, von einem Profi umgenietet wurde. Von einem, der so was schon ein paarmal gemacht hat. Das ist nämlich irgendwie immer die gleiche Handschrift: keine Spuren und keine DNA. Außerdem sind da immer diese komischen Boattail-Geschosse verwendet worden, und immer ging der Schusskanal von oben nach unten. Ich weiß es ja auch nicht, aber vielleicht war der mal Schornsteinfeger, der Killer. Kennst du einen Schornsteinfeger, Stocker? Wenn ja, dann sei vorsichtig. Das sind nämlich oft Profikiller in Rente, glaube ich so langsam. Die setzen sich dann auf dem Land zur Ruhe, kaufen sich einen Hund, und keiner verdächtigt die. Fakt ist also, der Bankmanager in München damals, der wurde erschossen, weil er mit den Geldwäsche-Strömen zu tun hatte, mit denen auch der Dr. Leitner rumgemacht hat. Der Schmittel sagt, er hat noch keine handfesten Beweise, aber da läuft seit zwei oder drei Jahren ein Ding ab, das ist einfach unfassbar. Da werden immense Summen aus einem nordafrikanischen Land losgeschickt, wahrscheinlich aus Libyen, vielleicht auch aus den Emiraten oder so. Auf den ersten Blick geht es da um Zahlungen für Öllieferungen. Tankerweise haben die das abgerechnet, kannst du dir das vorstellen?«

»Nein, kann ich nicht. Wie viel Öl passt denn auf so einen Tanker?«

Stocker schaut in der Akte auf das Foto und studiert den Gesichtsausdruck vom Dr. Leitner. Warum hast du so was getan, denkt er sich. Du hast eine tolle Frau, ein tolles Leben, ein ziemlich gutes Einkommen, warum muss man dann auch noch solche Geschäfte machen? Mit was haben sie dich so weit gekriegt? Geld? Das hast du doch eh schon genug, also was war es? Was?

»… oder einer dieser Supertanker, die ›Jahre Viking‹. Wenn die richtig voll war, dann waren da sechshundertzweiundfünfzig Millionen Liter Rohöl drauf. Hey, hörst du mir überhaupt zu?«

Stocker schreckt aus seinen Gedanken auf und sagt: »Was? Ja, klar, sechshundertzweiundfünfzig Millionen Liter. Alles in einem Schiff. Wow. Wie viel ist das überhaupt wert, so viel Öl?«

»Tja, in Kuwait, wo sie nicht einmal Bohrtürme brauchen, weil das Zeugs so aus dem Boden schießt, da kostet der Liter Rohöl etwa null Komma vier Eurocent, in Rotterdam dann schon das Vielfache. Also, so ein Tanker voll, der bringt den Kuwaitis so um zwanzig bis dreißig Millionen. Abzüglich der Charterkosten für den Tanker. Die machen aber nur so um die zwei bis drei Millionen aus. Mit einem Schiff voll mit Rohöl kann man auf dem Papier also theoretisch bis zu dreißig Millionen Euro bewegen. Jetzt haben die Brüder aber eine ganze Flotte von Schiffen am Laufen, und das über einen Zeitraum von zwei oder drei Jahren. Kannst du dir in deiner küchenverschmorten Rübe vorstellen, was da für Beträge im Spiel sind, Stocker? Mit einer Handvoll Schiffen?«

»Allerhand, was?«

»Ja, allerdings allerhand. Wir reden hier von einer halben oder dreiviertel Milliarde Euro. Und jetzt kommt der Clou, sagt jedenfalls der Schmittel: Da stecken natürlich noch ein paar Politiker mit drin, sonst funktioniert das Ganze ja nicht. Da haben wir Afrikaner, Amis und ein paar Österreicher. Die sowieso, weil Österreicher wie die Termiten sind. Fressen sich überall durch. Gut, und zum würdigen Abschluss sind natürlich welche von unseren Saubermännern aus der Münchner Staatskanzlei mit im Spiel. Und jetzt? Wie geht's weiter? Koordinieren muss das ja letztendlich auch einer. Und was meinst du, wo der sitzt, der Koordinator? Der Strippenzieher, bei dem alles zusammenläuft? Genau hier am Chiemsee. So, und was siehst du, wenn du dich umdrehst und über den See schaust?«

»Die Inseln?«

»Genau. Und dahinter, da rechts im Bild, da ist eine Ecke von Seebruck zu sehen. Ungefähr da, wo die Lichter da am Horizont glimmern. So, und jetzt geh ein bisschen nach links.

Und ungefähr da, ein paar Kilometer hinter dem See in Richtung Seeon, da residiert ein pensionierter Bankprofi. Der hat sogar das Bundesverdienstkreuz. Dr. Enno von Bernbach, so heißt der. Merk dir schon mal diesen Namen. Und bei dem Typen da drüben, beim alten Enno, da laufen so einige Fäden zusammen. Und davon muss die Leitner gewusst haben, ob sie es zugibt oder nicht. Na, was sagst du dazu, mein Romeo?«

»Ich bin schwer beeindruckt. Mann aber auch. Jetzt erklär mir aber eines: Woher will der Schmittel denn das alles wissen? Und warum muss die Leitner da mit drinstecken? Das würd mich jetzt schon interessieren.«

»Kann ich dir sagen, und zwar eins nach dem anderen: weil der Schmittel eigentlich aus Salzburg kommt. Jetzt schau mich nicht so an. Der ist da aufgewachsen und hat da in diesem Knabenchor gesungen. Im Salzburger Dom, wie heißt der doch gleich, der Chor? Ganz was Elitäres, fällt mir jetzt nicht ein. Da waren auf jeden Fall nur die Schreihälse aus der Oberklasse drin, und deswegen wird das bis heute auch nicht anders sein. Egal. Witzig ist, wer damals noch in dem Knabenchor war. Na? Wer? Richtig! Der junge Leitner. Später ist der Schmittel dann nach Wien gegangen und hat im Innenministerium und bei der Kripo Karriere gemacht. Den Rest kennen wir ja. Aber: Man ist in Verbindung geblieben. Die Leitners und die Schmittels, die haben über die Jahre hinweg immer Kontakt gehalten. Warte, warte, es geht ja noch weiter: Jetzt hat der Schmittel, wie übrigens so manche Österreicher, in seiner Familie ein paar Altnazis. Nur, die Cleversten aus der Schmittel-Bagage, die sind nach dem Krieg in der ›Organisation Gehlen‹ untergetaucht. ›Gehlen‹, das ist der Verein, aus dem später der BND hervorgegangen ist. Ja, und wie es der Teufel will, da war der Dr. von Bernbach auch beim Gehlen und ist erst ein paar Jahre später in die freie Finanzwirtschaft gegangen. Und weil die alten Seilschaften schon immer Verbindungen nach Nordafrika hatten, genauso gute wie nach Südamerika, deshalb wird das jetzt so langsam interessant. Weil einige von diesen guten alten Beziehungen, die sind vom Vater auf den Sohn und so weiter übergegangen. Das ist ein ganz exklusiver Verein, das kann ich dir sagen. Die Söhne und

Enkel, die sind heute zum Teil in hohen Positionen und mischen im großen Geldwäsche-Geschäft oder in der Politik oder bei der Polizei mit. So ist das, und der Schmittel sagt, man kann sich zwar seine Freunde aussuchen, aber nicht seine Familie. Fakt ist, dass der Dr. Leitner bei besagtem Ex-Banker, unserem Dr. von Bernbach, gewesen ist. Mit der Frau Gemahlin, der schönen Gerlinde, im Schlepptau. Zu diversen Sommerfesten, oder was diese Leute so veranstalten. Und Fakt ist auch, dass sich die schöne Gerlinde an den Schmittel gewendet hat, als sie gemerkt hat, dass der Topf am Überlaufen ist. Man kennt sich halt. Noch Fragen bis hierher?«

»Schon klar, so weit hab ich das kapiert. Du kannst dir deine Ironie also sparen. Aber wie funktioniert das mit den Schiffen? Ich meine, die verkaufen ihr Öl, kriegen einen Haufen Geld dafür, und was ist da dran illegal?«

»Dass, mein lieber Freund, ein paar von den Schiffsladungen zweimal oder dreimal bezahlt werden. Einmal ganz legal und ein zweites und drittes Mal über Scheinfirmen, die für Öl bezahlen, das nie existiert hat. Und die Drahtzieher in Libyen, die bestätigen den Geldeingang auf Konten in der Karibik oder in Singapur. Und schon ist die Kohle einigermaßen sauber. Aber das ist der letzte Schritt in der Wäschekette. Erst muss das Geld aus Libyen und den Emiraten raus, oder wo immer das herkommt. Irgendwo aus der Ecke da unten auf jeden Fall.«

»Was davon kannst du belegen?«

»Gar nichts, bis jetzt jedenfalls. Muss ich auch gar nicht, denn das ist nicht mein Job. Deswegen, mein lieber Stocker, deswegen nimmst du die Unterlagen hier mit und sprichst das Ding mal mit deinen spanischen Freunden durch. Ich bin mir ziemlich sicher, dass die Brüder mit ihren Supercomputern auch Mittel und Wege haben, um auf die Spur des Geldes zu kommen. Wenn die was finden, geb ich das dem Schmittel weiter, das ist der Deal. Und wenn die Brüder in Eviva España nichts finden: auch gut. Das kratzt mich alles nicht die Bohne. Ich kann hier im Chiemgau sowieso nur versuchen, den Dr. Leitner zu finden. Oder besser gesagt das, was von ihm noch übrig ist.«

»Schön, klingt gut. Was kann ich den Spaniern für ihre Arbeit anbieten, und warum sollen wir uns hier überhaupt einschalten? Der Zeno und ich, meine ich. Was ist für uns da drin?«

»Pass auf, Stocker, wenn ihr die Diamanten oder sonst was von Wert bei der Sache findet, dann könnt ihr alles behalten. Ich will lediglich wissen, was mit dem Dr. Leitner los ist, und dann würde mich noch interessieren, was der Dr. von Bernbach so treibt. Vielleicht krieg ich da bei der ganzen Sache am Rande was gegen meinen Intimfeind, den Staatsanwalt Reimers, in die Hände. Und alles andere, was ihr sonst noch rauskriegt, das geb ich dem Schmittel weiter. Eine Hand wäscht die andere, nicht wahr? Ich muss jetzt los. Was ist mit dir? Soll ich dich mitnehmen? Bleibt dein Boot hier, oder was?«

»Nein«, sagt Stocker und trinkt sein Bier aus, »das Boot muss zurück nach Gstadt, und ich hab mein Auto da drüben stehen. Die Akte ist für mich?«

»Ja, und die Rechnung auch. Melde dich sofort, wenn du was hast. Überleg doch mal, ob ihr irgendwie an den Dr. von Bernbach rankommen könnt. So in Richtung Catering-Service oder so. Das hat doch schon einmal bei dem Ding in München ganz gut geklappt. Pass auf, ich lass mal meine Kontakte spielen, du hörst dich auch um, und vielleicht können wir da was machen. Aber sei vorsichtig: Das hier, das ist die Chiemsee-Mafia. Schönen Abend, servus, und denk dran: Der liebe Gott sieht alles.« Damit steht der Zuckerhahn auf, klopft mit den Fingerknöcheln zweimal auf den Tisch und geht rechts am Glasbau vorbei zum Parkplatz.

Auf dem See, 19.16 Uhr

Meine Autoschlüssel, der Schlüsselbund, denkt sich der Stocker, verdammt noch mal, wo hab ich den nur gelassen? Mit der linken Hand lenkt er die Corsiva in Richtung der Inseln und klopft mit der Rechten nervös zum dritten oder vierten Mal seine Taschen ab. Geldbörse: da. Kleingeld: ebenfalls da. Zigarillos und Feuerzeug: hier. Wo zum Teufel sind dann die Schlüssel? Die hab ich wahrscheinlich in der »Linde« auf den Tisch gelegt, weil ich in meinen Taschen nach irgendwas gesucht habe. Und weil ich die Bootschlüssel in der Hosentasche hatte, hab ich den Bund mit den Autoschlüsseln auf dem Tisch im Biergarten liegen gelassen. So ein Mist. Aber: Das ist kein großer Umweg, da kann ich jetzt noch schnell vorbeischauen.

Die Abendsonne blendet schon ein bisschen auf dem See, und Stocker weicht ein paar Schwimmern aus, die ihm aus dem Wasser zuwinken. Idioten, denkt er sich. Würde mir jetzt gerade noch fehlen, dass ich so einen unter die Schraube bekomme.

Im Biergarten in der »Linde« ist nicht mehr viel Betrieb. Stocker geht zu dem Tisch, an dem er und die Gerlinde Leitner vor knapp drei Stunden gegessen, gelacht und getrunken haben. Da liegt aber logischerweise nichts mehr.

Fanny, die Bedienung, ist an einem der Nebentische am Abräumen, schaut von ihrer Arbeit auf und sagt lachend: »Wo die Liebe hinfällt, was, Albin? Du hast deinen Schlüsselbund liegen gelassen, ich hab ihn hier, schau. Komm doch mal wieder vorbei mit deiner neuen Flamme, das würd mich echt freuen. Die ist irgendwie nett, und ein schönes Lachen hat sie auch.«

Damit drückt sie dem Stocker die Schlüssel in die Hand und geht mit Tellern und Gläsern bepackt ins Lokal.

Jetzt, wie sich der Stocker umdreht und zwischen den Tischen und in Gedanken versunken zum Ausgang marschiert, da sieht er sie sitzen.

Alleine, am letzten Tisch hinten links, unter dem großen Baum: Die langen schwarzen Haare sind zu einem Pferdeschwanz gebunden. Eine schwarze Bluse mit irgendwas Draufgesticktem hat sie an, genau so, wie die Gerlinde erzählt hat. Sie sitzt da und tastet mit den Fingern der rechten Hand über die Tischdecke nach einem Glas mit Rotwein. Die linke Hand liegt an ihrem Hals, so, als würde sie ihrem Puls nachspüren. Ihr Gesicht mit dem leicht geöffneten Mund und der schwarzen Sonnenbrille hat sie dem Lindenbaum zugewendet. Jetzt dreht sie den Kopf und schaut, nein, lauscht oder wittert in Stockers Richtung. Bestimmt hört sie den Kies unter meinen Füssen knirschen, denkt er sich. Das ist diese Seminarleiterin von der Gerlinde Leitner. Interessante Frau.

Plötzlich, ohne es zu wollen, steht er vor ihrem Tisch und schaut sie an. Was sag ich zu ihr, denkt er sich, ich würde schon gerne mit ihr reden. Bestimmt kann sie mir was über die Gerlinde erzählen.

Die Frau nimmt ihre Sonnenbrille ab, und man sieht die golden gesprenkelten, milchigen toten Augen ohne Pupillen, die an Stocker vorbei ins Nichts zu schauen scheinen.

»Ja? Oh, ich glaube, ich weiß, wer Sie sind«, sagt sie. »Bitte setzen Sie sich doch für eine Minute zu mir. Ich glaube, Sie möchten mit mir reden, oder?«

Stocker lässt sich auf dem Stuhl gegenüber nieder, und die Frau setzt ihre Brille wieder auf und sagt: »Natürlich kenne ich Ihren Namen nicht, aber ich weiß, wie Sie sich fühlen. Geben Sie mir bitte ihre rechte Hand. Danke. Sie sind nervös, angespannt, das fühle ich. Sie werden mir vielleicht nicht glauben, aber ich sehe bei manchen Menschen Dinge. Bei einigen wenigen, genau genommen. Bei den meisten Menschen sehe ich gar nichts. Aber Sie sehe ich zusammen mit einer Frau, die bei mir im Seminar war. Hier auf der Insel. Diese Frau hat großen Kummer und große Probleme, das habe ich gespürt, und das habe ich ihr auch gesagt. Kennen Sie diese Frau? Warum sehe ich Sie mit dieser Frau?«

»Sie meinen Gerlinde, Gerlinde Leitner aus Salzburg, oder? Ja, ich kenne sie, wir waren vor ein paar Stunden noch zusammen hier. An dem Tisch da drüben. Sie hat mir von Ihnen erzählt und wie beeindruckt sie von Ihnen war und Ihrer Gabe, Dinge zu … sehen.« Stocker begreift jetzt nichts mehr und starrt die blinde Frau an.

»Ja. Sie hat viele Probleme, aber Sie können ihr vielleicht helfen. Obwohl Sie selber genug mit sich rumschleppen. Wollen Sie das wirklich hören? Ja? Es ist nicht schön, glaube ich.«

Stocker versucht, was zu sagen, aber es kommt nur ein Räuspern, und die Frau spricht weiter: »Ich sehe Menschen hinter Ihnen. Die sind immer bei Ihnen, fast jede Nacht, in Ihren Träumen. Um die Wolfsstunde rum, zwischen drei und vier Uhr morgens, da kommen sie zu Ihnen und in Ihre Träume. Zornig und wütend. Ich sehe einen Mann durch die Nacht fliegen. Er fliegt rückwärts in die Dunkelheit, und um ihn herum sehe ich ein Glitzern und ein Glänzen wie von tausend Diamanten, aber es ist Glas, das zerspringt, und die Nacht nimmt den Mann mit sich. Dieser Mann ist einer der Menschen, die ich sehe, und die anderen um ihn herum sind vielleicht auch schon einige Zeit tot. Da ist ein anderer Mann hinter Ihnen, der sagt Worte in einer Sprache, die ich nicht kenne. Und ein weiterer Mann liegt daneben, am Boden. Das sehe ich. Aber ich weiß nicht, warum, und ich weiß auch nicht, was genau Sie damit zu tun haben. Aber das sind die Bilder, die ich in meinem Kopf sehe. Können Sie was damit anfangen?«

»Warum erzählen Sie mir so was?«

»Das weiß ich nicht. Das sind die Bilder in mir. Die Geschichten dazu kenne ich nicht. Aber Sie wissen vielleicht, was diese Bilder bedeuten, denn sie sind aus der Vergangenheit. Aus Ihrer Vergangenheit. Und die bestimmt Ihre Zukunft. Deswegen werden Sie der Frau aus Österreich helfen können. Vielleicht, weil Sie mit Gewalt umgehen können, denn es wird weitere Gewalt auf Sie zukommen, das sehe ich. Suchen Sie nach dem Menschen, den sie vermisst. Das ist ihr Mann, glaube ich. Ich sehe ihn nicht, den Mann. Ich weiß auch nicht, wo er ist oder ob er noch lebt. Aber Sie haben vor einigen Jahren schon mal jemanden gefunden, das sehe ich. Diesen Menschen haben Sie gefunden. Und wieder verloren. Wissen Sie, wen ich meine? Ich kann Ihnen nur erzählen, was ich sehe. Erklären kann ich es nicht, verstehen Sie?«

»Ja. Ich glaube schon. Ich muss jetzt los, ich bin ziemlich durcheinander von dem, was Sie mir da erzählen. Passiert Ihnen so was öfter?«

»Nein. Eigentlich nicht. Ich kann es auch nicht steuern. Über mich, zum Beispiel, da sehe ich nichts. Auch über viele Menschen, die ich kenne, sehe ich nichts. Nur bei einigen wenigen, da habe ich plötzlich diese Bilder im Kopf. Bei der Frau aus Salzburg, da waren die Bilder so heftig, dass ich Kopfschmerzen bekommen habe. Lassen Sie mich noch sagen, dass ich Sie suchen sehe. Sie suchen nach etwas, von dem Sie selber nicht genau wissen, was es ist. Das tun Sie schon ihr Leben lang. So geht es aber vielen von uns. Machen Sie es gut, leben Sie wohl. Ich glaube nämlich nicht, dass wir uns wiedersehen.« Sie drückt seine Hand und lächelt. »Ich weiß, was Sie jetzt denken. Sie denken, die ist blind, und sie kennt mich nicht. Also, woher will sie das alles wissen? Ich weiß es selber nicht. Ich war auch nicht immer blind. Aber seit einigen Jahren bin ich es, und ich komme gut klar damit. Manche Menschen sind von Geburt an blind, und die leben in einer Welt, die genauso bunt und schön und lustig und traurig ist wie die Ihre. Nur eben anders. Zu Stevie Wonder hat mal jemand gesagt: ›Finden Sie es nicht schlimm, dass ein Genie wie Sie blind ist?‹ – ›Nein‹, hat er gesagt, ›eigentlich gar nicht. Es wäre doch viel schlimmer, wenn ich schwarz wäre.‹«

In der Küche der »Endstation«, 21.23 Uhr

Zeno, der am Holztisch neben der Herdplatte etwas Knoblauch zerhackt, sagt zu Josef, dem Dackel, der neben dem Kühlschrank auf dem Boden sitzt und ihn anschaut und dabei träge mit dem Schwanz wedelt: »Ja, gut, okay, zugegeben, der war jetzt nicht so der Brüller, aber einen hab ich noch. Pass auf, der haut dich um, der ist richtig gut: Da geht ein Mann auf der Straße, und an der Leine, da hat er einen Pinguin. Kommt ihm auf dem Bürgersteig ein anderer Mann entgegen und sagt: ›Teufel aber auch, das ist doch ein Pinguin, was Sie da an der Leine haben, oder?‹ Sagt der Kerl mit dem Pinguin: ›Ja, und?‹ Sagt der andere Mann: ›Ein Pinguin? Hallo? Der muss doch in den Zoo.‹ Sagt der Mann mit der Leine: ›Da waren wir gestern. Hat ihm da aber nicht besonders gefallen. Deshalb gehen wir heute ins Kino.‹ Wahhaha. Das ist aber jetzt ein echter Brüller, was, Josef? Hast du den gekannt? Nee, oder?«

Stocker, der mit zwei kleinen Bieren in der Hand in die Küche kommt, schaut die beiden an und schüttelt den Kopf. »Das glaub ich jetzt nicht. Läuft das hier in Echtzeit? Du erzählst einem Hund mit übrigens sehr fragwürdigen hygienischen Angewohnheiten hier in unserer Küche Witze? Echt?«

»Ja, tue ich! Weil Dackel einen ausgeprägten Sinn für Humor haben. Das ist wissenschaftlich bewiesen. Ein Krokodil zum Beispiel, das hat so gut wie überhaupt keinen messbaren Humor. Oder hast du schon mal ein Krokodil lachen gesehen? Ich jedenfalls nicht. Zum Thema Lachen kann ich dir noch was erzählen. Ich arbeite hier nämlich hart und kümmere mich um unsere Gäste, während du dich auf Mini-Kreuzfahrten auf dem Chiemsee vergnügst.«

Jetzt redet er sich so richtig in Fahrt, der Zeno. Mit einer schnellen Handbewegung fegt er den klein gehackten Knoblauch in einen großen Gusseisentopf und wirft noch ein paar zerbröselte Lorbeerblätter hinterher. Dann knallt er den Glasdeckel auf den Topf und sagt im Umdrehen: »Nellie hat sich wieder mal mit dem Primelmeier gefetzt und sitzt ziemlich sauer hinter der Theke und trinkt ihren fünften oder sechsten Gin Tonic. Und wir haben den Laden bis vor einer halben Stunde rappelvoll gehabt. Fünfunddreißig warme Essen sind hier aus dieser Küche rausgegangen. Und ich mach schon wieder das Tagesdings für morgen fertig. Übrigens, schön, dass du noch vorbeikommen konntest. Hattest du einen netten Abend? Ja? Gut! Josef und ich nämlich nicht.«

»Ich war wegen –«

Weiter kommt er nicht, der Stocker, denn Zeno hat ihm ein Bier aus der Hand genommen, einen schnellen Schluck zwischen die Kiefer gepresst und sagt: »Die Nellie schläft schon seit ein paar Wochen ziemlich mies. Gut, das wissen wir. Ein typisches Mädel-Dings eben, wegen der Trennung von ihrer Tussi. Psychisch bedingte Durchschlafstörung, meint ihr Arzt. Das hat sie aber heute Abend blöderweise dem Primelmeier erzählt, und der hat zu ihr gesagt: ›Mädel‹, sagt er, ›da gibt es doch diese neuen Schlafzäpfchen, die wirken sekundenschnell.‹ – ›Ach was‹, sagt die Nellie, ›so was gibt es? Ist ja toll.‹ – ›Klar‹, sagt der Primelmeier, ›wenn du dir da abends ein Zäpfchen reinschiebst, dann schläfst du so schnell ein, wenn du morgens wach wirst, dann hast du immer noch den Finger im –‹«

»Ja, super, danke. Ich kann mir das so richtig bildlich vorstellen. Möchtest du zufälligerweise wissen, was ich heute gemacht habe? Aber vielleicht ist das jetzt kein so guter Moment …«

»Warte, warte, es gibt im Leben keine echt guten Momente, also lass mich bitte ausreden. Das Ding mit Nellie und dem Primo, das hat ja eine Vorgeschichte!« Jetzt ist der Zeno wirklich nicht mehr zu bremsen und spricht weiter, während er in dem großen schwarzen Topf umrührt. »Also, der Primelmeier, der hat sich doch heute mit so einer Tante, die er auf ein Zeitungsinserat hin kennengelernt hat, hier zum Essen getroffen. First Date heißt so was übrigens. Und die Olle hat ihn gefragt, ob er schon mal verheiratet war. ›Ja‹, sagt er, ›einmal. Ist aber nicht lange gut gegangen, die Ehe. Nach einem schlappen halben Jahr waren wir schon wieder geschieden.‹ – ›Aha‹, sagt sie, also die Inserats-Zicke, ›und warum hat sie dich dann erst geheiratet?‹ – ›Ja‹, sagt der Primelmeier, ›das weiß ich auch nicht, ich glaube, sie wollte damit bloß ihre Mutter bestrafen. Dabei sag ich immer: Alle Frauen sind Schlampen, außer Mama.‹«

»Und?«

»Was, und? Du kennst doch unsere Nellie. Die hat das gehört und ist ausgetickt. Wegen dem Primelmeier ist die doch lesbisch geworden. Glaub ich jedenfalls. Und, was war bei dir? Warum rede ich hier eigentlich die ganze Zeit?«

»Schon in Ordnung. Was kochst du da überhaupt?«

»Das ist mein weltberühmtes weißes Winzergulasch. Ein Kalbsgulasch, mit Bratenfond und Zweigelt-Rosé aufgegossen. Mit Kraut und Schwarzgeräuchertem. Ein Hammer, ehrlich.«

»Warum mit Zweigelt aufgegossen?«, fragt der Stocker.

»Weil die Frau, also, die vom Primelmeier, die aus der Zeitung, aufgestanden und gegangen ist. Stinkesauer, übrigens, und der Primo hinterher. Die Nellie hat ihn noch an der Tür schnell abkassiert und ihm gesagt, er soll sich ein Sofa aus dem Hintern wachsen lassen und in Zukunft zu Hause bleiben. So, und die halb volle Flasche Zweigelt-Rosé von den beiden, die stand dann auf dem Tisch rum. Also hab ich mir die geschnappt und in mein berühmtes Dings da gegeben. Hier, probier mal! Gut, was? Pass auf, das hier, das werden so sechs bis acht Portionen, und das geht so:

Weißes Kalbsgulasch mit Kraut und Knödel à la Zeno

Ungefähr 1,3 kg mageres Fleisch aus der Nuss, also der Keule, dann ca. 300 g Zwiebeln, 6 Knoblauchzehen, ca. 150 g Schwarzgeräuchertes, 2 Lorbeerblätter, Salz, Pfeffer, 1 Messerspitze Kümmel, ½ Liter Bratenfond, ½ Liter Zweigelt-Rosé-Wein, ca. 300 g Sauerkraut.

Das Fleisch von Sehnen usw. säubern und in kleine Würfel schneiden. Die gehackten Zwiebeln in Olivenöl glasieren, dann portionsweise das Fleisch dazugeben. Auf keinen Fall die ganzen Fleischwürfel auf einmal in den Topf. Jetzt den klein gehackten Knoblauch dazu.

Alles ein paar Minuten anbraten, dann mit dem Zweigelt ab-

löschen. Kümmel und die klein gehackten Lorbeerblätter und den Bratenfond in den Topf. Das Sauerkraut unterrühren und bei kleiner Hitze ca. 1,5 Stunden schmoren lassen. Mit Salz und Pfeffer abschmecken.
Dazu passen Kartoffelknödel (halb und halb). Prost Mahlzeit.«

»Und das gibt's morgen?«, fragt der Stocker. »Ist ja super. Dann kann ich dir ja jetzt erzählen, was ich so alles erfahren habe. Hör mal genau zu, und sag mir bitte dann, was wir jetzt machen sollen.«

Zwei kleine Bier später sagt der Zeno, nachdem er dem Josef noch ein Stück von dem frisch weggeschnittenen Fleisch gegeben hat: »Also, das mit der blinden Seminarleiterin, das finde ich jetzt schon ein bisschen gruselig. Soll es aber geben, so was. Tja, und deine Gerlinde, die, glaube ich, die weiß mehr als das, was sie dir so alles gesagt hat. Warte mal ab, ob sie dich morgen oder übermorgen anruft, dann schauen wir mal. Finde ich aber gut, dass du ihr die Seiten aus dem Notizbuch gezeigt hast. Schick ihr das Zeug morgen früh rüber. Obwohl, das ist schon ein Ding, das mit der Geldwäsche, da sollten wir uns besser raushalten, glaube ich. Das wird ein paar Nummern zu groß für uns. Deutschland liegt übrigens auf dem achten Platz, was das internationale Geldwäsche-Ranking angeht, hast du das gewusst? Liechtenstein liegt auf Platz dreiunddreißig, und die Bermudas, nur mal so ganz nebenbei, die sind auf Platz vierzehn. Wir schlagen also schwarzgeldmäßig schon mal ganz locker Liechtenstein oder die Bermudas. Was sagt dir das jetzt? Nicht viel, oder? Gut, dann pass mal auf: In Deutschland sind nicht nur die Bananen billiger als in Afrika, was dir eigentlich zu denken geben sollte, sondern es werden außerdem jährlich an die fünfzig Milliarden Euro gewaschen. Was sagst du jetzt? Tja, und was meinst du denn so zu dem Ganzen, also, in dem globalen Zusammenhang gesehen, meine ich? Was sagt dir dein Bauchgefühl?«

»Woher zum Teufel weißt du das alles?«

»Ich? Ich kenn mich da gar nicht so gut aus, mit dem ganzen Finanzmarkt-Zeugs und so. Das, was ich dir gerade so erzähle, das hat mir der Josef aus der Zeitung vorgelesen. Also, was meinst du, dass wir machen sollen?«

»Puh, das weiß ich jetzt auch nicht. Ich glaub, ich fahr schnell nach Eggstätt rüber und ruf von der Telefonzelle aus den John in Spanien an«, sagt der Stocker. »Wenn bei der Sache was zu verdienen ist, dann ist der mit seinen Jungs voll dabei. Bis dann, ich komm gleich wieder.«

»Wenn du zufällig über Obing fährst, dann bring mir Schokoladeneis mit. Der Italiener an der Hauptstraße hat noch eine Stunde offen, glaube ich. Und für den Josef brauche ich eine Kugel Melonensorbet. Nach ein bisschen Melonensorbet, da schläft er nämlich immer so richtig gut.«

Über Obing, ja klar, denkt sich der Stocker, wie er so in seinem alten 190er in den Kreisverkehr bei Wildenwart einbiegt. Da kann ich ja gleich über Neu-Delhi fahren.

Aus den zwölf Lautsprechern der alten Diesel-Wanderdüne, wie Stocker seinen Wagen liebevoll nennt, hämmert Lykke Li mit »I follow rivers«. Tolles Lied. Aber wenn ich mal wüsste, welchen Flüssen ich da wieder mal folge und warum überhaupt, denkt Stocker und öffnet mit der rechten Hand das Schiebedach. Warum kann ich nicht einfach in Ruhe vor mich hin kochen, um elf oder zwölf noch ein Bier trinken und dann einschlafen und durchpennen bis sechs oder sieben? Ohne Träume, ohne Geister, die fast jede Nacht neben meinem Bett stehen und mich fragen, warum das alles so gelaufen ist, wie es gelaufen ist?

Telefonzelle am Rathaus in Eggstätt, 22.49 Uhr

Die ellenlange spanische Handynummer, bis die eingegeben ist, das dauert wieder mal eine gefühlte Ewigkeit. Stocker schaut durch die beschlagenen Scheiben der Telefonzelle auf die Straße. Es wird wohl gleich regnen. Kein Licht ist mehr zu sehen, nicht mal hinter den Fenstern auf der anderen Straßenseite.

Es sind keine Autos in Sicht, und erst recht keine Fußgänger. Hier in Eggstätt, da klappen die um kurz nach zehn die Bürgersteige hoch und gucken RTL 2 oder Hansi Hinterseer, denkt sich der Stocker, während er das Rufzeichen im Hörer hat. Die haben es richtig gut hier in ihrem Ort. Vielleicht sollte ich auch lieber nach Eggstätt ziehen. Oder nach Meisham. Aber da wohnen die ganz harten Rasenmäher-Junkies. Das hat mir der Primelmeier neulich an der Theke erzählt.

Leicht verzerrt und mit einem merkwürdigen Echo drauf, wie wenn man jemanden auf dem Mond anruft, so kommt das Signal aus Spanien im Hörer in der Eggstätter Telefonzelle an. Jetzt folgt ein Knacken in der Leitung, und dann sagt eine leicht verrauschte Stimme: »Yes? Who are you?«

»John?«

»Yes, who else? Who's calling? You better got a fucking good reason to call me now, man!«

»John, bleib ruhig, Albin hier. Wo bist du?«

»Albin, hi. Schlechte Verbindung, ich hab dich nicht gleich erkannt, Mann. Ich bin noch auf dem Golfplatz. Gleich hinter dem Berg, in La Sella, erinnerst du dich? Wir haben jetzt seit ein paar Wochen Flutlicht. Hier kannst du bis nach Mitternacht golfen. Voll cool. Man, you miss a lot. What's up, partner?«

»Ich hab da was, John. Wir hatten da doch vor einiger Zeit mit einem Typen zu tun. Erinnerst du dich? Der Ex-Geheimdienst-Mann, Sperber? Weißt du, wen ich meine? Hab ich dir von dem erzählt? – Was? – Genau, die Sache meine ich. Du hast uns damals die ›Chiemsee-Cowboys‹ genannt. Okay, der Typ ist mittlerweile in Neuseeland und bei bester Gesundheit.

Und von da hat er uns ein Büchlein geschickt, ein Notizbuch. Kannst du mich verstehen? Da ist ein irres Echo in der Leitung.«

»Ich versteh dich gut. Was liegt an? Mach schnell, ich bin gleich wieder dran.«

»Gut, okay. Pass auf: Ich mail dir ein paar Seiten aus dem Buch rüber. Schau mal, ob ihr rauskriegen könnt, was die Zeichen bedeuten und die ganzen Abkürzungen und so. Das hat wohl mit Geldtransfers zu tun, mit Banken und so weiter. Dann: Schau, was ihr über einen Dr. Enno von Bernbach rauskriegt. Der wohnt hier bei uns, in der Nähe vom Chiemsee. Dann brauche ich alles über einen Bankdirektor, einen Dr. Leitner aus Salzburg, und über seine Frau. Ich mail dir alles, was wir von denen haben. Auch ein Bild von dem Dr. Leitner. Der ist nämlich spurlos verschwunden. Mit viel Geld und Diamanten in der Tasche. Gib das alles deinen Jungs in Benidorm rüber. Die sollen das mal durchchecken. Vielleicht haben die mit ihren Supercomputern mehr Glück als wir hier, okay?«

»Wow, wait a minute. Die Namen muss ich mir schnell aufschreiben. Und jetzt mal eins nach dem anderen. Warum schickt der dir ein Buch? Was für ein Buch? Und was soll das? Der Typ wollte euch doch umlegen, deinen Partner und dich, oder?«

»Das weiß ich bis jetzt auch nicht, warum der mir das Buch geschickt hat. Und das mit dem Umlegen: Das war eher so ein klassisches Patt. Ist ja auch egal. Auf jeden Fall haben wir vor ein paar Wochen dieses Notizbuch mit der Post bekommen, mit einem merkwürdigen Spruch drin. – Was für ein Spruch? Erklär ich gleich. Aber das Buch, das ist mit hundertprozentiger Sicherheit vom Sperber. Wen der damit drankriegen will, und warum überhaupt, ich habe keine Ahnung. Er schreibt, dass er denkt, dass er uns noch was schuldig ist, und wir sollen uns mal die Einträge in dem Buch ansehen. Aber wir haben keinen Schimmer, was es mit den Zeichen auf sich hat. Gut, weiter, damit du das richtig auf die Reihe kriegst: Jetzt habe ich die Frau von dem Bankdirektor Leitner kennengelernt. Und der Dame habe ich ein paar Seiten aus dem Buch gezeigt. Die Frau meint, das wären Chiffren für Banken auf der ganzen Welt und Abkürzungen für Transaktionen. Für große Geldbeträge, die da hin und her geschoben worden sind. Keine Ahnung, was das genau ist. Gib das mal deinen Profis weiter. Die können bestimmt was damit anfangen. Bist du noch dran?«

»Yes, ich hör dich gut. Und die Frau, von der du da erzählst, das ist die Frau von diesem Doc Leitner, der verschwunden ist, hab ich das so richtig verstanden?«

»Ja. Der ist seit fast zwei Wochen weg, der Kerl. Spurlos verschwunden. Mitgenommen hat er eine Menge Bargeld in drei oder vier verschiedenen Währungen. Wie viel genau, das wissen wir nicht. Aber auf jeden Fall einen Schwung englische Pfund, dann Dollars, Euros und, jetzt wird's interessant: Diamanten im Wert von ein oder zwei Millionen Euro. Vielleicht sogar noch mehr. So weit alles klar?«

»Auch klar, alles klar. Wer ist dieser Mister von Bernbach?«

»Das weiß ich selber noch nicht so genau. Muss ein alter, ziemlich reicher und mächtiger Mann sein. Ein Ex-Banker, mit einem riesigen Landsitz in der Nähe von einem Ort an einem See, der Seeon heißt. Ich mail dir das alles. Schau mal, was du über den rauskriegst und wie der und der Leitner mit den Zahlen im Buch zusammenhängen.«

»Okay. Pass auf, Stockman, ich kann mir das jetzt nicht alles aufschreiben. Das wird mir zu viel. Mail mir das alles. Nein, warte, am besten ist, du sendest das Zeug gleich rüber zu den Jungs in Benidorm. Du weißt ja noch, wohin, oder? Ich ruf die dann in einer Stunde oder so an und sag, die sollen eine Nachtschicht einlegen. Das kostet dich aber richtig Geld. Wer bezahlt? Die lustige Witwe?«

»Schauen wir erst mal, ob die eine Witwe ist oder nicht. Stell mir die Stunden von deinen Jungs in Rechnung, wir machen das dann schon. Du hast ja Zugriff auf mein Konto in … du weißt schon, wo. Da mit dem Felsen und den Affen drauf. Und wenn an der Sache was dran ist, und es gibt was zu holen, dann wird geteilt, und zwar so wie immer. Halbe-halbe. Ist das okay für dich?«

»Okay, das läuft. Ich hab da auch schon so eine Idee, wie wir mit dem Leitner weiterkommen könnten. Lass mich das mal machen, ich setz mich heute Nacht noch dran. Gute Fotos von dem Leitner und dem Bernbach, das ist erst mal das Wichtigste. Und wie schaut's aus bei dir? Mit deiner Kneipe? Alles grün?«

»Ja, aber ich werde da wieder in was reingezogen, Mann, ich weiß auch nicht. Was macht Trish?«

»Meine Frau? Die ist nicht so gut drauf. Gestern im Badezimmer, da hat sie in den Spiegel geschaut und zu mir gesagt: ›Wie schade, dass die Jugend an die Jugend verschwendet wird, findest du nicht, John?‹ Also nein. Ich hätt beinahe meine Zahnbürste verschluckt, das kann ich dir sagen. Pass auf, geht ja weiter, die Story. Dann sagt sie so ganz nebenbei zu mir: ›Übrigens, ich will mich von dir scheiden lassen.‹ Ich sag: ›Was? Bist du behämmert? Willst du nicht erst mal versuchen, deine Ehe zu retten?‹ Sagt sie: ›Aber das will ich ja, Darling. Nur mit einem anderen Mann.‹ Sag ich: ›Eher lernen Schweine das Fliegen.‹ Sagt sie: ›Das sollte ja nun wirklich nicht das Problem sein, oder?‹ Sag ich: ›Warum?‹ Sagt sie: ›In Indien oder da irgendwo, mein Lieber, da haben sie doch diese fliegenden Hunde auf diesen großen Bäumen, nicht wahr?‹ Sag ich: ›Ja, weiß ich doch, und?‹ Sagt sie: ›Also, ich mein ja nur, wenn es da in Indien bei diesen Indianern, wenn es da fliegende Hunde gibt, dann können fliegende Schweine auch nicht weit sein, oder?‹«

John schnieft heftig und spricht schnell weiter: »Und bevor du mich fragst, Stockman, meinem Hund geht's auch nicht gut. Der und seine Schildkröte, die machen zwar jeden Tag Party, und er denkt, er wär der King of Kotelett. Aber der Churchill, der hat auch seinen Stress, der arme Hund. Und zwar mit dem verdammten Postboten. Kennst du den? Sagt ein Hundebesitzer zum anderen: ›Also, mein Hund, der jagt jeden Postboten auf einem Fahrrad.‹ Sagt der andere Hundebesitzer: ›Warum nimmst du dem Hund nicht einfach dieses blöde Fahrrad weg?‹«

»Super. Aber wo ist bei deinem Churchill der Stress?«

»Kann ich dir sagen. Der mickrige Postbote, der kann meinen Hund nicht leiden. Ja gut, der Churchill, der hat ihn doch vor ein paar Monaten gebissen. Den Postboten, meine ich. Seitdem habe ich mit dem Ärger, und der Hund auch. Der Postmann, der hat mich verklagt, und mein Anwalt hat gemeint, der soll sich nicht so anstellen und das Ganze als so eine Art von Bio-

Piercing sehen. Und wir bezahlen ihm einen netten Urlaub, und die Sache ist gegessen. Hat aber nicht funktioniert, und jetzt hab ich einen Prozess am Hals. Weißt du was, Stockman? Früher, da haben die Leute Angst vor einem wie mir gehabt. Von wegen Mafia und so. Aber heute, da fragen sie, ob ich Lehrlinge ausbilde und laden mich in den Golfclub ein, weil sie glauben, ich bin so was wie der olle Tony Soprano. Shit, man. Wo sind die guten alten Zeiten geblieben? Also, dem Postboten hab ich gesagt: ›Fick dich weg und lass meinen Hund in Ruhe.‹ Sagt der doch zu mir: ›Warum tauschst du deinen scheiß Köter nicht gegen vier Hühner ein? Dann würde ich morgens beim Postaustragen wenigstens ab und zu ein Ei auf der Straße finden und keine Hundehaufen.‹ So, und was sagst du jetzt, Stockman?«

»Wow, das haut voll rein, ehrlich. Das erzähl ich gleich meinem Josef, John, wirklich. Hochinteressant, das alles, aber ich muss dann wieder. Also, ich fahr jetzt heim und mail deinen Jungs das Zeug rüber. In einer guten halben Stunde haben die das. Rufst du mich morgen an?«

»Warum habe ich bloß dauernd das Gefühl, du nimmst mich nicht ernst? Ich selber, ich nehm das alles nämlich sehr ernst. Pass auf, es geht ja noch weiter: Dieser Postbote, der ist zu allem Überfluss auch noch ein Mormone. Ein Mormone, hallo? Und ausgerechnet der sagt zu mir, dass ich nur so ein Zeug rede, weil ich sehr wahrscheinlich ein Alkohol- und ein Potenzproblem habe. ›Moment, du bist ein Mormone, Mann‹, sag ich zu ihm. ›Verglichen mit dir, da hat jeder ein Alkoholproblem, sogar meine behämmerte Schildkröte da hinten. Und überhaupt, ihr mit eurer Vielweiberei‹, sag ich, ›da musst du ja einen Rüssel haben wie ein ausgewachsener Ameisenbär. Ja gut‹, sag ich, ›du vielleicht nicht, weil das dauernde Radfahren deinen Pürzel doch ziemlich abgeschliffen hat, oder?‹ Aber hey, diese Mormonen, weißt du, an was die glauben? Ich nicht. Aber das ist sowieso alles relativ. Dieser Douglas Adams, kennst du den? Der hat so Zeugs geschrieben wie ›Per Anhalter durch die Galaxis‹. Auf jeden Fall, der hat geschrieben, ich zitiere den mal: ›Am Anfang wurde das Universum erschaffen. Das machte damals schon viele Leute sehr wütend und wurde generell als Schritt in die falsche Richtung gesehen.‹ So, Stocker, und was sagst du jetzt? Hey, hörst du mir überhaupt noch zu? Bist du noch dran? – Was? – Okay, was soll's, morgen früh um neun oder zehn, da läutet dein Handy, Stockman. Und ich glaube, ich weiß, wie wir den Doc Leitner finden. Wenn er noch lebt. Lass mich das mal machen. Wow, ich bin dran, ich muss jetzt abschlagen. Bye, Stockman, bis morgen, bye.«

Der hat genug Feuerwasser für heute, denkt sich der Stocker und hängt den Hörer in die Gabel.

Auf dem Weg zum Auto kommen die ersten dicken Regentropfen vom Himmel. Schwer, irgendwie unentschlossen und langsam. So, als müssten sie den Wind erst mal nach dem Weg fragen. Stocker geht schneller und lässt sich auf den Fahrersitz der alten Wanderdüne fallen. Jetzt prasselt es runter, und die Scheibenwischer kämpfen gegen die Regenwand.

Im Radio läuft »Thriller« von Michael Jackson. Das ist es wohl, was da wieder auf mich zurollt, denkt sich der Stocker. Es ist Showtime, wieder einmal.

Musikkneipe »Endstation« in Atzdorf, 00.28 Uhr

Der Kies auf dem Parkplatz vor dem Biergarten knirscht bei Regen ganz anders als in einer dieser heißen August-Sommernächte. Dumpfer und irgendwie … bedrohlicher. Stocker stellt seine Wanderdüne neben dem taubenkacke-grauen Skoda Octavia-Kombi von Zeno ab und läuft schnell auf den Eingang zu, eine Hand schützend über den Augen, wie Winnetou in einem dieser alten Karl-May-Filme.

»Weißt du, warum diese Indianer die linke Hand immer horizontal flach über die Augen halten?«, hat ihn mal irgendwer gefragt.

»Nein, keine Ahnung, warum?«

»Tja, weil, wenn sie die Hand nach unten klappen, also, über die Augen, dann sehen sie ja nichts. Super, was?«

Der Regen hat mittlerweile sintflutmäßig zugenommen, und im Licht der Straßenlaterne sieht man, wie die Wasserböen schräg vom Himmel tanzen. Stocker schüttelt sich und streift sich das Wasser von der Jacke.

In der Gaststube sitzen Zeno und der Primelmeier an der Theke und trinken Bier. Die Lichter über den Tischen sind erloschen, nur aus der Küche kommt ein heller Schein, und der Thekenbereich ist von unten neonblau beleuchtet. Der Hirschkopf an der hinteren Wand, zwischen den Regalen mit den Gläsern, der ist angestrahlt und hat ein merkwürdig hämisches Grinsen um die Lippen. Und das mächtige Geweih wirft einen metergroßen Schatten an die Decke.

»… und da sagt der Typ zu meinem Schwager: ›Also ich, ich arbeite bei Audi in Ingolstadt, am Band. Da kannst du richtig Kohle machen.‹ Sagt mein Schwager zu ihm: ›Super, aber ich arbeite bei Mercedes in Raubling, und da dürfen wir frei rumlaufen und verdienen auch nicht schlecht.‹ Gut, was?« Der Primelmeier, der das erzählt hat, brüllt los und haut sich auf den Schenkel.

Zeno schaut den Stocker an und sagt: »Der Primo hat uns

einen Korb mit Steinpilzen gebracht. Die hat er selber gefunden … geerntet, gemäht, oder wie man so sagt bei diesen Pilzen. Am Brunnensee, bei Seeon da oben. Da gibt es jetzt wieder Pilze ohne Ende, hast du das gewusst?«

»Nein«, sagt Stocker und schaut rüber zur alten Schultafel, die an der Wand neben der braunen und zerschrammten Holz-Schwingtür zur Küche raus hängt.

»Endorfer Sauerbraten« steht auf der Schiefertafel, mit Kreide schnell hingeschrieben. Und darunter: »Alles weggefuttert. Selber schuld.«

»Hast du mir wenigstens was von dem Sauerbraten aufgehoben?«, fragt Stocker.

»Nein, das waren ja nur acht Portionen, und die waren so was von schnell weg. Sogar Josef und ich, wir haben nichts abbekommen«, meint Zeno bedauernd.

Und so hat er ihn gemacht, der Zeno:

Endorfer Sauerbraten, Spezialrezept aus der »Endstation«

Den Sauerbraten (vom Rind) ca. eine Woche lang gut einlegen in Essigwasser, Zucker, Pfeffer, Wacholder, Nelken und Lorbeer. Knoblauch und Zwiebeln nicht vergessen. Abgedeckt und kühl lagern, jeden Tag das Fleischstück wenden.
Wenn's so weit ist, den Braten mit etwas Salz und Pfeffer einreiben, in den gewässerten Römertopf geben. Drei Zentimeter Sud auffüllen und den kalten Römertopf in den noch kalten Backofen geben.
200 Grad einstellen und jetzt ein Bier trinken.
Alle 30 Minuten den Braten wenden und mit Sud begießen.
Nach ca. 1,5 Stunden den Braten aus dem Römertopf nehmen.
In eine Pfanne etwas Butter und Olivenöl geben, einen guten Esslöffel Mehl dazu, und den Sud unter ständigem Rühren in die Pfanne geben und aufkochen lassen, bis eine sämige Soße entsteht.
Einen Viertelliter Rotwein und einen kräftigen Schuss Sahne dazu. Pfeffern, etwas Zucker und einen Esslöffel Honig in die Soße rühren.

Jetzt, und das ist der Gag: eine Handvoll von diesen Roggenbrot-Chips (die gibt's in vielen Supermärkten, diese Dinger sind knusprig wie Kartoffelchips, nur sehen sie aus wie kleine, getrocknete Brotscheiben) dazugeben.
Nach 1 oder 2 Minuten mit dem Blitzhacker durch die Soße gehen, den Braten in Scheiben schneiden und für ein paar Minuten in der Soße ziehen lassen.
Dazu: Spätzle, Knödel oder Kartoffelbrei.
Schmeckt so was von super, also ehrlich. Wow.

»Endstation«, 00.43 Uhr

»Gib mir ein Bier. Dass von dem Braten nichts mehr da ist, das muss ich mir jetzt erst schöntrinken.« Stocker hievt sich auf den Hocker neben dem Primelmeier und hört merkwürdige Geräusche, die offenbar aus der Küche kommen.

»Was ist das? Das komische Geräusch da? Hörst du das nicht? Geht der Kühlschrank jetzt auch kaputt?«

»Nein«, sagt Zeno und schiebt ein hochgezapftes Bier über die Theke, »das ist Josef, der schnarcht neuerdings ein bisschen. Das tust du übrigens auch, also reg dich bitte nicht auf. Prost.«

»Tja, also, ich geh dann mal«, sagt der Primelmeier und schwingt seinen beachtlichen Hintern vom Hocker. »Das mit den Steinpilzen, das verrechnen wir mit Bier und so. Netten Abend noch, Männer. Und lasst die Hände aus der Hose, ihr wisst ja, der liebe Gott sieht alles. Mahlzeit.«

Ziemlich unsicher stapft er aus der Gaststube, zieht kurz vor der Türe mit beiden Händen seine fleckige Jeans hoch und sagt: »Männer, schaut's euch die Schwammerl lieber noch mal ganz genau an, bevor ihr die in die Pfanne haut. Ich mach das mit dem Suchen ja erst seit ein paar Monaten, das mit den Pilzen, meine ich. Ich hab mir das aus dem Internet runtergeladen. Also, die schreiben, dass da, wo Stroh zu sehen ist, im Wald, meine ich, dass da auch gerne Steinpilze unterwegs sind. Ich erzähl das jetzt bloß, weil, nicht dass es euch so geht wie meinem Nachbarn, dem Siferlinger Sepp. Der hat nämlich neulich in der Früh auch Schwammerl aus dem Wald mit nach Hause gebracht und daheim sofort in die Pfanne geschnibbelt. Dann musste er aber noch mal schnell weg, zwei Ster Kaminholz ausliefern. Für irgend so einen Schreiberling, der da bei Eggstätt wohnt. Mit der Frau von dem Kerl, mit der hat er sogar noch ein Bier getrunken. Draußen, auf der Gartenbank, weil der alte Schmierer noch im Wald spazieren war, das hat er der Polizei später erzählt. Auf jeden Fall: Seine Frau, die alte Siferlingerin, Gott hab sie selig, die ist in der Zwischenzeit nach Hause gekommen und hat die Pilze direkt aus der Pfanne gegessen, weil sie so sakrisch gut gerochen haben. Dann ist sie wohl kurz darauf tot umgefallen. Und der Siferlinger Sepp, der kommt heim, sieht die Alte ziemlich unlebendig am Boden liegen und ruft gleich den Notarzt an. Der war auch schnell da und hat sich die Frau angesehen. ›Die ist mausetot‹, sagt er, der Notarzt. ›Na so was‹, sagt der Siferlinger, ›ich bin ja einiges gewöhnt von meiner Alten, wir sind jetzt seit über dreißig Jahren verheiratet, aber so was hier, fällt um und ist tot, das hat sie noch nie gemacht.‹ Ja, so geht's, die Wege des Herrn sind sonderbar. Übrigens, das kleine Päckchen, das da beim Zapfhahn liegt, das ist ein Geschenk für die Nellie. Gebt's ihr das, wenn sie morgen Vormittag kommt. Mit besten Grüßen von mir.«

»Was ist denn das?« Mit einer Hand greift Stocker über die Theke und schnappt sich das schmale, vielleicht fünfzehn Zentimeter lange und rohrförmige Ding, das in Geschenkpapier eingewickelt ist. Er schüttelt es und gibt es dann dem Zeno weiter.

Der schüttelt das Päckchen auch, nahe am Ohr, und sagt grinsend zum Primelmeier: »Ist es das, was ich denke? Lass mich raten: Läuft mit Batterie, vibriert ein bisschen, und manche Frauen mögen es wirklich gerne. Ist es das?«

»Ja. Bingo. Genau das ist es. Ein Nasenhaar-Trimmer. Mit zwei Geschwindigkeiten und einem kleinen Halogen-Licht in der Spitze vorne eingebaut. Damit man im Spiegel sehen kann, wie weit das Ding in der Nase drinsteckt. Außerdem ist da unten noch ein Knopf dran, und wenn man den dreht, dann spielt der Trimmer ›Last Christmas‹. In stereo. Gut, was?«

»Wow, du bist ja ein totaler Frauenversteher, Primo, das hätt ich dir jetzt echt gar nicht zugetraut. Da wird die Nellie aber so was von dahinschmelzen, was? Die versteckte Erotik der Nasenhaare. Da muss man erst mal draufkommen. Ich träum immer noch davon, dass ich den G-Punkt entdecke. Aber du, du bist erotikmäßig echt schon einen Schritt weiter«, meint der Zeno, während Stocker mit offenem Mund auf den schön verpackten Nasenhaar-Trimmer schaut.

»Yep, das mein ich auch. Wisst ihr, man muss einer Frau das

Gefühl geben, dass man sich genau überlegt hat, warum man ihr so ein Geschenk macht. Ich hätt sie ja auch nach Rosenheim auf die Wies'n einladen können, auf eine zünftige Maß Bier und eine Fahrt in der Geisterbahn. Aber dieser Freiluft-Trachtenzoo, das ist nichts für die weibliche Psyche. Klar, wenn man so wie ich auf die Frauen eingeht, also, schon mal vorab und so richtig krass mental, mein ich, und sich in sie hineinversetzt, dann hat man psychologisch gesehen bei denen schon so gut wie eine Hand unterm Rock. Ich kenn mich da aus. Also, bis morgen. Und wenn ich euch frauentechnisch mal einen Tipp geben kann, nur zu. Einfach mich fragen, das kostet nichts. Tschaui waui, Männer.«

Die alte Eichentür fällt hinter dem Primelmeier zu, und der Zeno schaut den Stocker an und meint: »Der lernt das in diesem Leben auch nicht mehr. Der hat einfach den Schuss nicht gehört. Vor gut einer Stunde, das hättest du mal sehen sollen, da hat er die Nellie noch gefragt, ob sie ein Glas Sekt mit ihm trinkt. Weißt du, was die zu ihm gesagt hat? ›Danke, aber da trink ich lieber Katzenpisse.‹ Und, wie war es bei dir?«

»Früher? Mit den Frauen?«

»Nein, Mann, dein Telefonat mit dem John in Spanien. Heute. Jetzt. Vorhin. Also, was sagt er?«

»Na ja, der John, der war ziemlich zugesoffen. Der hat private Probleme. Sein Mops hat allen Männern in Postuniform den Krieg erklärt, und seine Frau will sich scheiden lassen.«

»Der Hund hat eine Frau?«

»Nein, Zeno, der Hund hat eine hundertfünfzig Jahre alte Schildkröte. Und John, der hat eine ehemalige Miss Brighton, Baujahr 1962, die sich seit Jahren mit Botox zuknallen lässt, weil sie denkt, dass sie in diesem Leben noch irgendwann aufs Cover oder in den aufklappbaren Mittelteil von ›Betreutes Wohnen‹ oder von der englischen Ausgabe der ›Apotheken-Rundschau‹ kommt.«

»Was?«

»Das dauert jetzt zu lange, wenn ich dir das im Detail erklären soll. Pass auf, es läuft so ab: Ich mail dem John jetzt das ganze Zeug rüber, und dann geh ich in die Kiste. Das solltest du jetzt auch machen, sonst schleudern wir hier gleich noch in die vierte Dimension. Bring aber vorher den schnarchenden Hund aus der Küche raus und wirf ihn auf den Komposthaufen. Prost und gute Nacht.«

In der »Endstation«, oben in Stockers Schlafzimmer, Sonntag, 06.59 Uhr

Die Palmen rauschen leise im tropischen Wind. Es hat immer noch so um die fünfunddreißig Grad im Schatten, und die Sonne versinkt langsam glutrot am fernen Horizont im Meer.

Der weiße Sand unter Stockers Füßen ist warm, und wie er da so mit der Gerlinde Hand in Hand am Strand entlanggeht und auf die leicht bewegte See in die letzten Strahlen der tiefroten Abendsonne schaut, denkt er sich: Das ist ja wie im Traum. Die Gerlinde, in einer hautfarbenen Winzigkeit von Bikini, die lacht ihn von der Seite an und sagt: »Ich hab das gleich gewusst, gleich beim ersten Mal, wie ich dich so gesehen habe. Und jetzt sind wir endlich alleine. Komm, lass uns ins Haus gehen, und dann machen wir uns beide nackig. Dann zeigst du mir unter der Dusche deinen neuen Nasenhaar-Trimmer und dann … Ring, ring, ring.«

Ring, ring, ring? Stocker, mit dem Gesicht im Kissen, tastet nach dem Telefon und wirft die Uhr, das kleine Dackelbild im Silberrahmen (Josef mit Wiener Wurst in der Schnauze auf der Flucht) und ein leeres Glas um, bis er endlich das Handy in der Hand hat.

»Ja?«

»Toll. ›Ja‹, ist das dein neuer Künstlername? Ja? Einfach nur: ›Ja‹? Find ich super, das kann man sich gut merken. Sting heißt ja auch bloß Sting, und den kennt man. Oder ist ›Ja‹ bloß dein Vorname, und du heißt eigentlich mit Familiennamen ›Bitte‹, und der ganze Name ist: ›Ja Bitte‹? Hast du schon Autogrammkarten? Dann schick mir eine. Mein Name ist Zuckerhahn. Zugegeben, ein scheiß Name, aber ich bin ja auch kein Künstler. Bist du aufnahmefähig?«

»Ja.«

»Gut. Wir haben ein Foto vom Dr. Leitner, ein sehr aktuelles.«

»Schön, das hab ich auch. Deswegen weckst du mich?«

»Ja, deswegen weck ich dich. Pass auf, das Foto ist zwei Tage alt, aufgenommen in Australien, genauer genommen, in Sydney, New South Wales, Australien. Na?«

»Was ›na‹?«

»Genau, was. Das ist die richtige Antwort. Der Schmittel hat mich vor zehn Minuten angerufen. Einer von seinen autistischen Computerfuzzis hat das Bild auf einem Facebook-Account entdeckt. Mit Hilfe von so einem Gesichtserkennungs-Programm. So was haben die heutzutage auch an allen Flughäfen. Auf jeden Fall, der auf dem Foto, das ist der Leitner. Zusammen mit einer Frau und noch einem anderen Pärchen. Der Leitner, der ist zwar auf dem Bild ziemlich im Hintergrund, aber man erkennt ihn schon sehr deutlich. Also, der alte Sauhund lebt, hat seine Hände um irgendwas mit Körbchengröße fünfundneunzig Doppel-D und grinst blöde in eine Handykamera. Was sagt man dazu?«

»Weiß ich nicht. Und warum erzählst du mir das überhaupt? Ist doch schön, das mit dem Foto, dann habt ihr ihn, und ich hab meine Ruhe. Schönen Tag noch, Donat. Und mach dir jetzt keine Vorwürfe, du hast mich nicht geweckt. Ich wär sowieso wach geworden, weil das Telefon gerade geläutet hat. Und tschüss.«

»Hallo, werd doch bitte mal ganz wach, ja? Der Schmittel hat das Bild unter Umgehung sämtlicher Datenschutzbestimmungen erhalten. Von seinen ganz speziellen Jungs aus der Wiener Haberer-Szene. Hochgradig illegal, die ganze Aktion, und vor Gericht nicht als Beweismittel zulässig. Auf so was holt sich jeder Strafverteidiger mitten vor der Richterbank einen runter. Nein, hör zu, ich denk da in eine ganz andere Richtung: Ob die gnädige Frau Leitner was weiß, das sie uns nicht auf die Nase bindet? Du hast doch so einen guten Draht zu ihr. Pass mal auf: Ruf sie an und erzähl ihr von dem Foto. Aber sag bloß kein Wort, woher du davon weißt. Oder noch besser, sag ihr, deine spanischen Cracks haben das rausgekriegt. Mal sehen, wie sie reagiert. Noch was: Der Schmittel hat mit ihr telefoniert, gestern Abend. Und bei der Gelegenheit hat sie auch nach dir gefragt. Das Übliche, ob er was von dir oder über dich weiß, wer du wohl bist, was du so alles machst und so weiter.«

»Und?«

»Der Schmittel hat gelogen wie ein Kesselflicker und der Leitner erzählt, du wärst ein guter Mensch, der ab und zu der bayerischen Polizei hilft. Weil du so gute Verbindungen zu irgendwelchen spanischen Halbwelt-Typen hast und weil du früher selber mal so was Ähnliches wie ein Polizist gewesen bist. Das alleine ist schon ein Brüller: der alte Stocker bei der Polizei. Also nein, ich piesel mich noch weg. Die ganze Münchhausen-Schmalz-Story vom Schmittel will ich jetzt gar nicht wiedergeben, sonst wird mir noch schlecht. Aber was soll's, der Schmittel, der ist halt ein Komiker, und das ist seine Art von Humor. Auf jeden Fall, die Leitner, die war fix und fertig. Sie hat gemeint, das hätte ihr ihre Lebenserfahrung und der erste gute Eindruck, den sie von dir hat, auch bestätigt. Hat man da noch Töne? Die muss eine Intelligenzallergie haben, die gute Frau. Egal, ruf sie an, klopf auf den Busch und schau mal, was dabei herauskommt. Schönen Tag noch, leg dich noch ein bisschen hin, du hörst dich gar nicht gut an. Mahlzeit und Ende.«

Das glaub ich jetzt nicht, denkt sich der Stocker und schaut auf das Telefon in seiner Hand und dann aus dem Fenster. Draußen ist keine Spur mehr von dem nächtlichen Regen zu sehen. Der ist weitergezogen und hat eilig alle Wolken mitgenommen.

Ein strahlend blauer Himmel ist das da draußen, und das wird wieder einer dieser sonnigen und heißen Tage, an denen die Gipfel der Alpenkette wie mit einem Rasiermesser gezogen am Horizont liegen. Und die Farben der Bäume und der Bergwiesen und der Felsgipfel in der Ferne, die sind so klar, als ob der für das Chiemgau zuständige Gott noch schnell die ganze Optik auf »scharf« gestellt hätte.

Unten, in der Kneipe, hört man jetzt eine Tür zuschlagen, und dann, kurz darauf, Schritte auf dem Kies. Und dann die Stimme von Zeno: »Klar ist das früh, Josef. Das weiß ich selber auch. Aber es ist wissenschaftlich nachgewiesen, dass Dackel, die mit wenig Schlaf auskommen, also, dass die morgens dermaßen gut drauf sind, dass sie von allen Hunderassen am schnellsten zum Schuss kommen. Das hab ich gelesen, ehrlich. Hier, schau mal, unsere Zeitung ist auch schon da.«

Zenos Stimme wird lauter, weil er in die Richtung von Stockers Schlafzimmer im ersten Stock spricht. »Und wenn der Onkel Stocker dann irgendwann mal aus seinen feuchten Träumen wach wird, dann können wir ihm erzählen, was wir heute als besondere Empfehlung auf die Karte setzen. Falls ihn das überhaupt interessiert, meine ich. Wir haben nämlich eine Pasta-Sache mit geräucherten Chiemsee-Renken-Filets. Klingt bescheuert, was? Schmeckt aber verboten gut. Pass mal auf, ich verrate dir ganz unter uns, wie wir beide das machen, was meinst du dazu? Übrigens, Josef, kennst du den? Sitzt ein deutsches Pärchen in einer Trattoria in Rom beim Spaghetti-Essen. Sagt sie zu ihm: ›Was heißt eigentlich Spaghetti auf Italienisch?‹ Sagt er: ›Weiß ich jetzt nicht so genau, aber ich glaub, Nudolo.‹«

Jetzt, wenn Sie wissen wollen, was da kochmäßig genau abgeht, hier bitte: einfach nachkochen, hier steht's:

Geräucherte Chiemsee-Renken-Filets in einer Veltliner-Soße mit Spinat und Spaghetti

Für 2 Personen brauchen wir 2 geräucherte Chiemsee-Renken-Filets, 1 kleine Schalotte, 2–3 frische Knoblauchzehen, ein paar kleine Spinatblätter, 3 getrocknete Tomaten, ein paar Kapern aus dem Glas, 2 kleine Cocktailtomaten, 1 EL Butter, Olivenöl, 5–6 frische Basilikumblätter, etwas Sahne, Salz, Pfeffer, Trüffel-Öl und 250 g Spaghetti.
In der Butter-Olivenöl-Mischung die klein gehackte Schalotte, den Knoblauch, die klein gehackten getrockneten Tomaten sowie die beiden gewürfelten Cocktailtomaten glasig dünsten, ca. 3 Minuten. Mit einen kräftigen Schluck Veltliner oder einem anderen trockenen Weißwein ablöschen. Etwas von dem gesalzenen Nudelwasser dazugeben.
Die Spaghetti (am besten frische) bissfest kochen, in das Nudelsieb abgießen.
Jetzt die in dünne Streifen geschnittenen Spinatblätter, die Kapern und das gehackte Basilikum unterrühren. Die Soße darf nicht mehr kochen. Salzen und pfeffern.

Die Nudeln auf die Teller, erst jetzt die geräucherten Renken-Filets (klein geschnitten) unter die Soße mischen und sofort auf die Nudeln geben.
Etwas von dem Trüffel-Öl drüber, noch mal pfeffern und ab durch die Mitte.

Oben im Schlafzimmer

Stocker ist mit wenigen Schritten am Fenster und ruft nach unten in den Biergarten: »Guten Morgen, lieber Zeno, guten Morgen, lieber Josef. Was wird das da unten? Die Dackel-Version von ›Ziemlich beste Freunde‹, oder was? Ich hab euren Schwachsinn genau gehört. Sache ist, ich schlafe nicht, ich arbeite. Und außerdem hab ich gedacht, heute gibt es die Steinpilze vom Primelmeier. Was ist mit denen? Bist du überhaupt schon nüchtern?«

Josef wackelt zweimal kurz mit dem Schwanz, schüttelt heftig seinen Kopf, sodass die großen Ohren nur so fliegen, und geht unbeeindruckt weiter. Aber Zeno dreht sich um und schaut nach oben zu dem offenen Fenster. »Hi, guten Morgen. Ein Genie ist immer nüchtern, auch wenn es besoffen ist. Die Steinpilze? Da waren so gut wie keine Steinpilze im Korb. Das meiste von diesen undefinierbaren Gewächsen hat ausgesehen wie frisch aus Tschernobyl importiert, und auf einem von diesen Dingern hat sogar ›Made in China‹ draufgestanden. Ich schwör's. Der Steinpilzanteil, der hätte portionsmäßig grade gereicht, um zwei Teller dreckig zu machen. Vergiss es.«

»Ruf den Primelmeier an und beschwer dich! Schließlich will der seinen Thekendeckel nicht bezahlen.«

»Den? Den kannst du selber anrufen. Bei dem wird der Hörer zum Duschkopf, der redet dich nass. Was war bei dir? Kann ich mit Josef raus, oder müssen wir vorher noch kurz die Welt retten?«

»Gehe hin in Frieden, mein Sohn. Mit meinem Segen. Amen. Ich ruf gleich die gnädige Frau Leitner an und mach der ein bisschen Dampf. Wenn ihr zurück seid, dann erzähl ich dir alles. Salve. Und jetzt los, geh zu, sonst macht sich der Josef gleich noch ins Fell, wenn der nicht schnell einen guten Baum findet.«

»Wir wären schon längst im Wald, wenn du uns nicht dauernd aufhalten würdest«, sagt Zeno. »Hey, kennst du den? Da sagt einer, so um die Uhrzeit wie jetzt, nach einer schlaflosen Nacht, zu seinem Nachbarn: ›Guten Morgen, sagen Sie mal, war das Ihr Hund, der die ganze Nacht gebellt hat?‹ Sagt der Nachbar: ›Ja klar, ich selber hab ja keine Zeit gehabt, ich hab geschlafen.‹ Der war gut, was?« Und zu Josef, der auf drei Beinen steht, blinzelnd über die Schulter schaut und schon leicht ungeduldig wird: »Also, ich finde, der ist wirklich gut. Ich wollt, ich hätt noch so einen. Komm, der alte Onkel Stocker muss wieder ins Bett, und für dich suchen wir jetzt einen geilen Baum.«

Der »alte Onkel« setzt sich kopfschüttelnd auf den Stuhl neben dem Fenster, kratzt sich mit der linken Hand zwischen den Beinen und tippt mit der rechten die Nummer der Salzburger Dame in sein Handy. Der Signalton kommt, dreimal, und dann hört er ihre Stimme.

»Gerlinde Leitner, wer spricht?«

»Albin, ich mein, Stocker. Ich meine, Albin Stocker. Guten Morgen, Gerlinde.«

»Hallo, guten Morgen. Ein bisschen früh, nicht wahr? Wie geht's Ihnen? Sie wollten mir doch ein paar Seiten aus diesem ominösen Notizbuch aufs Handy schicken. Wissen Sie das noch?«

»Ja. Nein. Ich meine, doch, aber die Buchseiten hab ich noch nicht gesendet. Es hat sich da was ergeben, darüber sollten wir reden. Heute. Am besten heute Vormittag. Können wir uns irgendwo auf halber Strecke treffen? Vielleicht hinter Traunstein oder so?«

»Ich hab heute Nachmittag einen Termin in der Nähe von Kufstein. Warten Sie mal, ja, das können wir machen. Sagen wir um halb zwölf irgendwo an der Autobahn am Chiemsee? Wo, was meinen Sie?«

»Warten Sie. Wo? Ja, genau: Nehmen Sie die Ausfahrt Bernau, dann fahren Sie nach Bernau rein. Kurz nach dem Ortsschild, da sehen Sie schon vorne links eine Tankstelle. Genau da gegenüber, da ist eine Bäckerei mit einem kleinen Café dabei. ›Obermaier‹, so heißt das. Da treffen wir uns. Ist das okay für Sie?«

»Ja, das passt. Gestern hab ich noch mit einem Bekannten aus Wien über Sie gesprochen, der hat gemeint, dass ich –«

»Nicht am Telefon«, unterbricht der Stocker sie und sagt: »Bitte sprechen Sie über gewisse Dinge jetzt nicht mehr am Telefon, wenn's geht. Ich erzähle Ihnen später, warum. Bis gleich, Gerlinde.«

»Ja … ich … Gut, okay, bis später. Ende.«

Stocker schaut auf sein Handydisplay und sieht eine neue Nachricht: »Call me asap. J«, steht da.

Jetzt muss man natürlich wissen, was »asap« heißt: as soon as possible, heißt das, auf gut Deutsch: so schnell wie möglich.

Und das macht er auch, der Stocker. Vorher nimmt er aber die SIM-Karte aus dem Handy und legt eine andere, eine Einweg-SIM, ein.

Nach der spanischen Einwahl hört man sechs oder sieben Rufzeichen, dann ist John in der Leitung und sagt mit einem Aufstöhnen: »Fuck, es ist noch keine acht Uhr, Stockman. Aber gut, dass du schon auf bist. Pass auf: Dein Mann, dieser Leitner-Bankmanager, der ist von London-Heathrow nach Sydney geflogen, vor zehn Tagen. Abflug zweiundzwanzig Uhr dreißig, Ankunft in Australien um neun Uhr dreißig. Linienflug mit Air China. Hat bar bezahlt. Eingecheckt hat er aber nicht unter Leitner, sondern mit einem einwandfreien australischen Reisepass auf den Namen Lightman. Was sagst du jetzt?«

»Da kannste mal sehen. Und ich hab gedacht, nach Sydney, da fliegt man länger.«

»Stockman, hey, schon mal was von Zeitzonen gehört? Der war fünfundzwanzig Stunden unterwegs, und zum Frühstück hat es wahrscheinlich Ente süß-sauer gegeben. Mann, wer sich so was antut, der muss seine Gründe haben. Okay, weiter: In Sydney, da hat sich der Mann unter dem Namen Lightman bei Budget einen Leihwagen genommen. Der Kerl hat eine gültige VISA-Karte auf den neuen Namen, und ab da verliert sich seine Spur. Der muss richtig gute Papiere haben. Meine Jungs haben sich in die Überwachungskameras und die Archive von einigen Flughäfen eingeloggt, und beim vierten oder fünften Airport haben sie mit dem Gesichtserkennungs-Scan den Doc Leitner gefunden.«

»Wir haben ihn auch. Der ist immer noch da in der Gegend.

Lass deine Jungs mal alle Hotels, Ferienhaus-Vermieter und so weiter durchgehen. Wir haben ein Foto vom Leitner auf Facebook entdeckt. Der steckt da irgendwo, da bin ich mir sicher, wahrscheinlich mit einer Frau. Was hast du sonst noch?«

»Na ja, der Knaller kommt ja jetzt: Das Notizbuch, das du da hast, das wirf mal ganz schnell weg. Verbrenn es, grab es ein, aber schaff es weg. Mit der Sache, da lässt du dich mit Leuten ein, die ein paar Nummern zu groß für dich und deinen Partner sind. Da geht's um Transaktionen und um Beträge, das willst du lieber gar nicht wissen. Stockman, hör ein einziges Mal auf mich, und halte dich da raus. Diese Leute, die haben Connections, da gehen bei euch ganz schnell die Lichter aus. Das überlebst du nicht. Meine Jungs sagen, dass sie da nicht weitermachen wollen, denn die in deinem Buch, die haben sicher auch ihre Spezialisten. Und die sind besser ausgerüstet als wir alle zusammen. Wenn die rauskriegen, dass da wer in ihren Sachen rumwühlt, und wenn die das zurückverfolgen können, dann sind wir alle dran.«

John räuspert sich und sagt: »Der andere Typ, dieser von Bernbach, der ist anscheinend für die Koordination der Geldwäsche hier in Europa zuständig. Bei dem läuft einiges zusammen. Über den kann ich dir was rausfinden, wenn du das willst. Das mache ich gerne für dich. Aber die Typen in Libyen, in Nigeria, in Singapur und so weiter, die packe ich nicht an. Die sind zu heftig für mich und meine Jungs. Noch was: Da stecken neben den Bankleuten auch ein paar Politiker mit drin, genau wie du gesagt hast. Ein Minister aus München, glaube ich, und noch ein paar von diesem Kaliber. Also überleg dir, was du da machst. Ruf mich heute Abend noch mal an, dann weiß ich mehr. Pass gut auf dich auf, Stockman. Bye.«

Nachdenklich schaut der Stocker auf sein Handy, dann nimmt er die SIM-Karte aus dem Gerät, verbrennt sie über dem Aschenbecher auf dem kleinen Glastisch neben dem Fenster und schiebt die andere Karte wieder ins Telefon.

Bernau, »Café Obermaier«, 11.22 Uhr

»Von dem Finnenbrot da hinten nehm ich zwei mit, und von dem Sechskorn da links, da nehm ich auch zwei. Und von dem Brezen-Knödelbrot, da nehm ich alles, was ihr dahabt.«

Stocker geht an der Kuchentheke vorbei zu den Tischen hinten rechts und sagt zur Bedienung: »Packen Sie das bitte zusammen, ich nehm es mit, wenn ich gehe. Gleich kommt eine Dame, mit der ich verabredet bin. Wenn Sie mir bitte ein Kännchen Kaffee bringen und der Dame, die gleich kommt, auch ein Kännchen. Und ein paar Butterbrezen. Steht Ihnen übrigens wirklich ausgezeichnet, die neue Frisur. Und mit dem rötlichen Stich da drin, alle Achtung. Kompliment.«

Stocker geht durch das Café und sucht sich einen Tisch um die Ecke. Den ganz hinten links. Jetzt muss man sich das so vorstellen: Das »Obermaier«, das ist noch ein Café vom alten Schlag. Gemütlich eingerichtet, man fühlt sich wie in einem Wohnzimmer. Und die Verkaufstheke, die ist voll mit Köstlichkeiten aller Art. So riecht es auch. Der Hit, das sind natürlich die Brote. Deswegen nimmt sich der Stocker immer gleich drei oder vier von den Körnerbroten mit, wenn er schon mal in Bernau ist.

Vorne, beim Durchgang, da sitzen zwei Monteure in blauen Overalls und unterhalten sich bei Kaffee und Brezen über die aktuellen Bundesliga-Ergebnisse.

An dem Tisch dahinter, da sitzt ein Einheimischer, erkennbar an dem leicht grantigen Gesichtsausdruck, und taucht eine Schmalznudel in eine große Tasse mit Milchkaffee.

Vor ihm liegt aufgeschlagen die Chiemsee-Zeitung. Keiner nimmt Notiz von Stocker, dem neuen Gast. Aber alle drei schauen auf, als *sie* kurz darauf den Raum betritt: dunkelblaues Kostüm, weiße Bluse, in der rechten Hand eine teuer aussehende Aktentasche. Mit schnellen Schritten kommt sie auf Stockers Tisch zu und streicht sich durch die blonde Haare, die sie heute streng nach hinten gekämmt hat. »Hach, entschuldigen

Sie, normalerweise bin ich immer pünktlich, aber der Verkehr heute wieder …« Mit einer fließenden Bewegung nimmt sie Platz, stellt ihre mattschwarze Tasche neben dem Stuhl ab und schaut sich kurz im Café um. »Das ist aber mal ein gemütlicher Laden hier. So, und wenn ich jetzt noch einen guten Kaffee bekomme, dann passt das wieder, oder?«

»Schon da!« Die Bedienung stellt zwei Kännchen, Tassen und einen Korb mit vier Butterbrezen auf den Tisch und sagt: »Schön, dass Sie wieder mal hier sind.«

Gerlinde Leitner schnappt sich eine Butterbreze, und während Stocker Kaffee eingießt und in beide Tassen einen Spritzer Milch gibt, sagt sie: »Sie kennt man wirklich überall, was? Ich bin ja so was von neugierig. Warum wollten Sie mir am Telefon nichts erzählen?«

»Woher hat Ihr Mann die falschen Papiere?«

»Was?«

»Genau. Das war schon mal die erste falsche Antwort. Nächste Frage: Warum haben Sie Ihren Mann erst nach gut einer Woche als abgängig gemeldet, und wo war er in den ersten vier oder fünf Tagen nach seinem Verschwinden?«

»Was?«

»Sie wiederholen sich. Ihr Mann lebt, Gerlinde. Und ich glaube, Sie wissen das. Wir haben ein Foto von ihm. Er ist seit gut einer Woche in Australien, und zwar bei bester Gesundheit und unter einem falschen Namen. Und jetzt?«

»Was, und jetzt? Was erlauben Sie sich eigentlich? Sie behaupten da Dinge, die sind so was von ungeheuerlich. Wissen Sie, was ich glaube? Ich glaube, dass Sie –«

Weiter kommt sie nicht in ihrer Zorn-Rede, denn Stocker hat wortlos sein Handy aus der Tasche genommen, das Foto aufgerufen und hält der Leitner jetzt das Gerät vor die Nase. »Wer, bitte, ist das? Und wer ist die Frau daneben? Die mit der Milk-to-go-Oberweite? Miss Silicon Valley?«

»Ich … was? Die kenne ich nicht. Aber ihn. Das ist er. Der Sauhund, der elende. Der soll mir mal nach Hause kommen!« Mit wutrotem Gesicht starrt sie auf das Handy.

»Das glaub ich jetzt eher nicht. Ich meine, dass der freiwillig so schnell wieder nach Hause kommt. Ich glaub eher, dass Ihr Göttergatte in Australien ist, weil er weiß, dass die ihn von da nicht ausliefern.«

»Ausliefern? An wen?«

»Gerlinde, sparen wir uns doch jetzt bitte das Theater. Entweder, Sie erzählen mir jetzt gleich eine Geschichte, die mich überzeugt, oder Sie marschieren hier raus und suchen sich einen andern Idioten, den Sie für was auch immer einspannen können.«

Mit einer schnellen Bewegung verschwindet das Handy in Stockers Jackentasche, und er schaut in das Gesicht der Frau. Offensichtlich weiß sie nicht, ob sie jetzt losheulen soll oder nicht.

»Gut«, sagt Stocker, »dann machen wir weiter. Frage eins: Wer hat ihn nach London gebracht? Von da ist er nämlich abgeflogen. Frage zwei: Wie ist er von da aus weitergekommen? Wie und mit was? Wo war er vorher? Frage drei: Wo hat er die neuen Papiere her? Wen kennt er in Australien, der ihm da vor Ort weiterhelfen könnte? Und vor allen Dingen: Warum ist er überhaupt abgehauen?«

Gerlinde Leitner hört zu und schüttelt nur immer wieder den Kopf. Mit fahrigen Fingern holt sie ein Taschentuch aus der Tasche und wischt sich über die Augen. Ganz vorsichtig natürlich. Und so, wie das nur Frauen können, die bei aller Panik immer noch Angst um ihr teures Make-up haben. »Ich … bin da jetzt schon ziemlich überfahren mit der ganzen Situation. Lassen Sie mich das erst mal verdauen, Albin. Bitte.«

»Dazu haben wir eigentlich keine Zeit mehr, und das wissen Sie. Das weißt du. Wir duzen uns ab jetzt, weil ich glaube, das wird eine Sache, die sich noch ein bisschen hinzieht. Also, ich bin der Albin, und du bist die Gerlinde. Ist das so weit okay?«

»Wie? Ja, klar, natürlich. Aber weißt du, Albin, ich hab im Moment wirklich jede Menge Probleme. Viel mehr, als ich gebrauchen kann. Mein Mann, der war in letzter Zeit schon etwas … wie soll ich sagen … anders eben. Aber ich hab gedacht, das ist der Stress im Job. Oder die neuen Klienten, die wir über den Enno, ich mein … den Herrn von Bernbach bekommen haben. Und dann das ganze Prozedere, die gewaltigen Summen, die da auf einmal geflossen sind. Das alles hat er mir irgendwie mehr beiläufig erzählt, das war ja auch nicht mein Ressort, verstehst du das?«

»Nein«, sagt der Stocker und nimmt einen Schluck von seinem Kaffee, »erklär mir das bitte mal in einfachen Worten, wenn's geht.«

»Gut, pass auf: Wir sind eigentlich eine mittelständische Bank. Wir finanzieren Handwerksbetriebe, Bauunternehmer, Landwirte, Leute aus der Forstwirtschaft, Hoteliers, was weiß ich. Solche Leute eben. Das ist unser Geschäft. Meine Abteilung bewegt schon mal Summen so um die zwanzig oder dreißig Millionen, manchmal auch mehr. ›Private Banking‹ nennt sich das. Okay, da sind bei meiner Klientel natürlich auch ein paar Steuerflüchtlinge aus Deutschland dabei, die ich mitbetreue. Solche, die man oft bei euch im Fernsehen sieht und die ein jeder kennt. Denen helfen wir auch mal bei einem neuen Wohnsitz in Salzburg oder so. Und natürlich kriegen sie von uns Logenkarten für die Festspiele und Stammplätze im Hangar-Dings-Restaurant am Flughafen und so weiter. Aber international sind wir eher nicht so gut aufgestellt. Warum auch? Durch den Enno, den kennen wir ja auch schon ewig lange, da sind wir allerdings vor einem knappen Jahr oder so an eine Gruppe von Leuten aus Nordafrika und den Emiraten gekommen.«

Wieder tupft sie sich mit ihrem Tuch vorsichtig unter den Augen und spricht weiter: »Die machen riesige Finanztransfers. Im Ölgeschäft und so. Da sollten wir als Zwischenstation koordinierend tätig sein. Mehr nicht. Wir sollten Gelder weiterleiten, die zu uns reinkommen, vielleicht ein paar Tage bei uns geparkt werden und dann weiterfließen.«

»Und das ist ein gutes Geschäft, nehme ich an?«

»Ja«, sagt sie, »das ist ein Bombengeschäft. Zwar bewegen wir uns da schon ein bisschen in einer … wie soll ich sagen … gesetzlichen Grauzone, aber die Provisionen sind sehr lukrativ.«

»Wer steckt da mit drin?«, fragt Stocker und schaut aus dem

Panoramafenster raus auf die Hauptstraße und rüber zur Tankstelle. Der graue Ford, der vor zehn Minuten noch an einer der Zapfsäulen stand, der ist jetzt in der Seitenstraße neben dem Gebrauchtwagenhändler geparkt. Hinter dem Steuer sitzt ein Kerl mit Brille, und auf dem Beifahrersitz ist eine aschblonde Frau um die vierzig, fünfundvierzig zu sehen, die in ein Handy spricht. Durch die Spiegelung auf der Frontscheibe des Wagens sieht man das aber nicht so genau.

»... wenn der Enno nicht so ein guter Freund von uns wäre, hätten wir uns auf den Deal bestimmt nicht so schnell eingelassen. Aber der Enno, der kennt die Leute alle, und der hat für die gebürgt. Und der Mitarbeiter von dem Minister aus München, der war ja auch bei ein oder zwei Gesprächen mit dabei«, meint die Gerlinde und nippt an ihrem Kaffee, spricht aber gleich weiter: »Auf jeden Fall, mein Mann hat gesagt, wenn das Ministerium das will, dann machen die das auch. Egal, ob jetzt mit oder ohne uns. Und wenn wir das nicht machen, dann macht das eben eine andere Bank. Und die streichen dann die fetten Provisionen ein.«

»Warum wurde das viele Geld zu euch geleitet? Wo ist da der Gag? Was sollte damit erreicht werden? Geldwäsche? Bitte erklär mir das.«

»Nein«, sagt die Leitner, »das geht so nicht. Das war auch nicht der Deal. Das Geld ist schon sauber deklariert, wenn es bei uns ankommt. Es geht eher um die Frage: Was wollen die warum damit kaufen? Warum soll ein großer Betrag für irgendwas oder irgendeine Ware so lange um die Welt geschickt werden, bis man nicht mehr genau sagen kann, wer eigentlich dahintersteckt und wo genau das viele Geld herkommt? Das, glaube ich so langsam, das ist der Punkt bei dem Geschäft.«

»Gut, das muss ich erst mal setzen lassen. Machen wir weiter: Wo hat dein Mann die Papiere her? Warum hat er so viel Geld mitgenommen? Was ist das für eine Sache mit den Diamanten? Und, das ist jetzt die Bingo-Frage: Warum wirst du von wem und warum bedroht? Bitte antworte, ab jetzt läuft deine Zeit. Also?«

»Albin, ich wirklich keinen Schimmer, wer meinen Mann

nach – Wohin? Nach London? – gefahren hat. So, das kannst du mir jetzt glauben oder auch nicht. Und die Papiere und Ausweise, die kann er eigentlich nur von Enno haben. Der ist der Einzige, den wir kennen, der solche Verbindungen hat. Enno hat bis vor zwanzig Jahren noch für einen Geheimdienst gearbeitet, dann ist er quasi über Nacht Bankberater geworden. Irgendeiner aus der hohen Politik, der hat ihm einen Job im Aufsichtsrat der Länderbank in Frankfurt verschafft. Das ging um was Parteipolitisches, damals. Der Enno kennt Gott und die Welt, der hat Akten über Politiker, über Industrielle und Top-Juristen, Richter und Staatsanwälte. Der hat mehr Minister und Richter in der Tasche, als du Finger an den Händen hast. Für einen wie den Enno wäre es gar kein Problem, jemandem eine neue Identität zu verschaffen. Aber warum meinem Mann? Der hat doch alles gemacht, was die von ihm wollten, glaube ich.«

»Was ist mit den Diamanten?«

»Die verdammten Steine. Ich hab sie sogar selber gesehen. Er hat sie einmal mit nach Hause gebracht und zu mir gesagt: ›Schau, bald gehören die uns. Dir und mir‹, hat er gesagt. ›Die sind der Bonus von dem Ganzen‹, hat er gemeint. ›Die und ein großer Haufen Geld, wenn das Geschäft in ein paar Wochen über die Bühne gegangen ist.‹ Ich hab ihn gefragt: ›Was für ein Bonus? Und was für ein Geschäft?‹ Aber er hat nur gelacht und gesagt: ›Wenn der Deal in München durch ist, dann sind die Steine unser Eigentum. Mehr musst du gar nicht wissen.‹«

»Warum die Diamanten?«, fragt Stocker.

»Weil man die Herkunft von Edelsteinen meistens nicht mehr so richtig nachvollziehen kann, wenn die erst mal hier bei uns auf dem Markt sind. Bei überwiesenem Geld ist das was anderes. Aber eine Handvoll Diamanten, die kann man überall auf der Welt relativ schnell wieder zu Cash machen. Zu sauberem Geld, in jeder Währung, ohne dass irgendwer allzu viele Fragen stellt. Verstehst du das, Albin?«

»Ja«, sagt Stocker, »aber jetzt sieht die Sache ganz anders aus. Jetzt bedroht dich wer. Das weiß ich ziemlich genau. Also, wer will die Steine? Warum von dir? Wer weiß davon? Was haben die zu dir gesagt?«

Die Leitner schaut in ihren Kaffee und schüttelt den Kopf. Ihre Lippen zucken, aber sie sagt nichts.

Stocker greift über den Tisch und nimmt vorsichtig ihre Hand. Sie schaut ihn an und blinzelt ein paar Tränen aus den Augen.

»Gerlinde, wenn ich dir helfen soll, dann musst du mir auch helfen. Wer sind diese Leute? Welche aus dem Kreis von dem alten Bernbach? Du kennst den doch so gut, hast du mir gerade erzählt. Warum sollte der dich jetzt bedrohen lassen? Wenn die Storys über den stimmen, dann hat der außerdem selber so viel Geld, dass der sich auf eine Handvoll Diamanten ein Osterei pellt, oder?«

»Natürlich. Und außerdem: Ich habe die Steine nicht. Und ich weiß auch nicht, wo die sind. Ich will die gar nicht haben. Ich habe bloß noch Angst, verstehst du das? Einfach nur Angst. Und mein Mann, der ist in Australien oder sonst wo und trinkt Schampus. Warum macht er das? Was soll ich denn bloß tun?«

Sie schaut jetzt auch aus dem Fenster und sieht den grauen Ford in der Seitenstraße. Die Frau auf dem Beifahrersitz telefoniert immer noch, und der Kerl am Steuer blättert in einem Buch oder einem Atlas oder in einer Illustrierten, aber so genau sieht man das von hier aus nicht.

»Das Auto da drüben. Das da, links neben der Tankstelle in der Straße, das hab ich heute schon ein- oder zweimal gesehen. Der graue Ford mit den zwei Leuten drin. Die sind mir bestimmt nachgefahren. Ich habe Angst. Was soll ich tun?«, fragt die Gerlinde und fischt ein neues Tuch aus der Aktentasche.

Stocker nimmt sein Handy, hält es in Brusthöhe und macht unauffällig ein paar Fotos von dem Ford. Dann tippt er eine Schnellwahl ein und hält das iPhone ans linke Ohr.

Nach dem dritten Klingelton kommt eine Stimme aus dem Telefon: »Polizeiwache Prien. Albin, du bist das? Das ist doch deine Nummer, die ich hier sehe, oder? Was gibt's? Ich hab Dienst, Mann. Mach es kurz!«

»Eben deswegen bin ich ja dran, Ringo. Wir sitzen hier im ›Café Obermeier‹ in der Priener Straße in Bernau. Das kennst du doch, oder? Unser alter Brezen-Laden, Mensch. Pass auf, ich hab da ein Problem. Schräg gegenüber, in der Seiserstraße, da bei dem Autohändler, da steht ein grauer Ford. Ich geb dir gleich ein Foto durch, da siehst du dann auch die Autonummer. Schau mal, was –«

»Wie, was?«, schnauft der Ringo ins Telefon und unterbricht den Stocker mitten im Satz. »Willst du den kaufen oder was? Was haben sie dir denn in den Kaffee getan? Hallo? Das ist ein Autohändler, der Kerl da in der Seiserstraße, Albin. Der hat noch mehr Autos da stehen, und die verkauft er sogar, wenn er gut aufgelegt ist. Davon lebt der Bursche, und gar nicht mal schlecht, glaube ich. Also, geh morgen, wenn er wieder geöffnet hat, einfach zu dem Händler hin und frag, was der Ford kostet. Und wenn du unbedingt meinst, dann kauf ihn dir. Ich hab hier auf dem Revier im Moment ganz andere Sorgen. Der alten Frau Prassberger in der Aschauer Straße, der haben sie heute ihre fleischfressende Pflanze geklaut. Aus dem Wohnzimmer raus. Mit dem Topf. Und das jetzt, wo ihr die Pflanze so gut wie aus der Hand gefressen hat, sagt sie. Am liebsten hat sie Fleischpflanzerl gemocht, diese Pflanze. Und die alte Prassbergerin sagt, wenn die Pflanze nicht jeden Tag um exakt fünf Uhr nachmittags ihr Stückerl Fleischpflanzerl kriegt, dann geht die ein. Daran ist die gewöhnt. Und die alte Prassbergerin, die glaubt, dass die Elvira, so heißt die Pflanze nämlich, dass die entführt wurde, und bald kommt ein Schreiben mit der Lösegeldforderung. Ich hab deswegen auf jeden Fall vorsichtshalber einen Streifenwagen in der Aschauer Straße stehen, vor der Eisdiele. Und du, du kommst mir mit einem Gebrauchtwagen? Also nein.«

»Was?«

»Genau«, sagt der Ringo. »Weißt du, ich hab als Kind auch mal eine fleischfressende Pflanze gehabt. Die ist dann aber vegetarisch geworden. Jedenfalls, die Prassbergerin sagt, ihre Elvira, die verträgt kein Schweinefleisch. Jetzt stell dir doch bloß mal vor, der Entführer legt der Pflanze ein Schnitzel hin. Was da alles passieren kann.«

»Ringo, hier kann auch gleich was passieren. Ich denke mal, da tut sich eine hochkriminelle Sache auf. Und das ist ganz was anderes als ein wiederkäuendes, Frikadellen-fressendes Stück

Pflanze, ja? Also hör mir mal bitte eine Minute zu. Ich bin hier mit einer Informantin von unserem Kommissar, und die fährt jetzt gleich wieder auf die Autobahn, Richtung Salzburg. Der graue Ford, der verfolgt sie schon seit Stunden. Weil meine Informantin wahrscheinlich was weiß, das sie für den Zuckerhahn rausgefunden hat. Undercover, sozusagen. Du willst doch zur Kripo, oder? Willst du denn in deinem Alter ewig Streife fahren oder fleischfressende Pflanzen jagen? Schick deinen Streifenwagen jetzt gleich in Felden auf die Autobahn und lass deine Jungs dann in Grabenstätt oder so den grauen Ford stoppen und überprüfen. Die sollen sich ruhig ein bisschen Zeit lassen, damit unsere Informantin verschwinden kann. Sie fährt einen … warte mal … Was hast du für ein Auto, Gerlinde?«

Die Leitner zuckt mit den Schultern und sagt: »Einen BMW, das neue 6er Cabrio, gold-beige-metallic, schwarzes Dach, Kennzeichen SL-GG-609. Warum?«

»Hast du das gehört, Ringo? Österreichisches Kennzeichen, Salzburg-Land und so weiter? Ja? Das ist ein BMW Cabrio, mit einer blonden Frau am Steuer, die lasst ihr fahren. Und den Ford, den ich dir gleich rübergebe, mit zwei Personen drin, den holt ihr raus, okay? Gut. Und dann ruf mich an und erzähl mir, auf wen die Kiste zugelassen ist, und wer die beiden im Auto sind. Okay? Danke und tschüss.«

Stocker legt sein Handy auf den Tisch und sagt zur Gerlinde: »Da vorne, auf der Theke, da liegt eine große Tüte für mich. Da sind Brote drin. Und Brezen-Knödelbrot. Das musst du mal versuchen, diese Brezen-Knödel. Nimm die Tüte, geh zu deinem Auto und fahr gleich auf die Autobahn in Richtung Salzburg. Vergiss den Kufstein-Termin. Ruf die an und sag, dass was dazwischengekommen ist oder dass du eine Panne hast. Was weiß ich, einfach irgendwas, okay? Fahr einfach auf die Autobahn, aber pass auf, dass der Ford dann sicher wieder hinter dir ist. Und wenn der dann gleich von der Polizei gestoppt wird, dann fahr einfach weiter, okay? Egal, was jetzt gleich hinter dir passiert, fahr einfach weiter.«

»Ich … was … Wo soll ich denn hinfahren?«

»Auf keinen Fall nach Hause. Kannst du heute und morgen

bei jemandem bleiben, dem du vertraust, der mit eurer Bank und dem alten Bernbach nichts zu tun hat? Du darfst auf keinen Fall nach Hause fahren, ist dir das klar? Also, wo kannst du jetzt hin?«

»Ich hab eine alte Freundin in Himmelreich, da könnte ich hin.«

»Ins Himmelreich? Ich glaub es nicht«, sagt der Stocker und nimmt die Gerlinde Leitner bei der Hand. »Im Himmelreich hab ich auch ein paar Freunde. Und das liebe Jesulein, das wohnt auch dort. Super. Aber du sollst dich nicht umbringen, sondern nur ein bisschen verstecken, verstehst du?«

Jetzt grinst sie, die Gerlinde und sagt: »Himmelreich, das ist ein Vorort von Salzburg, und eine alte Freundin von mir hat dort ein Hotel. Ganz in der Nähe vom Outlet-Center und vom ›Hangar-7‹. Das sagt dir wohl nichts, oder? Dann muss ich mit dir da mal hingehen, wenn das hier vorbei ist. Der Typ da am Telefon eben, war das dein Partner?«

»Nein«, sagt Stocker, »das war der Ringo. Ein hauptberuflicher Polizist in Prien drüben und außerdem der ehrenamtliche Elvis vom Dienst bei uns in der Kneipe. Mein Partner, das ist der Zeno, und der ist schon lange nicht mehr bei der Bullerei. Der sieht sich jetzt als der Ceranfeld-Nowitzki in unserer Küche. Der spricht mit jedem Petersilienstängel und würde aus Qualitätsgründen am liebsten unsere Eier selber legen. Pass auf, geh jetzt aus dem Laden, pack die Tüte in dein Auto und fahr los. Aber so, dass sie dich sehen und dir folgen können. Ich warte hier noch ein bisschen und geh dann auch raus, wenn die weg sind. Wenn du bei deiner Freundin bist, schick mir auf mein Handy einen Smiley, okay?«

»Okay«, sagt sie, »du bist so süß, wenn du dich aufregst«, beugt sich über den Tisch und küsst den verdutzten Stocker mitten auf den Mund.

Der schaut die Gerlinde an und sagt nach ein paar sprachlosen Sekunden: »Warte, eine Frage noch: Wer will die Diamanten von dir? Und wie soll das weiterlaufen?«

Sie sieht ihn an und sagt: »Die Stimme am Telefon, die hab ich noch nie gehört. Aber der Kerl, der hat mir richtig Angst gemacht. Morgen früh wollen die sich wieder melden. Was soll ich denen dann sagen? Ich hab die verdammten Steine wirklich nicht, und ich weiß auch nicht, wo die sein könnten.«

Stocker überlegt kurz und sagt dann: »Morgen bist du nicht da. Aber dein Anrufbeantworter, der ist da, oder? Hier, schreib mir die Nummer auf. Vielleicht können wir das Telefon abhören. Vorausgesetzt, irgendwer ist wirklich so blöd und spricht eine Drohung auf einen Anrufbeantworter. An dein Handy gehst du die nächsten Tage nur, wenn du die Nummer kennst, die du auf dem Display siehst, okay? So, und jetzt sieh zu, dass du Land gewinnst. Ich melde mich bei dir, sobald ich was weiß.«

Stocker sieht ihr nach, wie sie sich die Tüte von der Theke schnappt. Und der erstaunten Verkäuferin, die den Stocker mit hochgezogenen Augenbrauen ansieht, der winkt er kurz zu: alles klar. Die Frau ist eine Sahneschnitte, und die kann mir ruhig ein paar Brote klauen, heißt das. Dann ist sie raus aus dem Laden, die Gerlinde.

Die zwei Gestalten in dem grauen Ford bewegen sich jetzt: Die Frau hat dem Kerl hinter dem Steuer die Hand auf die Schulter gelegt und zeigt nach vorne. Der Typ wirft seinen Kaffeebecher nach hinten und startet den Motor. Dann sieht man, wie sich der Wagen langsam in Bewegung setzt und auf die Einmündung zur Priener Straße zurollt.

Eine Minute später kommt der gold-beigefarbene BMW an der Tankstelle vorbei. Wahrscheinlich hat sie oben beim »Alten Wirt« geparkt, denkt sich der Stocker.

Das BMW-Cabrio fährt aus Bernau raus, und der graue Ford folgt dem Wagen, mit einem Abstand von drei oder vier Fahrzeugen dazwischen. Das sind Profis, denkt sich der Stocker, die haben das drauf.

Wir aber auch.

Er legt einen Zwanziger auf den Tisch, winkt der Bedienung zu und geht durch die Backstube schnell raus auf den Hinterhof. Dort steht der alte Benz. Stocker schwingt sich hinter das Steuer und startet den Dieselmotor. Gang rein und raus auf die Straße.

Stocker zwängt sich vor einem blauen alten Honda in den fließenden Verkehr und nimmt einem Golf, der von rechts kommt, die Vorfahrt. Ein wütendes altes Gesicht mit weit aufgerissenem Mund hinter der Frontscheibe des Golf zeigt einen lautlosen Schrei. Fast wie das Bild von Edvard Munch.

Da haben wir ihn, den lautlosen Schrei in der bayerischen Version, denkt sich der Stocker und treibt seine alte Wanderdüne im zweiten Gang aus der Ortschaft.

Weit vor sich sieht er den grauen Ford. Der fährt durch den Kreisel hinter der Tankstelle auf die A8 auf. Stocker jagt seinen alten Mercedes in den Kreisverkehr und ist jetzt nur noch zwei oder drei Autos hinter dem Ford. Gerlindes BMW ist nicht zu sehen.

Stocker überholt einen Camper und hat jetzt noch einen Toyota und einen Peugeot zwischen sich und dem Ford. Weit vor sich, schon fast über der Brücke, entdeckt er den BMW.

Stocker zieht den Benz nach rechts, halb auf die Standspur, und sieht, dass die Frau im Ford telefoniert.

Verdammt, wo bleibt denn bloß der Ringo?, denkt sich Stocker. Falls er nicht gleich da ist, ramme ich sie von hinten. Ich fahr dem Ford einfach hinten drauf, dann hat die Gelinde Zeit, abzuhauen. Denn die Zeit, die wird unser Problem. Noch vielleicht vierzig Kilometer bis zur Grenze. Stocker schaut auf den Tacho. Bei dem Tempo und der Verkehrslage bleiben noch fünfzehn oder zwanzig Minuten. Dann sind die beiden Autos in Österreich. Und dann? Ich ramme die jetzt. Ende Gelände.

Stocker zieht wieder nach links und schaut in den Rückspiegel. Von hinten kommt ein Streifenwagen mit Blaulicht angerauscht. Jetzt hört er auch kurz die Sirene. Nur ein kurzes Aufheulen, dann zieht ein verschreckter Holländer seinen Kombi auf die rechte Spur.

Der Polizeiwagen überholt jetzt den Camper, dann Stockers Wanderdüne und die beiden Autos vor ihm. Das Blaulicht wird abgeschaltet. Dann zieht er vor dem grauen Ford auf die rechte Spur, und aus dem Beifahrerfenster der Bullenschaukel kommt eine Hand mit einer Kelle. Der Ford bremst ab und zieht auf die Standspur, der Streifenwagen verzögert vor ihm.

Yep, das ist meine Kavallerie, denkt Stocker und sieht im Vorbeifahren, dass die Frau jetzt ziemlich hektisch in ihr Telefon spricht. Der Kerl am Steuer macht eine ärgerliche Grimasse und schlägt mit der flachen Hand aufs Lenkrad.

Stocker grinst und schaltet das Radio ein. »Wrecking Ball« von Miley Cyrus dröhnt aus der Anlage. So fühlen die sich da hinten im Ford jetzt auch, denkt er sich, wie wenn eine Abrissbirne vorbeikommt.

Ein paar Meter weiter kommt die Ausfahrt nach Übersee, und Stocker setzt den Blinker. Bingo.

Musikkneipe »Endstation« in Atzdorf, 14.37 Uhr

»Nein, nein und noch mal nein. Du kriegst jetzt keinen Spargel, Josef. Der ist harntreibend, das weißt du doch. Und du pinkelst eh schon wie eine kaputte Gießkanne. Und außerdem hast du gerade was von dem Schinken und dem Putenfilet probiert, oder? Also, hau jetzt ab. Schwing deinen übergewichtigen Hintern aus der Küche.«

Der Dackel trollt sich beleidigt, und Zeno schält weiter seinen Schrobenhausener Spargel. Dann sagt er zu Stocker, der mit zwei kleinen Bieren in der Hand am Gasherd lehnt: »Gleich hab ich eine Hand frei. Ich muss ja alles selber machen, neuerdings. Es ist ja keiner da, der mir hilft. Mein Partner, der muss sich ja mit obskuren Blondinen treffen, während ich hier arbeite und so ganz nebenbei noch ermittle. Super, was?«

»Jetzt sei nicht beleidigt. Hier, nimm das Bier und erzähl mir, was du herausgefunden hast. Und was du da kochst, das würde ich auch gerne wissen. Das sieht nämlich ganz schön lecker aus. Also, was wird das?«

»Eins nach dem anderen«, sagt der Zeno und wischt sich die rechte Hand an der Schürze ab. Dann nimmt er vom Stocker ein Bierglas, trinkt und macht: »Ahhh, das zischt. Also, die Frau Leitner, die hat es faustdick hinter den hübschen Ohren. Ich hab mit ein paar alten Kumpels von Europol gesprochen, und die haben die Dame mal kurz durch die Computer laufen lassen: Die kommt ursprünglich gar nicht aus Salzburg. Macht ja nix, ein eingeborener Salzburger ist der Beckenbauer ja auch nicht gerade. Dahin, also nach Salzburg, da ist sie erst mit Mitte zwanzig oder so gezogen. Vorher war sie mit so einem Geldsack aus Luxemburg liiert, einem richtigen alten Ekel. Aber mit dem hat sie es wahrscheinlich auch nur deswegen ein paar Jahre ausgehalten, weil der absolut exzellente Kontakte zu Geldkreisen hat. Banker, Investoren, Politiker, so ein Pack eben. Und in einem kleinen Land wie Luxemburg, da kennt jeder jeden. Die Top-Deals, die werden da beim Mittagessen gemacht. Das dauert aber an die fünf Stunden, so ein richtiges Luxemburger Mittagessen. Und wenn du da drin bist, in den Lunch-Kreisen, dann bist du auch geschäftlich drin. Den Leitner, den hat sie auf einer Manager-Tagung in Luxemburg kennengelernt. Da hat sich dann anscheinend schnell was getan. Denn kurz darauf, da hat sie ihr altes Ekel verlassen und ist zu dem Leitner nach Salzburg gezogen und hat gleich in seiner Bank angefangen. Als Quereinsteigerin, sozusagen. Das hat sie dir aber so nicht erzählt, wollen wir wetten? Und für den Leitner, da war die hübsche Gerlinde ein Geschenk des Himmels: schön, gut im Job, und jede Menge Kontakte hat sie auch gleich mitgebracht. Was sagst du jetzt, hm? Hol mal noch ein Bier, dann machen wir hier weiter, ich muss jetzt nämlich das Filet schneiden, mir hilft hier ja keiner.«

Stocker geht in den Schankraum und zapft zwei kleine Biere.

Wow, das mit der Gerlinde, das muss er jetzt erst mal verdauen. Dieses Luder, denkt er, schau mal einer an. Und ich hab ihr die Tränen und das ganze Zeug voll abgekauft. Und den Spruch: Was bist du süß, wenn du dich aufregst.

Weiber.

Da kannste mal sehen.

Mit den Bieren in der Hand muss er an der Küchentüre noch kurz in den Spagat, denn da sitzt Josef, mitten im Weg, und grummelt vor sich hin.

Zeno sagt über die Schulter zu dem Hund: »Der Onkel Albin, der hat von Frauen aber so was von keine Ahnung, Josef, den müssen wir echt noch aufklären. Bei den Mädels, da gibt es nämlich solche und solche. Manche von denen, die werden sogar Bundestrainer. Aber jetzt denkt der gute Onkel Albin gleich, was auch der alte Primelmeier gestern schon gesagt hat: Alle Frauen sind Schlampen, außer Mama. Das kann man ihm direkt am Gesicht ansehen, weil man ihm beim Denken zuschauen kann, gell, Josef?« Und zu Stocker: »Stell das Bier drüben auf den Tisch und schneide den Speck in dünne Scheiben. Dann brauche ich einen trockenen Weißwein, und dann hol mir freundlicherweise von draußen aus dem Hochbeet eine Handvoll Petersilie. Mach schon, ich hab auch nur zwei Hände.«

»Prost«, sagt Stocker, »bin schon unterwegs. Was genau kochen wir da?«

»Das wird der Hauptgang für das Menü heute Abend, das steht alles schon draußen auf der Tafel. Vorspeisenteller mit verschiedenen gebratenen Gemüsen und geräuchertem Fisch mit Kürbiskern-Öl, dann der Hauptgang und dann noch ein Stück von meinem gefürchteten Beerdigungs-Kuchen mit Eis als Nachspeise.«

Und das gibt's als Hauptspeise heute Abend:

Spargel-Puten-Geschnetzeltes mit Kartoffel-Käse-Rösti

Für 4 Personen brauchen wir ca. 1 kg guten weißen Spargel. Dann 1 kleine Zwiebel, 1 Handvoll Petersilie, Crème fraîche und Sahne, Wein, ein paar Scheiben durchwachsenen Speck, 500 g Putenschnitzel, 2 EL Mehl, Salz und Pfeffer.
Den geschälten Spargel in 2–3 Zentimeter lange Stücke schneiden, diese dann 5–6 Minuten dünsten.
Abtropfen lassen, das Wasser in einer Tasse auffangen und zur Seite stellen.
Speck und Zwiebeln würfeln und anbraten. Dann aus der Pfanne nehmen. Jetzt die Schnitzel in dünne Streifen schneiden und mit Mehl bestäuben und anbraten.
Zwiebeln und Speck nach 1–2 Minuten dazugeben, das Ganze mit etwas Spargelwasser unter ständigem Rühren angießen. Nun einen kräftigen Schluck Weißwein und einen guten Schuss Sahne dazu.
Kurz einkochen lassen, bis die Soße cremig wird. Aber immer schön umrühren dabei. Jetzt die Spargelstücke dazu, ein paar Löffel Crème fraîche unterrühren und salzen und pfeffern.
Die Petersilie mit den Stängeln hacken, denn genau da, in den Stängeln, da lauert der wahre Petersiliengeschmack.
Gekochte oder rohe Kartoffeln reiben, mit einer Handvoll Parmesankäse, Salz und Pfeffer und etwas Petersilie abschmecken. Flache kleine Röstis formen und in der Pfanne rausbacken.

Ab auf den Teller, und erst jetzt, am Schluss, die gehackte Petersilie über das Geschnetzelte geben.
Wem das nicht schmeckt, der ist entweder Vegetarier oder eine fleischfressende Pflanze, die keine Pute mag.

Kurze Zeit später

Stocker kommt mit dem Wein und der Petersilie zurück in die Küche, und draußen, neben der Theke, da bellt der Josef.

Einmal nur, dafür aber ziemlich laut.

»Ja, Josef«, sagt der Stocker, »ich hab's ja gehört. Aber das Frauenbild vom Onkel Zeno hier, das ist schon auch ein bisschen simpel gestrickt. Der denkt sich: Lieber eine Taube im Bett als eine Schwerhörige auf dem Dach. Das ist finsterste Chauvi-Denke, so was. Außerdem hab ich grade im Auto auf Bayern 3 gehört, dass heute der Tag des Hundes ist. Da hat ein Hörer angerufen und gesagt: ›Also, ich hab zwei stramme Möpse, und mit denen, da spiel ich jeden Tag.‹ Die Moderatorin, das war die mit der grünen Stimme, die, die wir alle drei nicht so gerne mögen, die sagt darauf: ›Wissen Sie was? So einen Macho-Mist muss ich mir jetzt wirklich nicht anhören, oder?‹ Darauf der Typ: ›Aber meine Möpse, die haaren dreihundertfünfundsechzig Tage im Jahr.‹ Sagt die Moderatorin: ›Meine nicht.‹«

Gott sei Dank brummt und surrt in diesem Moment Stockers Handy, das sich dabei langsam auf dem alten Holztisch in der Küche dreht. Zeno deutet mit dem Messer auf das tanzende Telefon und sagt: »Tag des Hundes. Das ist bestimmt der Boxer von nebenan für dich. Willst du nicht rangehen?«

Stocker legt die Petersilie auf die Arbeitsplatte neben dem doppeltürigen Kühlschrank, nimmt einen Schluck aus der Karaffe mit dem Weißwein und sagt, mit dem Handy am Ohr: »Ja? – Was? – Ringo, das wurde aber auch Zeit. Habt ihr den Ford erwischt? – Was? Das darf ja wohl nicht wahr sein. Danke, du hast was gut bei mir. – Wie? – Ja, okay, am Mittwoch, wenn wir hier wieder rocken, dann darfst du die Ansagen machen. Versprochen. – Okay, danke und servus. – Ja, habe die Ehre, grüß deine Frau – Was? – Ja, und deinen Hund auch, ja. Und einen schönen Gruß an die Elvira.«

»Was war das? Und wer ist Elvira? Hast du vielleicht noch mehr Weibergeschichten am Laufen?«

»Das war der Ringo.« Stocker nimmt noch einen Schluck von dem Wein und sagt: »Also, zum Kochen ist dieser Wein eindeutig zu gut. Nein, pass auf, die Elvira, das ist eine fleischfressende Pflanze. Die kenne ich aber nicht persönlich, und mit der habe ich auch nichts zu tun. Ehrlich jetzt. Aber ich habe den Ringo gebeten, ein Auto zu stoppen und zu überprüfen. Die beiden in der Karre, die haben die Gerlinde beschattet, und ich hab die Kiste in Bernau gesehen und fotografiert. Ringo hat denen eine Streife auf den Hals gehetzt, damit die Gerlinde einen Vorsprung zum Verschwinden hat. Bei Grabenstätt haben die Grünen den Ford gestoppt und überprüft. Und jetzt halt dich fest: Das waren Kripoleute. Aus dem Stall von einem gewissen Oberstaatsanwalt Dr. Wimmer aus München. Die haben die Gerlinde offenbar beschattet. Warum? Was läuft da ab? Kannst du mir das sagen?«

»Schick mir das Handyfoto auf meinen Laptop, ich sehe mir das später an. Vielleicht kenne ich die Typen ja. Ein paar von denen, die stehen auf verschiedenen Lohnlisten. So was kennen wir ja. Mein Tipp wäre: Ruf den Zuckerhahn an. Jetzt sofort. Erzähl ihm, was Sache ist. Wo ist deine Gerlinde jetzt?«

»Erstens: Es ist nicht meine Gerlinde, ja?« Stocker hackt leicht genervt auf die wehrlose Petersilie ein. »Und wo sie gerade ist, das weiß ich nicht, und ich will es auch gar nicht wissen. Sie ist irgendwo bei einer Freundin in Himmelreich, das ist ein Vorort von Salzburg. Und ich hab ihr gesagt, sie soll nicht nach Hause fahren und nicht ans Handy gehen, wenn sie die Nummer im Display nicht kennt. Hast du eine bessere Idee?«

»Klar, für so was hast du mich ja: Ruf den Zuckerhahn an, der hat ein paar sichere Wohnungen. Die nimmt er für Leute, die ins Zeugenschutzprogramm kommen oder für ein paar Tage untertauchen müssen. Da soll deine Gerlinde für einige Zeit hin, bis wir wissen, was Sache ist. Außerdem kann er vielleicht rauskriegen, warum sie von Leuten vom Oberstaatsanwalt beschattet wird.«

Stocker greift nach seinem Handy, aber das brummt und surrt jetzt schon wieder. Eine Nummer aus Österreich erscheint im Display. Gerlinde ist dran, und atemlos sagt sie: »Albin, der

Kerl, der, der mich bedroht, der hat wahrscheinlich gerade versucht, mich anzurufen. Ich seh eine Nummer, aber da ist eine Vorwahl dran, die ich nicht kenne, das muss der sein. Können die irgendwie rauskriegen, wo ich bin?«

»Ja klar«, sagt Stocker, »wenn dein Handy an ist, können die dich orten. Schalt es sofort aus. Das werden die nämlich machen, dich orten, sobald die merken, dass du nicht nach Hause fährst. Geh in das Einkaufscenter, von dem du mir erzählt hast, und kauf dir ein billiges Handy. Eins mit einer Prepaidkarte. Schick mir mit dem eine SMS, damit ich deine neue Nummer habe. Bleib dann im Hotel von deiner Freundin und geh nicht mehr raus. Ich organisiere jetzt was für dich. Lass mir eine Stunde oder so, dann rufe ich dich an. Ich leg jetzt auf. Mach genau das, was ich dir gesagt habe. Servus und Ende.«

»Servus und Ende? Können wir das nicht ein bisschen romantischer, hmh? Und hau die Petersilie nicht so tot, die wehrt sich doch eh nicht mehr«, sagt Zeno. Er nimmt grinsend einen Schluck von seinem Bier und sagt zum Josef, der mittlerweile wieder mitten in der Küche steht und freundlich mit dem Schwanz wackelt: »Der Onkel Stocker, der kriegt heute noch Kreislauf, wenn er so weitermacht. Jaja, wo die Liebe hinfällt, da wächst kein Gras mehr.«

»Warum bitte muss ich mir diesen Mist anhören«, murmelt Stocker, während er die private Nummer vom Kommissar Zuckerhahn eintippt.

Der meldet sich nach dem zweiten Signalton: »Albin. Du hast hoffentlich einen guten Grund, ich bin nämlich grade mitten in einem Verhör.«

»Hab ich«, sagt der Stocker und pult sich mit dem kleinen Finger der rechten Hand ein Stück Petersilie von der Brust. »Lasst ihr die Leitner überwachen?«

»Wir? Wer bitte ist wir? Nein, tun wir nicht, und warum sollten wir auch? Du hast doch bei der schon fast die Hand unter der Bluse, oder?«

»Ein Zweier-Team deiner Kollegen, beauftragt von einem Dr. Wimmer, seines Zeichens Oberstaatsanwalt aus München, das ist an der Dame dran. Schon seit einiger Zeit. Erzähl mir jetzt bloß nicht, dass du davon nichts weißt, wie? Der andere Staatsanwalt, der Reimers, der ist doch dein unmittelbarer Vorgesetzter, und so was muss doch irgendwie auch mit dem abgesprochen sein, oder?«

»Stocker, ich schwör dir, davon weiß ich nichts. Warte, ich geh mal raus auf den Gang.« Rauschende und klackende Geräusche kommen aus dem Handy, dann ist der Zuckerhahn wieder dran. »Hast du die Typen im Auto erkannt?«

»Nein, natürlich nicht. Ich kenn doch nicht jeden in eurem komischen Schützenverein. Aber ich hab die mit meinem Handy fotografiert. Alles glasklar zu sehen: das Auto, die Nummer und die beiden in der Kiste. Ein Mann und eine Frau. Und die Gerlinde sagt, die beiden sind schon eine ganze Zeit lang hinter ihr her. Also, was schlägst du vor?«

»Warte, lass mich kurz überlegen. Ja, das geht, so machen wir das, pass auf: Schick mir das Foto auf mein Handy. Und lass den Zeno mal bei seinen Kontakten nachbohren, vielleicht kriegt der noch schneller was raus. Wo ist die Leitner jetzt?«

»Im Moment? In Sicherheit. Aber nicht für lange. Hast du hier in der Ecke ein Haus oder eine Wohnung, wo wir die Gerlinde für ein paar Tage unterbringen können?«

»Warte … Ja, hab ich, aber das besprechen wir besser nicht am Telefon. Ich komme heute Abend zu euch raus. Kann ja gut sein, dass der Reimers oder der Wimmer bei mir in der Abteilung einen Maulwurf hat. Wäre ja nicht das erste Mal, oder? Was gibt's heute bei euch zu essen?«

»Spargel-Puten-Geschnetzeltes, das wirst du lieben«, sagt der Stocker, »und der Zeno macht extra für dich dann noch eine amtliche Portion Trüffel-Püree zum Geschnetzelten. Na, was meinst du dazu?«

»Wow«, schnauft der Zuckerhahn, »ich bin so gut wie da. Bis später!«

Mittwoch, 20.45 Uhr in der »Endstation«

Es ist zwar nicht der reguläre zweite Mittwoch im Monat, aber es hat sich eben so ergeben. Ede mit seinem Bass war außerplanmäßig in der Gegend. Jetzt muss man sagen, der Stocker und Ede kennen sich seit vielen Jahren. Und wenn der Oldenburger Bass-Gott mit seiner R&B-Truppe in Bayern tourt, dann macht er gerne einen Stopp bei seinem alten Kumpel Albin Stocker. Und das heißt, in der »Endstation« gibt's heute Abend Livemusik. Rock und Soul vom Feinsten.

Mit dem Stocker an den Drums, dem Ringo an der Gitarre und einem Gast-Bassisten aus Oldenburg, dem Ede.

Der Ede, das muss man jetzt schon vorab erklären, der sieht aus wie Pumuckl, ist angezogen wie Pinocchio und spielt seinen verschrammten alten E-Bass wie ein Außerirdischer. Lange, bevor Stocker nach Spanien ging, mischte er mit Ede und seinen Jungs die norddeutsche Rockszene auf. Später, in Spanien, da wurde die Musik eher von abgesägten Schrotflinten gemacht, aber das ist eine andere Geschichte.

Die Kneipe ist jetzt schon bis zum letzten Platz gefüllt, mit der üblichen Publikumsmischung. Die besteht hauptsächlich aus Krankenschwestern aus den Priener Kliniken. Dazwischen ein paar esoterisch angehauchte Therapeuten, die leicht am üppigen Gesichtshaarwuchs erkennbar sind. Und hinten, an der Theke, da sitzen isoliert ein paar Dermatologen. Die erkennt man aber auch sofort, weil die doch ziemlich analfixiert um sich schauen.

Ja, und eben die üblichen Verdächtigen: frühverrentete Altrocker, bei denen zwar ganz oben auf dem Kopf schon das Knie blank durchschimmert, die aber eisern ihren Zopf spazieren führen.

Dann noch ein paar Hausfrauen, die ihren Männern irgendwas von einem Bingo-Abend im Priener Gemeindehaus erzählt haben, und außerdem wieder mal ziemlich viel Jungvolk von den umliegenden Bauernhöfen. Aber das ist harmlos, das will nur spielen und abrocken.

Die Nellie hinter der Theke unter dem ausgestopften Hirschkopf, die zapft im Akkord, und ihr unterwürfiger Verehrer, der Primo, der bringt die Tabletts mit den vollen Bier- und Weingläsern an die Tische. Ehrenamtlich, sozusagen.

Er lässt aber keine Gelegenheit aus, um bei seiner Angebeteten einen schlauen Spruch anzubringen, so wie auch jetzt wieder: »Wenn du mir so viele Biere auf das Tablett stellst, dann komme ich irgendwann noch aus dem Gleichgewicht, rutsche aus und breche mir die Gräten. Pflegst du mich dann? Weil, das wär ja dann schon irgendwie ein echter Arbeitsunfall, oder?«

»Stell dich nicht so an und bring das Bier weg, Primo, das kommt alles an Tisch vier«, sagt die Nellie. Sie stellt ihm noch zwei Viertel Zweigelt-Rotwein auf das eh schon sehr volle Tablett und sagt weiter: »Einen Arbeitsunfall? Den kannst du dir doch heutzutage als Mann und selbstständiger Kleinunternehmer gar nicht mehr leisten. Wenn du in Deutschland irgendwo ausrutschst und tot umfällst, dann bist du doch erst mal als Steuerflüchtling unter Verdacht. Da musst du nicht einmal nebenbei mit Aktien spekulieren. Und überhaupt: Männer sterben sowie früher als Frauen. Das hat mit der Evolution oder so zu tun.«

»Genau«, schreit der Primelmeier durch die lauten Gesprächsfetzen und das Lachen im Lokal zurück, »fünfundneunzig Prozent aller tödlichen Arbeitsunfälle passieren Männern. Da sollte diese Ministerin, diese von der Leintuch oder wie die heißt, mal über eine vernünftige Frauenquote nachdenken. Da ist noch echter Nachholbedarf, oder?«

Die Antwort der Nellie ist nicht mehr zu verstehen, denn Ringo macht die erste Ansage des Abends: »Hey, Leute, da sind wir wieder. Es ist wieder mal Mittwoch, und hier bei uns heißt das: Weee willlll rrrrock youuuu! Yes! Ihr kennt das, aber für die paar Neuen unter uns: Der strubbelige am Bass hier, das ist der Ede aus Oldenburg. Der handelt mit Lachsen und riecht auch wie einer. Der da hinten am Schlagzeug, das ist unser aller Albin Stocker. Hey, was heißt Schlagzeuger auf Chinesisch? Weiß das hier jemand? Nein? Ganz einfach: No Tei Ming.«

Die fünfzig oder sechzig Leute lachen und pfeifen, die Gläser gehen hoch zum Ringo wie eine La-Ola-Welle, und der setzt noch einen drauf: »Hier, noch einer, der ist auch gut: Was ist der Unterschied zwischen einem Schlagzeuger und einem Metronom? Was? Wie? Leute, jetzt aber. Der ist auch ganz einfach: Ein Metronom hält den Takt, und du musst keine Angst haben, dass es deine Freundin bumst. So, und jetzt geht's hier gleich mal ab wie Zäpfchen. Mit ›Born to be wild‹ von Steppenwolf. Wenn ihr musikalische Wünsche habt, die könnt ihr an der Theke melden. Der Primo bläst das dann für euch auf dem Damenklo auf seinem Kamm. Gut, wir fangen an, und wer jetzt schon Lust zum Mittanzen hat: Das Stück ist in C-Dur.«

Ringo dreht sich halb zu Stocker und Ede um, drischt einen Akkord auf seiner weißen Fender und zählt laut ein: »Oans, zwoa, drei, und ab geht's!«

In der ersten Pause, so gegen 21.30 Uhr, in der Küche der »Endstation«

Der Erste Kriminalhauptkommissar Zuckerhahn (solche ellenlangen Titel gibt's wirklich nur hier in Deutschland) lehnt am Kühlschrank, gleich neben dem alten hölzernen Arbeitstisch, an dem Zeno gerade ein paar Schnitzel klopft, und sagt: »Warum macht ihr das alles eigentlich? Ich meine das hier, die Kneipe, die Arbeit, das Essen und die merkwürdige Musik da draußen? Ihr seid doch längst Millionarios, alle beide. Warum tut ihr euch das hier an? Warum spielt ihr nicht Golf oder werdet wenigstens Heiratsschwindler?«

»Wegen dir. Und überhaupt, warum machst *du* den ganzen Scheiß denn noch? Du könntest doch irgendwo beim Fischen sitzen, mit einer dicken Beamten-Pension am Hintern, und dich eigentlich nur noch schlapplachen, oder?«, sagt Zeno und hält dem Zuckerhahn den gusseisernen Schnitzelklopfer unter die Nase. »Was machst du denn jetzt wieder für ein Gesicht? Schmeckt dir unser Essen nicht mehr, oder was? Ich bin seit ein paar Jahren kein Bulle mehr, und wenn ich dir das Ding hier und jetzt über die Rübe ziehe, dann krieg ich drei Wochen auf Bewährung und zweimal Pizza mit doppelt Käse und Anchovis. Also, was ist? Schmeckt oder ja?«

»Doch, doch.« Zuckerhahn hält seine Gabel mit dem Trüffelpüree, von dem etwas Soße auf den Küchenboden tropft, schützend in Augenhöhe und sagt: »Das hier haut voll durch und ist jede Sünde wert. Aber ich mein ja bloß. Wenn ihr schon unbedingt kochen müsst und Musik machen und was weiß ich noch alles, warum macht ihr das nicht auf Ibiza oder in Rio? Oder von mir aus in New York oder auf der Kampenwand? Warum ausgerechnet hier?«

»Weil's uns hier gefällt«, sagt Stocker, der mit einer Flasche Wein in einem Metallkühler und mit drei langstieligen Gläsern und in ziemlich verklemmter Körperhaltung aus dem lauten Gastraum kommt. Und jetzt vorsichtig über den Josef drübersteigt, der ganz entrückt ein paar Tropfen Soße vom

Küchenboden ableckt. »Ich hab jetzt eine Viertelstunde Pause, also mach an. Was hast du rausgekriegt, Zuckerl?«

»Die beiden in dem Ford in Bernau, das waren tatsächlich Leute vom Dr. Wimmer. Ex-Leute, besser gesagt. Die beiden, eigentlich zwei Hauptkommissare, ein Mann und eine Frau, die waren früher mal beim Personenschutz in Bonn. Dann sind sie zum Dr. Wimmer in die Abteilung nach München gekommen, und jetzt, seit ein paar Monaten, man glaubt es nicht, hat man die beiden ohne Bezüge beurlaubt«, sagt der Zuckerhahn und nimmt sich noch etwas von dem Geschnetzelten aus der gusseisernen Pfanne.

»Das heißt«, sagt der Zeno, »dass die für jemanden arbeiten, der für den Wimmer ziemlich wichtig ist. Aber woher weiß der Oberstaatsanwalt Wimmer von der Gerlinde Leitner?«

»Kann ich dir sagen«, meint der Zuckerhahn und hält dem Stocker sein Weinglas zum Auffüllen über den Tisch, »weil mein direkter Vorgesetzter, der Staatsanwalt Reimers, der Teufel möge ihn direkt vom Klo weg holen, die volle Akteneinsicht in meiner Abteilung hat. Und der hält seinen Vorgesetzten, den Dr. Wimmer nämlich, laufend informiert. Und ich habe so langsam den Verdacht, dass das alles mit dem Enno von Bernbach zusammenhängt. Aber was hat der Wimmer mit dem alten Bernbach zu tun? Das passt doch irgendwie so was von überhaupt nicht, oder? Das weiß ich bis jetzt noch nicht, denn da gibt's ja nun wirklich keine Verbindung, oder doch?«

Zuckerhahn nimmt einen Schluck von dem Wein, schnalzt mit der Zunge und spricht weiter: »Da müssen wir eine Verbindung finden. Warum ist der Leitner abgehauen? Ist der überhaupt abgehauen, oder wollten die den nur aus Schusslinie haben? Und wenn ja, warum? Dann, weiter, warum macht irgendwer, den wir noch nicht kennen, Druck auf die Gerlinde Leitner? Der, der Druck macht, der muss von dem Diamanten-Dings wissen, sonst könnt er keinen Druck machen, oder? Und wissen kann der das eigentlich nur, wenn er in dem Bernbach-Zirkel ist. Da kommt schon die nächste Frage: Warum sollte der Bernbach zulassen, dass da wer so viel Staub aufwirbelt? Also, wenn ihr mich fragt, dann würde ich sagen, der Leitner, der hat entweder was mitgenommen auf seine Weltreise, das er besser nicht mitgenommen hätte, und erpresst den Bernbach jetzt damit. Dann wäre eigentlich nur logisch, dass der Bernbach dem Leitner auf diese Weise zeigt, dass er schlechte Karten hat. Oder aber, was ja auch sein könnte, die Gerlinde Leitner, die steckt da tiefer drin, als wir glauben. Und die kocht ihr eigenes Süppchen. Also, was können wir tun?«

»Keine Ahnung. Was denkst du?«, fragt Stocker.

»Tja, was wir natürlich machen könnten, das ist Folgendes, Stocker: Ich geb dir jetzt die Schlüssel zu einer traumhaften Wohnung in Breitbrunn drüben. Drei Zimmer, nettes Bad, gute Küche und ein riesiger Balkon, der direkt auf den Chiemsee hinausgeht. Dahin bringst du unsere Herzdame. Und fragst sie auf deine unnachahmliche Art aus. Schau mal, ob du was aus ihr rauskriegst, das nichts mit weiblichen Körpersäften zu tun hat und das irgendwie zu meinen Theorien passt. In der Wohnung ist ein Telefon, auf das wir eine Fangschaltung gelegt haben. Und das Handy von der Leitner, das haben wir auch auf dem Radar. Wenn sie ein anderes Handy hat, dann schau, dass du sofort die Nummer kriegst. Denn dann können wir das auch überwachen. Was meinst du dazu?«

»Wer weiß von der Wohnung?«, fragt Stocker und schenkt allen dreien etwas von dem Wein nach.

»Außer mir? Hier in Deutschland keiner. Die Wohnung hab ich über einen Kumpel aus Kitzbühel bekommen, der hat die Bude früher für seine Schäferstündchen benutzt. Aber jetzt ist seine Frau mit ihrem Golflehrer nach Brasilien durchgebrannt, und mein Kumpel kann seine Schafe jetzt bumsen, wo und wann er will.«

Zeno grinst, während er drei Kalbsschnitzel durch das flüssige Ei zieht und in der Panade wendet. »So was macht der Onkel Albin am liebsten. Also, nicht Schafe bumsen, sondern undercover unter der Bettdecke ermitteln. Warum krieg ich nie solche Jobs?«

»Das wundert mich ja auch«, sagt der Zuckerhahn, »denn seit du eine Kugel ins Bein bekommen hast und bei Regenwetter manchmal humpelst wie der Glöckner aus Notre-Dingsda, da weckst du doch eigentlich rund um die Uhr nur noch die weiblichen Mutterinstinkte. So das Beschützer-Gen meine ich, das in jeder Frau steckt. Gibt's überhaupt eine Frau, die dir und deinem Humpeln widerstehen kann, Zeno?«

Alle drei grinsen, und in diesem Moment kommt die Nellie in die Küche gestürmt und sagt: »Wo sind meine drei Schnitzel, verdammt noch mal? Ihr drei steht da und grinst, der Hund hier leckt sich seine Klöten, und die Gäste draußen meckern mich an. Und der Primo, der erzählt mir wieder mal nur einen Haufen Scheiß. Aber wenn ich euch dreieinhalb so anschaue und an den Primo denke, dann ist es doch nur logisch, dass ich von euch Männern nicht mehr so hin und weg bin, oder?«

»Tja, also, ich muss dann wieder«, sagt der Zuckerhahn, und zu Zeno: »Beantwortet das meine Frage? Bewirb dich doch bei der Nellie als Quoten-Mann. Schönen Abend noch, und danke für das echt gute Essen. Was hat der Primelmann denn zu dir gesagt, Nellie?«

»Der Primo, die dumme Sau? Ich zapf dem die Biere und sag so ganz freundlich über die Theke: ›Na, wie geht's denn dem Birner Sepp, den hab ich ja schon lange nicht mehr gesehen?‹«

»Wer ist der Birner?«, fragt der Zuckerhahn und stellt seinen Teller in die Spülmaschine unter dem Ausguss.

»Der Birner«, sagt die Nellie, und ihre raspelkurzen blonden Stoppeln zittern vor Wut, »der Birner Sepp, das ist ein ganz Lieber. Der hat einen Bauernhof, da drüben auf dem Hügel, in Richtung Rimsting. Der war schon ewig nicht mehr hier bei uns. Deshalb hab ich den Primelmeier gefragt, weil der ja jeden Morgen an dem Hof vom Birner vorbeikommt. Ich sag also: ›Warum ist der Birner Sepp so lange nicht mehr hier bei uns gewesen, hat der jetzt so viel zu tun mit seinen achtzig Kühen? Sind welche von denen krank, oder was?‹ – ›Nein‹, sagt der Primo zu mir, ›der hat doch komplett umgestellt, von Kühen auf Geflügelzucht. Hast du das nicht mitgekriegt?‹ – ›Was‹, sag ich, ›Hühner?‹ – ›Klar‹, sagt der Primo, ›da ist jetzt das echte Geld zu machen. Mit Bio-Geflügel. Und so was züchtet der Birner jetzt.‹ – ›Und‹, sag ich, ›wie läuft das denn so bei ihm?‹ – ›Nicht so gut‹, sagt der Primo. Ich blöde Kuh merke immer noch nichts und sag zu ihm: ›Ja, warum läuft das denn nicht so gut für den Birner?‹ ›Tja‹, sagt der Primo, ›ich hab den Birner gestern früh getroffen, da war er mit seinem Pick-up unterwegs nach Aibling, neue Küken kaufen. Ich sag noch zu ihm: Du hast doch erst letzte Woche zweitausend Küken gekauft, was ist denn mit denen passiert? – Das weiß ich jetzt auch nicht so genau, sagt der Birner, das mit der Zucht, das haut irgendwie nicht so recht hin. Und die Küken, die gehen mir alle ein. Keine Ahnung, warum. Also, entweder ich pflanz die zu tief oder zu eng. Da stand nichts davon in der Gebrauchsanweisung.« Nellie schnappt sich das Weinglas vom Stocker und trinkt es in einem Zug leer. »Und dann grinst mich der Primo an und meint: Bei mir, da wüsste er schon, wie tief er pflanzen könnte. Den Primo haben sie damals mit Sperma light gezeugt, da wette ich.«

Die drei Männer in der Küche sehen sich fragend an.

»Sperma light? Das kennt ihr nicht?«, fragt die Nellie. »Das war in den Achtzigern unheimlich in bei den Mädels. Macht schwanger, aber nicht dick. Nur die Kinder, die sind ein bisschen deppert geboren worden, wegen der genmäßigen Unterversorgung. Anwesende ausgeschlossen, natürlich. Aber da draußen, da läuft mindestens einer von diesen Frühgeschädigten rum. Und übrigens: In dem Wein, da ist eindeutig zu wenig Gin drin«, sagt sie und rast mit den drei voll beladenen Tellern aus der Küche.

Zuckerhahn grinst und geht hinter ihr her, schaut den Stocker an und sagt: »Super Mitarbeiter habt ihr, ehrlich. Und du solltest dich jetzt wieder hinter dein Schlagzeug setzen, oder?«

Denn von draußen aus der Kneipe, da hört man die Gäste im Chor rufen: »Muuuusik, Muuuusik, Muuuusik!«

Und über allem tönt Ringos Stimme durch die Gesangsanlage: »Ja, Freunde, jetzt geht's gleich weiter. Wir warten nur noch auf unseren Albin, den Todestrommler. Als erstes Stück bringen wir eine Nummer von Elvis, den ›Jailhouse Rock‹. Bitte achten Sie auf meine unglaublichen Tanzbewegungen, während ich versuche, die Gitarre zu spielen und gleichzeitig zu singen. Und hier ist er schon, unser Schlagzeuger. Jetzt wird gefetzt.«

Donnerstag, 16.43 Uhr, in der »sicheren Wohnung« in Breitbrunn am Chiemsee

»Wow«, sagt die Gerlinde und schaut über den Balkon auf den blau schimmernden Chiemsee rüber zur Fraueninsel, »das ist ja mal ein Blick. So was haben wir in Salzburg natürlich nicht. Allein deshalb hat sich der Auszug aus dem Hotel schon gelohnt. Ist das deine Wohnung?«

»Nein«, sagt der Stocker und schleppt seinen Korb mit den Lebensmitteln zum Kühlschrank. Die hochelegante Vuitton-Tasche mit Gerlindes Utensilien legt er auf die Küchentheke neben der Essecke im Wohnzimmer, und ihre Louis-Vuitton-Reisetasche, die er sich über die Schulter gehängt hat, lässt er vorsichtig auf den Boden gleiten. »Hast du noch was im Auto? Liegt da noch was, das ich holen kann?«

»Nein«, sagt sie, »jetzt hab ich alles, was ich brauche, hier oben. Die paar Sachen, die mir noch gefehlt haben, die hab ich mir im Shoppingcenter beim Hotel gekauft. Warum sollte ich eigentlich so schnell hier sein? Ich hätte ja auch noch ein oder zwei Tage im Hotel bei meiner Freundin bleiben können, oder?«

»Nein, das hättest du nicht. Und als Nächstes schauen wir, dass wir deinen Wagen von hier wegbekommen. Erstens ist der viel zu auffällig, und zweitens könnte ein Peilsender dran sein oder so was Ähnliches. Gib mir die Schlüssel, ich nehm den Wagen mit. Du brauchst die nächsten paar Tage hier kein Auto. Schau, ich hab ein paar Sachen mitgebracht, da mach ich uns jetzt was Schnelles und Feines zu essen. Hast du Hunger?«

»Ja. Weißt du was? Ich hab doch vor vielen Jahren diesen Film gesehen, ›Der Pate‹. Da kochen die auch ununterbrochen, diese Italiener, wenn die ihre Bandenkriege haben. Entweder die bringen sich gegenseitig um, oder sie kochen. Was im Prinzip aber ein und dasselbe ist, wenn man so kocht wie diese Mafiosi. Immer mit richtig viel Sahne und Butter. Auf jeden Fall, die haben Krieg gegen irgendwelche anderen Italiener, und ein paar von den Corleones sind untergetaucht und verstecken sich. Und da ist doch diese Szene, die eine meine ich, da macht der Sohn von Sonny Corleone, wie hieß er doch gleich? Vincent? Egal, im Film, da war das der Andy García, da macht der Gnocchi. Mit den Händen formt er die, so richtig lasziv und erotisch. Und die junge Frau, die Tochter vom Paten, die ist hin und weg. Und dann verführt er sie, obwohl sie seine Cousine ist. Auf dem mehligen Küchentisch macht der die Dame weg. Peng. Na ja, man kann ja nicht alles haben. Was gibt es heute? Gnocchi?«

»Nein«, sagt der Stocker, »heute gibt es was Bodenständiges, und zwar gebratenen Spargel. Mit Kartoffelwürfeln und mit Bärlauch-Pesto und einem gebratenen Chiemsee-Zanderfilet. Mit so was machen wir hier am Chiemsee unsere Eroberungen ›weg‹, wie du so schön sagst. Was hältst du davon? Also, vom Essen, meine ich? Das alles wird serviert auf diesem zauberhaften Balkon mit diesem Panorama-Chiemseeblick. Ich leg mir jetzt die Zutaten zurecht, und du kannst schon mal den Tisch da draußen decken und den Wein noch ein bisschen aufs Eis legen, während ich koche, okay?«

Jetzt, Leute, das ist es:

Stockers Bärlauch-Pesto mit grünem Spargel und Kartoffelstücken, dazu gebratene Zanderfilet-Würfel

Eine Handvoll frische Bärlauch-Blätter zusammen mit ein bisschen frischem Basilikum und Petersilie klein schneiden. 50 g Pinienkerne oder Cashewnüsse und/oder Kürbiskerne dazu, jetzt ca. 50 g Parmesan klein schneiden, alles mit einem Achtelliter Olivenöl, Salz und Pfeffer in eine Schüssel geben und mit dem Blitzhacker zerkleinern.
Eine Handvoll dünne Kartoffelscheiben in eine Pfanne legen und 3–4 Minuten in Olivenöl anbraten, dann den grünen Spargel, vielleicht 10 oder 12 Stängel, dazugeben. Das Ganze in der Pfanne bewegen, sodass nichts anbrennt, jetzt leicht salzen und pfeffern.
Zwei Zanderfilets in Würfelform (ca. 5 x 5 cm) schneiden und auf der Hautseite ca. 2–3 Minuten scharf anbraten. Die Filetwürfel nicht umdrehen, sondern die Pfanne von der Herdstelle

nehmen und den Fisch noch ein paar Minuten durchziehen lassen. Salzen und pfeffern.
Nun alles auf den Tellern anrichten und das Bärlauchpesto mit einem Löffel über die Spargelstangen und die Kartoffelstücke dekorieren.

In der »sicheren Wohnung«, 19.38 Uhr

Später, auf dem Balkon, der eigentlich schon mehr eine richtige Terrasse ist, sitzen Gerlinde und Stocker und schauen zufrieden in die Abendsonne.

Auf dem Chiemsee sind noch viele Boote unterwegs, und die Ausflugsschiffe sind vollbepackt mit Touristen. Ein Schwarm Möwen zieht laut schreiend vorbei, und Gerlinde blickt auf den Tisch mit den leeren Tellern und nimmt ihr Weinglas, während sie sagt: »So ein Pesto hab ich noch nie gegessen, ehrlich. Und der Zander, also mein lieber Mann, der war Extraklasse.«

Stocker hebt ebenfalls sein Weinglas und sagt: »Das klingt eigentlich gut, so wie du das sagst: mein lieber Mann. Aber jetzt erzähl mir doch mal, wie du deinen eigenen lieben Mann kennengelernt hast. Nicht jetzt den Luxemburger, sondern den aktuellen, den Leitner. Den meine ich.«

Die Gerlinde stellt ihr Weinglas ein kleines bisschen zu heftig auf den Tisch zurück und schaut den Stocker mit hochgezogenen Augenbrauen an. »Da hat aber einer seine Hausaufgaben gemacht, was? Und wie man eine romantische Stimmung ratzfatz kaputthaut, das weißt du auch, oder?«

»Gerlinde, wenn wir was für dich tun sollen, dann wollen wir auch wissen, für wen und warum überhaupt. Deinen Werdegang in Salzburg, den hast du mir ein bisschen anders geschildert, und über dein Luxemburger Vorleben, da wissen auch nicht allzu viele Leute Bescheid, oder? Ist ja auch vielleicht nicht weiter wichtig«, sagt Stocker, während er Wein in die Gläser nachgießt, »aber im Moment können wir jede noch so kleine Information brauchen, die wir kriegen können. Also, wie hast du deinen Mann kennengelernt?«

»Den Max?« Sie trinkt einen schnellen Schluck, während sie auf den See hinausschaut. »Den Max Leitner, den hab ich auf einer Investoren-Tagung im Sheraton am Flughafen kennengelernt. Da war ich mit meinem Ex, mit dem war ich aber nicht verheiratet. Den hätt ich auch nicht geheiratet. Der war ein hauptberuflicher Kotzbrocken, das habe ich aber erst gemerkt, nachdem er mich mit Haut und Haaren gekauft hatte. Gekauft, ja. Schau mich jetzt bitte nicht so an.«

Sie fährt sich mit den Fingern durch das kurze blonde Haar und spricht weiter: »An dem Abend im Sheraton, da kam der Max an meinen Tisch. Mein Luxemburger Ekel war zu dem Zeitpunkt an der Bar und hat ein paar Belgiern erklärt, was für ein toller Hengst er doch ist. Die Sprüche kannte ich mittlerweile in- und auswendig. Immer, wenn er besoffen war, und das war er meistens, dann hat er mir erzählt, was er mit seinen Nutten alles angestellt hat und was es ihn gekostet hat. Oder er hat andere heiße Sprüche draufgehabt. Er hat mal zu mir gesagt, es wäre doch schöner, wenn ich anstatt Gerlinde einen Namen wie Lana hätte. So einen Namen, den man sich rückwärts buchstabiert besser merken kann als vorwärts.«

»Warum hast du dir das gefallen lassen?«

»Warum, warum, warum? Gute Frage. Ich hab ihn als Ritter in weißer Rüstung kennengelernt, damals, vor vielen Jahren. In dieser Zeit war ich ziemlich abgebrannt und naiv. Eine heiße Mischung. Ich hab in einer Kneipe bedient. In der war er auch öfter. Irgendwie sind wir dann ins Gespräch gekommen. ›Ich hol dich da raus‹, hat er nach zwei Wochen zu mir gesagt. ›Du bist zu gut für so was hier. So, wie du aussiehst, und mit deiner Intelligenz und mit meinem Geld, da können wir richtig was machen.‹ Er hat mir dann in Luxemburg ein Appartement gekauft und komplett eingerichtet, hat mich mit den richtigen Leuten zusammengebracht, und plötzlich war ich wer. Aber er, er war dann auch immer mehr in meinem Leben. Dann hatten wir ein paar Firmen zusammen, die Geschäfte liefen supergut, und ich konnte mir kaufen, was ich wollte. Jedes Jahr ein neues Auto, Schmuck, teure Reisen, die abgefahrensten Klamotten. Und als ich irgendwann gemerkt habe, dass das eigentlich ein verdammter goldener Käfig ist, da war es zu spät. Bis …«

»Bis was?«, fragt der Stocker und beugt sich über den Tisch. »Wenn du nicht willst, musst du nicht darüber reden. Ich hab das vorhin nicht so gemeint, und das weißt du auch.«

»Schon gut, vielleicht will ich ja endlich drüber reden. Auf jeden Fall, an dem Abend im Sheraton ... Das ist das Hotel am Luxemburger Flughafen Findel, kennst du das?«

»Oh ja«, meint der Stocker, »da hab ich mal was ganz Eigenartiges erlebt, aber das ist eine andere Geschichte. Außerdem hab ich mir da einen ... Wie heißen diese hölzernen Zahnstocher-Dinger noch gleich? Die Stäbe, mit denen diese riesigen, dreistöckigen Club-Sandwiches zusammengehalten werden? So einen hab ich mir in die Oberlippe gerammt, weil der verdammte Holzspieß in dem blöden Sandwich mit Salatblättern und Tomatenscheiben so gut getarnt war, dass ich ihn einfach nicht gesehen habe. Ich hab herzhaft zugebissen und dann auch gleich aus der Oberlippe geblutet wie ein Erdferkel, und der Barkeeper dort, der hat mir einen Drink aufs Haus gegeben. Wahrscheinlich, weil dem das so was von peinlich war, das muss man sich ja erst mal reinziehen: ein Provinzler, der zu blöd zum Sandwich-Essen ist. Das sind meine Erinnerungen an das Luxemburg-Sheraton am Flughafen, aber jetzt erzähl du weiter.«

»Na ja, ich sitze da so an meinem Tisch und spreche mit einer rotblonden Botox-Hexe aus Ettelbrück, da steht der Leitner schräg hinter meinem Stuhl und sagt: ›Entschuldigen Sie vielmals, gnä' Frau, eine untertänigste Frage hätte ich: Glauben Sie an die Liebe auf den ersten Blick, oder soll ich in einer Minute noch mal vorbeikommen?‹ – ›Was, wie bitte? Was erlauben Sie sich?‹, sag ich, und er: ›Leitner, Max Leitner aus Salzburg, Gnädigste. Von jetzt an Ihr untertänigster Diener, gnä' Frau. Eine bescheidene Frage noch, bevor ich gehe: Sie haben so ein tolles Kleid an. Wie kann man Sie da rausreden? Ich sitze übrigens da drüben, an dem Tisch mit den Österreichern. Das ist nicht so schlimm, wie Sie jetzt denken, denn ich bin ja selber einer. Aber Sie sind doch keine Rassistin, oder?‹ Und dann hat er gelacht und war weg. Und ich, ich hab die ganze Zeit zu ihm rübergeschaut. Dann kam mein Ekel wieder an den Tisch, merkt natürlich, wie mich der Leitner anlächelt und sagt: ›Diese Österreicher. Alles, was die können, das ist blöd rumschleimen. Aber gegen mich kommt so einer sowieso nicht an.‹«

Sie trinkt wieder einen Schluck und lächelt plötzlich ganz verträumt. »Ist er aber irgendwie doch, der Max Leitner. Gegen mein altes Ekel angekommen, meine ich. Er hat mir seine Telefonnummer zugesteckt, ich hab ihn ein paar Tage später angerufen, dann bin ich nach Salzburg gefahren, und kurz darauf, da war ich bei ihm. Das ist die Geschichte. Die wahre Geschichte. Was sagst du jetzt? Du selber bist nicht zufällig Österreicher, oder?«

»Nein, oder doch, zur Hälfte jedenfalls. Ich bin halb Rosenheimer durch meine Mutter und halb Österreicher durch einen guten Freund meines Vaters. Aber zurück zu deiner Geschichte: Jetzt bist du in Salzburg. Gut. Aber wie geht's dann weiter? Was ist mit den Leuten, mit denen dein Mann jetzt Stress hat? Denn freiwillig ist der ja wohl kaum in einer Nacht-und-Nebel-Aktion nach Australien abgehauen, oder? Moment, ich bin gleich wieder da.«

Stocker geht ins Wohnzimmer und kommt mit einer neuen Flasche Rosé zurück auf den Balkon.

Gerlinde hält ihm ihr Glas hin und sagt: »Du meinst jetzt den Enno von Bernbach, oder? Den kannte mein Max schon ewig, und auch die ganzen Leute um ihn rum. Und ich, ich war da auch ganz schnell drin, in dem Zirkel. Der Enno, der hat ein traumhaftes Anwesen, hier ganz in der Nähe, bei Seeon. Mit eigenem Wald, mit einem kleinen See, unglaublich schön. Und da, im Haus vom Enno, da wurden die richtigen Geschäfte gemacht. Mein lieber Mann. Da waren Minister, Staatsanwälte, Richter, Scheichs und Emire mit ihren Leuten. Da waren afrikanische und arabische Politiker, alles, was man sich denken kann. Das war wie in einem Hollywoodfilm. Einmal, da habe ich mitgekriegt, wie ein Minister aus München mit Enno unten im Weinkeller gesprochen hat. Es ging da um ein Grundstück bei Prien. Ein großes Stück Land, direkt am Chiemsee, mit einem eigenen kleinen Hafen, einer alten herrschaftlichen Villa drauf und so weiter. Das wollte der Minister unbedingt haben, das Grundstück. Nur das nötige Geld, das hatte er leider nicht. Und jetzt, jetzt hat eben dieser Minister die Villa und den kleinen Privathafen und alles, was dazugehört. Gut, offiziell gehört das alles einer Stiftung in Liechtenstein, aber die hat der Max gegründet. Vorsitzender

der Stiftung ist ein Anwalt aus Luxemburg, und der kommt aus meiner alten Connection. Aber gehören tut das alles im Endeffekt dem Minister. Und keiner weiß davon. Der zahlt nämlich jeden Monat eine kleine Pacht für das Anwesen, und das Ding ist gegessen.«

»Warum erzählst du mir das alles?«, fragt der Stocker.

»Weil die wahrscheinlich jetzt einen ganz anderen Deal drehen, und mein Max, der ist ihnen im Weg. Freiwillig wäre der nie nach Australien abgehauen. Der muss vor irgendwas oder irgendwem eine Höllenangst haben. Und ich habe die langsam auch. Warum werde ich bedroht? Warum muss ich mich hier verkriechen? Da kann doch nur der Enno dahinterstecken. Sonst weiß doch keiner was von den Diamanten, oder was meinst du? Egal, lass uns über was anderes reden. Deine Bedienung, die Nellie, von der du mir erzählt hast, warum ist die eigentlich lesbisch geworden? War die immer so?«

»Nein, eigentlich nicht«, sagt Stocker, »aber vielleicht hat sie ja einfach nur herausgefunden, dass Frauen die besseren Männer sind. Und die Nellie, das ist auch keine Bedienung im herkömmlichen Sinn. Die schmeißt den ganzen Laden, wenn mein Partner und ich für ein paar Tage oder Wochen an einer Sache dran sind. Die Nellie, das ist unsere rechte Hand, und der vertrauen wir blind. Genau so würde ich dir gerne vertrauen, Gerlinde. Das Ding mit uns beiden ist nur, du erzählst mir alles scheibchenweise, so, wie die Politiker das machen. So kommen wir aber nicht weiter, du und ich. Schau, wir verstecken dich hier. Wir riskieren unseren Pelz für dich. Wir alle, mein Partner, ich, der Zuckerhahn, alle, die da mittlerweile mit drinstecken. Also erzähl weiter: Was ist das für ein Deal, der da am Laufen ist? Was weißt du davon? Bitte sag mir das jetzt. Vielleicht hängt das Leben deines Mannes daran. Und das deine auch, und möglichweise meines, Gerlinde.«

Sie schaut über den See, rüber zur Alpenkette, wo sich die Sonne tief über den Bergen mit einem trägen Augenblinzeln verabschiedet. So, als wollte sie sagen: »Leute, das war wieder mal ein harter Tag heute. Macht es gut, bis morgen …«

»Hast du was zum Rauchen hier?« Plötzlich ist ein Ruck

durch die Frau gegenüber vom Stocker gegangen, und sie schaut ihn an, als würde sie ihn zum ersten Mal sehen.

»Zigarillos, die hab ich hier. Magst du so was? Ich rauche eine am Tag, immer nach dem Abendessen. Und du?«

»Ich bin Bedarfsraucher«, sagt die Gerlinde, »ich rauche eigentlich immer nur dann, wenn ich nicht mehr weiter weiß. Und früher, da hab ich oft geraucht, das kannst du mir glauben. Gib mir so ein Ding, bitte.«

Stocker gibt ihr eine von seinen Zigarillos und reicht ihr Feuer über den Tisch hinweg.

Sie bläst den Rauch in die Luft, den Kopf schräg nach oben geneigt, und sagt, eigentlich mehr zu den Möwen, die neugierig über dem Haus kreisen: »Ich hab mir die Zahlen aus dem Notizbuch angesehen, die du mir aufs Handy geschickt hast. Immer und immer wieder. Und gestern Nacht um drei oder so, da bin ich wach geworden, und da habe ich gewusst, um was es geht. Wenn ich dir das jetzt erzähle, dann kommst du aus der Nummer nicht mehr raus. Genau wie ich. Ich wollte mich nach der Katastrophe mit dem alten Ekel in Luxemburg nie mehr kaufen lassen. Nie mehr. Für keinen Betrag. Und der Leitner Max, der war für mich die Eintrittskarte in eine neue, saubere Welt. Keine krummen Geschäfte mehr. Keine Angst mehr, dass da plötzlich mitten in der Nacht das Telefon läutet und eine Stimme am anderen Ende der Leitung ist, die sagt: ›Vernichten Sie sofort alle Akten, fliegen Sie weg, für zwei Wochen oder so. Vergessen Sie unsere Namen, unsere Treffen, vergessen Sie alles, was mit uns zu tun hat. Ihr Geld liegt da, wo es immer liegt. Nehmen Sie es und vergessen Sie uns.‹ Kannst du dir so was vorstellen, Albin?«

»Erzähl's mir einfach. Was ich mir vorstellen kann und was nicht, das willst du besser nicht wissen. Erzähl mir, was Sache ist, und ich sage dir, ob wir was machen können oder nicht. Ist das ein Deal?«

»Kann ich mir eigentlich noch was aussuchen? So wie die im Fernsehen? Antwort A, B, oder C? Oder den Telefon-Joker?« Gerlinde bläst Rauch in die Luft und spricht weiter: »Nein, ich glaube nicht, das ich das kann. Gib mir noch ein bisschen Wein, bitte.«

Stocker beugt sich mit der Flasche über den Tisch, rückt ihr den Aschenbecher zurecht und zündet eine Kerze an.

Sie lächelt ihm zu, hebt das Glas und sagt: »Ich glaube, ich weiß zu viel. Das klingt jetzt wie in einem von diesen billigen Fernsehkrimis, aber es ist so. Es gibt da einen Familienclan aus einem nordafrikanischen Land, den hat der sogenannte Arabische Frühling von den Schweinetrögen der Macht weggefegt. So wie Gaddafi, Mubarak und wie sie alle heißen weggefegt worden sind. Assad wird wahrscheinlich der Nächste sein, aber bei Weitem nicht der Letzte. Al-Rabi al-Arabi, so heißt das auf Arabisch. Der Arabische Frühling, der warme Frühlingswind aus der Wüste. Was siehst du mich so an? Ja, ich spreche ganz leidlich Arabisch, deswegen hat mich der Max von Anfang an zu diesen Gesprächen bei Enno von Bernbach mitgenommen. Ich hab da still und leise mitgehört, ob die Dolmetscher sauber übersetzen. Ich war der Joker im Kartenspiel von Enno. Auf eine Frau, eine blonde deutsche Frau, da achtet von diesen Kohlköpfen, die sich selber für den Gipfel der Schöpfung halten, sowieso keiner. Die sitzen da in ihren maßgeschneiderten Seidenkaftans und würdigen eine wie mich nicht einmal eines Seitenblicks. Die al-Jabbaris, so heißt die Familie, die haben jahrhundertelang ihre Landsleute unterdrückt, verfolgt, ermordet und ausgebeutet. Jetzt haben sie Angst um ihr Leben und um ihre Milliarden. Und wollen hier bei uns in Deutschland und Österreich mit dem Geld, das sie im Drogenhandel mit Pakistan und Afghanistan verdient haben, und mit den Öl-Milliarden, um die sie ihr Volk betrogen haben, in ein anderes, sauberes Leben einsteigen. Und unser Enno, der kann so was ermöglichen. Enno und ein paar Minister, ein paar Staatssekretäre, ein paar Oberstaatsanwälte, die machen das. Und passen auf, dass nichts, was hier passiert, an den Internationalen Gerichtshof in Den Haag weitergeleitet wird. Kannst du dir vorstellen, um was für Summen es da geht? Und wie viel ein oder zwei oder was weiß ich wie viele Menschenleben bei so einem Deal wert sind?«

Sie trinkt einen großen Schluck von ihrem Rosé und schaut den Stocker traurig an: »Und ich habe mich doch wieder kaufen lassen. Diesmal von Max und von Enno. Mit so viel Geld, das kannst du dir echt nicht vorstellen. Da sind diese Diamanten, wegen denen ich jetzt bedroht werde, Peanuts. Die Steine? Die würde ich hier mit einem Lachen über die Balkonbrüstung werfen, wenn ich sie hätte. Das ist Kleingeld, das interessiert mich nicht die Bohne, verstehst du das, Albin Stocker, du halber Österreicher?«

Sie ist ein bisschen betrunken, denkt sich der Stocker. Das schadet aber nichts, denn Kinder und Betrunkene, die sind immer ganz nahe an der Wahrheit. »Nein, das verstehe ich alles noch nicht. Erzähl weiter«, sagt er deswegen.

»Gut. Wenn du viel, unfassbar viel Geld hast, dann hast du drei Möglichkeiten. Entweder du erfindest eine neue Religion. Vielleicht so was, wie Ron Hubbard in Amerika gemacht hat. Schau dir diese Scientologen doch bloß mal an, die sind mittlerweile eine Weltmacht. Mit denen legt sich keiner mehr groß an. Es kommt zwar ab und zu was über die im Fernsehen, aber was passiert dann anschließend? Mhm? Genau! Nichts. Aber ihr Geld, das wird immer mehr, und es ist jetzt legales Geld. Oder aber, Möglichkeit zwei, du gründest eine Bank. Wenn du aber ganz besonders clever bist und wirklich genug Geld hast, dann wählst du Möglichkeit drei. Du kaufst eine bereits bestehende Privatbank. Eine, die einen unantastbaren Leumund hat. Eine, die seit Jahren auf dem Markt ist und international mitmischt. Einen Global Player, mit Zugang zum amerikanischen Finanzsystem. Mit Filialen und Partnern in London, in Singapur und Hongkong. Mit einer Unternehmensstruktur, die den strengen US-Kontrollstandards genügt. Wenn du den amerikanischen Chefaufseher, den Head of Compliance, auf der sicheren Seite hast, dann kannst du mit deinem Geld machen, was du willst, wo du willst und genau so, wie du es willst. Dann werden deine Milliarden zu Billionen, und alles ist sauber. Dann isst du mit Präsidenten und Königen, und dann finanzierst du Pipelines über Kontinente hinweg oder bist Abwickler für Milliarden-Waffendeals. Du verkaufst U-Boote in den Nahen Osten oder Panzer nach Afrika. Das ist dann die Never-Ending-Story, mein Lieber.«

»Wie seid ihr an diesen Al-Jabbari-Clan gekommen?«

»Wie? Ja, wie? Das ging über den besagten Minister, glaube ich. Arafat al-Jabbari, das ist der Clan-Chef, der hat nämlich einen Sohn, der in München studiert hat. Zusammen mit einem der Söhne vom Minister. Der Minister, der war im letzten Jahr mit einer Wirtschaftsdelegation in Kuwait, da hat man sich wiedergesehen. Man hat vielleicht einen Rosen-Tee zusammen getrunken und über die Söhne geplaudert. Einer der Staatssekretäre, die dabei waren, der arbeitet auch für Enno. Irgendwann kam dann wahrscheinlich das Thema Privatbank in München auf den Tisch. Zu vorgerückter Stunde und im ganz kleinen Kreis natürlich. Die al-Jabbaris, die wollten eine Privatbank kaufen. Wenn möglich in Bayern oder in Österreich. Eine alte, hochseriöse Bank, die es schon lange gibt und die einen sauberen Leumund hat. Dann sind ein paar Wochen später ein paar der Al-Jabbari-Anwälte nach Seeon zu Enno gekommen. Zwei Top-Leute aus London waren das, dann noch einer aus Luxemburg, ein Belgier und natürlich dieser Star-Anwalt aus München, den du jede Woche farbig in der Zeitung siehst.«

»Und du und Max, ihr wart immer dabei, was?«, fragt Stocker und schaut hinter zwei Möwen her, die sich im Flug um ein Stück Brot streiten.

»Ja, meistens, denn der Geldstrom sollte ja zum Großteil über Österreich fließen. Dort haben wir ein paar Leute in der Regierung und in der Bankenaufsicht sitzen, die da nicht so genau hinschauen. Und du, du brauchst mich jetzt auch nicht so anzuschauen, so ist das halt im richtigen Leben. Wenn wir das nicht gemacht hätten, dann wär eben eine andere Bank im Spiel gewesen. Der Enno, der hat da so einige Kontakte, das kannst du mir glauben.«

»Mir schwirrt jetzt der Kopf ein bisschen, aber eine Frage habe ich noch«, sagt Stocker und trinkt den letzten Schluck von seinem Rosé. »Warum ist dein Mann abgehauen? Was ist passiert? Und wenn er die Papiere von Enno von Bernbach hat, dann muss der doch die aktuelle Identität deines Mannes kennen und kann ihn aufstöbern, wann immer er will, oder?«

»Mein Gott, Albin Stocker, wie naiv bist du eigentlich?« Gerlinde trinkt ebenfalls ihr Glas leer, stellt es mit einem Ruck auf den Tisch und fährt sich durch die Haare. »Alle im inneren Zirkel von Enno haben zwei oder drei Garnituren Papiere. Das sind komplett neue Identitäten, mit Pass, Kreditkarten, Führerscheinen, eben mit allem, was dazugehört. Die rechte Hand von Enno, der Timo, sein Problemlöser, der hat so viele Namen, dass nicht einmal er selber weiß, wer er eigentlich wirklich ist, glaube ich. Mann, ich bin ein bisschen betrunken, das muss ich wohl sein, sonst würde ich nicht so viel reden. Und außerdem werde ich jetzt richtig müde. Mir fallen schon die Augen zu.«

Sie lehnt sich in ihrem Stuhl zurück und schließt die Augen, dann lacht sie, schüttelt den Kopf und sagt: »Weißt du, ich kann wirklich nicht glauben, dass der Max so blöd ist und mit Papieren reist, die er von Enno hat. Und dann auch noch auf Facebook oder wo auch immer sein Foto postet. Macho-Max am Strand. Mann, ausgerechnet am Strand, das passt doch so was von überhaupt nicht zu ihm. Der Max, der ist wasserscheu wie ein Wüsten-Emu. Der hasst Wasser. Baden, schwimmen, sonnen, das alles ist für den Max die Hölle. Der ist als Kind mal in eine Sickergrube gefallen, und seitdem geht der nur noch unter die Dusche, wenn er vorher eine Valium-Tablette genommen hat. Das passt hinten und vorne nicht zusammen, das sag ich dir. Und überhaupt, wenn der Enno den Max finden will, dann hat er ihn in ein paar Stunden lokalisiert. Das ist dann völlig egal, wo der sich versteckt, verstehst du? Da hilft die falsche Fährte mit dem Pamela-Anderson-Double in Sydney oder wo auch immer überhaupt nichts. Gar nichts. Für so was hat Enno sein Spezialisten-Team, und Timo ist der Chef der Truppe, eben der sogenannte Problemlöser. Timo und seine schnelle Eingreiftruppe. Wow. Weißt du was, Albin? Die Burschen haben in Salzburg einen Learjet stehen, der kann innerhalb von zwanzig Minuten in der Luft sein. Rund um die Uhr. Und ein paar Stunden später, da sind die, wo immer die sein wollen, ohne große Formalitäten, einfach so. Kannst du dir so was überhaupt vorstellen, Albin? Nein, ich wette, das kannst du nicht, weil du keine Ahnung hast, in welcher Liga diese Jungs spielen.«

»Na ja, von so was hab ich wirklich keinen Schimmer. Aber

ich hab da eine andere Idee: Vielleicht hat der Max das Foto von sich und der Königin der Möpse ja nicht selber ins Netz gestellt. Vielleicht weiß der noch gar nichts von seiner Internet-Berühmtheit. Erzähl mir doch noch ein bisschen von dem Problemlöser, dann gehe ich. Versprochen. Und du solltest dich nach so einem Tag auch so langsam hinlegen, oder?«

»Ja, das mache ich auch.« Gerlinde öffnet die Augen und sagt: »Also, wenn dir mal einer entgegenkommt, der ungefähr eins fünfundachtzig groß ist, schlank, aber muskulös, mit rasiertem Schädel, und der Kerl steckt in einem Zweitausend-Euro-Anzug und hat den obersten Hemdknopf geschlossen, dann solltest du lieber auf die andere Straßenseite gehen.«

»Warum hat der Kerl den obersten Hemdknopf geschlossen? Ist das irgendein persönlicher Tick von dem oder so was?«

»Nein, der Timo hat eine Tätowierung am Hals, auf der rechten Seite, genau an der Halsschlagader. Einen Blitz oder eine Schlange oder so was, glaube ich. So genau habe ich das nie gesehen. Aber der Max hat mir erzählt, dass der Timo ein paar Jahre in der Fremdenlegion war, daher die Tätowierung. Außerdem ist er so was wie ein Autist, und natürlich hochintelligent. Der Kerl spricht fünf oder sechs Sprachen, der kann Hubschrauber fliegen und was weiß ich noch alles. Der ist dem Enno blind ergeben und würde alles für ihn tun. Und mit alles, da meine ich auch alles. Max sagt, der Timo ist seit fast zehn Jahren bei Enno. Der fährt ihn, der ist auf fast allen Reisen dabei, und Enno vertraut ihm. Albin, ich bin jetzt aber wirklich sehr müde. Lass uns morgen weiterreden. Also sei ein lieber Junge, und lass mich jetzt alleine. Ich komm schon klar hier.«

»Okay«, sagt Stocker und stemmt sich ein wenig hüftsteif aus dem Stuhl. »Gib mir deine Autoschlüssel, ich muss noch schnell was erledigen, dann fahre ich mit deinem Auto heim. Denn wenn dein Wagen hier steht, und die können ihn irgendwie orten oder so, dann hilft die ganze sichere Wohnung nicht viel. Also nehme ich den Wagen lieber mit und stelle ihn gleich morgen früh wo ab, wo ihn so schnell keiner findet.«

Gerlinde kommt um den Tisch herum und geht ins Wohnzimmer. Ihre Tasche liegt auf dem Küchenblock, aus der nimmt sie den Schlüsselbund und klemmt den schwarzen BMW-Schlüssel ab.

Mit einem etwas wehmütigen Lächeln gibt sie Stocker den klobigen Schlüssel und sagt: »Albin Stocker, du bist ein unheimlich netter Bursche, weißt du das? Ich glaube, ich mag dich. Jammerschade, dass wir uns nicht unter anderen Umständen kennengelernt haben. In einem anderen Leben, in einer anderen Zeit, da würden wir zwei ein perfektes Paar abgeben. Wir zwei, wir wären unschlagbar. Wir gegen den Rest der Welt. Kannst du dir das vorstellen? Also ich schon. Schade, dass wir uns jetzt und in dieser Situation kennengelernt haben. Los jetzt, geh und komm gut heim, Albin Stocker, und denk an mich.«

Dann küsst sie ihn vorsichtig auf den Mund und sagt: »Okay, hier, nimm den BMW mit, aber lass mir bitte deine Autoschlüssel da. Ich fahre heute ganz bestimmt nirgends mehr hin. Ich will nur die Schlüssel, nur zur Sicherheit. Damit ich weiß, ich könnte wegfahren, wenn ich müsste oder wollte, verstehst du das? Das klingt verrückt, nicht wahr? Aber tu mir bitte den Gefallen, ja?«

Stocker nimmt wie in Trance den uralten Mercedes-Schlüssel von seinem Bund und legt ihn auf den Tisch. »Hier. Aber du hast getrunken, also komm mir bloß nicht auf dumme Gedanken. Na ja, mit der alten Wanderdüne könntest du eh nicht fahren. Das ist nämlich ein Steinzeit-Diesel mit Vorglühen und so. Diesel-Gedenkminute, so nennen wir das. Und die Kiste hat so eine beinharte Lenkung, die würdest du gar nicht stemmen. Aber hier, bitte, der Schlüssel. Und jetzt sei ein liebes Mädchen und geh gleich ins Bett, Gerlinde. Morgen um neun bin ich mit frischen Brezen und Brötchen wieder da, okay?«

Fast abrupt dreht sich Stocker um und geht schnell aus der Wohnung. Die hat wirklich kräftig einen im Tee, denkt er sich, so, wie die redet. Und überhaupt, warum werden Frauen immer so sentimental, wenn sie was getrunken haben? Jetzt bin ich seit über vierzig Jahren auf dieser Welt, aber von den Weibsbildern, da hab ich nach wie vor so viel Ahnung wie eine Kuh vom Klavierspielen.

Und unten, im BMW, nachdem die Fahrertür mit einem satten Ton zugefallen ist, da denkt er sich: Das ist natürlich schon ein echtes Auto. Der Motor schnurrt und die Kiste schießt los wie ein Leopard auf der Jagd. Stocker öffnet das Cabriodach während der Fahrt mit einem Knopfdruck und schaltet den CD-Player ein, und aus den Lautsprechern kommt Mumford & Sons mit »I will wait«.

Das passt ja mal wieder wie im Kino, denkt sich Stocker, dreht die Lautstärke hoch und bewundert sich selber grinsend im Rückspiegel.

Bist schon ein toller Hecht, Albin. Fährst mit einem Hunderttausend-Euro-Auto durch die Gegend, und die Frauen stehen auf dich. Gut, nicht gerade alle, aber die eine jedenfalls. Und es ist ja okay, die ist morgen früh wieder nüchtern, und du, du siehst morgen immer noch so aus. Wenn sie dich dann aber auch noch mag, dann hat sie Geschmack, denkt sich Stocker und fährt singend durch die Nacht: »And I will wait, I will wait for you … huhu …«

Gaststätte »Endstation« in Atzdorf bei Prien, in Stockers Schlafzimmer im ersten Stock, 02.48 Uhr

Warum bin ich immer so blöd und lass das Handy an? Normale Menschen machen das beknackte Ding aus, wenn sie ins Bett gehen, denkt sich Stocker und tappt schlaftrunken mit der linken Hand zum Nachttisch. Das Summen und Vibrieren wird lauter, das Handy dreht sich langsam im Kreis, und das Display blinkt in mattem Blau.

Unten, in der dunklen Gaststube, da bellt der Josef schlaftrunken in seinem Korb ein, zwei Mal vor sich hin.

»Ja? Was ist?« Stocker setzt sich im Bett auf und reibt sich mit der rechten Hand über die Augen. »Verdammt noch mal, Ringo, du blöder Sack, es ist, warte mal, ja, kurz vor drei. Bist du besoffen oder was?«

»Gott sei Dank, du lebst! Wow, ich mach mich nass«, kommt die Stimme von Ringo aus dem kleinen Telefon.

Josef, unten in der Wirtschaft, der bellt wieder. Jetzt lauter, weil er sauer ist, dass man ihn um diese Zeit weckt. Für nichts. Umsonst, aber nicht gratis, denn so was kostet normalerweise mindestens ein Leckerli.

Aus dem Schlafzimmer von Zeno, das unten, genau hinter der Küche liegt, hört man eine Stimme: »Josef, du zwergwüchsiger Sausack, halte bitte deine haarige Schnauze. Es ist drei Uhr. Josef? Joooseffff! Aus! Ausss, sag ich! Ich bring den Hund um. Bloß, weil der ein Hund ist, heißt das noch lange nicht …«

Der Rest von Zenos Rede ist nicht mehr zu verstehen, aber Stocker, oben in seinem Zimmer, der hört den Ringo, besser gesagt, seine aufgeregte Stimme aus dem Hörer: »Alter, wir haben deine Karre gefunden. Vor einer halben Stunde, beim Malerwinkel. Direkt am See unten. Das ist übrigens verboten, mit dem Auto an den See ranzufahren. Und offenes Feuer auch. Bloß dass du das weißt, ja?«

»Ringo, ich bin hier in meinem Bett!«

»Ich mein ja bloß. Also, dein Auto, das steht da unten am See. Ziemlich ausgebrannt. Und die Kollegen haben Blutspuren an der Windschutzscheibe gefunden, und eine verkokelte Jacke. Allerdings, das war eine Damenjacke, das muss man jetzt schon dazusagen. Deshalb haben mich die Kollegen angerufen und gefragt, ob du nächtens als Transvestit verkleidet da am See dein Unwesen treibst. Aber jetzt mal im Ernst: Wie kommt deine Karre da hin, und du, du bist im Bett? Was geht da ab? Mann, ich bin froh, dass dir nichts passiert ist. Weißt du, wie schwer es ist, einen Schlagzeuger zu finden, der auch nur einigermaßen das Tempo halten kann?«

»Ringo, jetzt hör mit dem Scheiß auf und erzähl mir, was Sache ist. Von Anfang an, bitte.«

Stocker schaut zur Zimmertür, in der jetzt Zeno steht, mit dem Josef auf dem Arm.

Josef, der es überhaupt nicht mag, wenn man ihn nachts weckt, der schaut ziemlich mürrisch aus dem Pelz und grummelt vor sich hin. Und Zeno, in seinem gelben Bart-Simpson-Schlafanzug, sieht aus wie Bernd das Brot nach einer Werbepause. Er hat die Augenbrauen hochgezogen und blickt den Stocker mindestens genauso vorwurfsvoll an wie der Josef, der mittlerweile gähnend und ohrenschüttelnd in die Runde blinzelt.

Stocker wedelt mit der Hand und spricht weiter: »Ringo, ich hab die Schlüssel von meinem Auto heute Abend jemandem gegeben, der im Zeugenschutz ist. Ruf sofort den Zuckerhahn an und erzähl ihm alles. – Was? – Ja, natürlich jetzt gleich. Das ist wichtig, hast du das verstanden, Mann? Ja? – Super, ganz super. Jetzt, wo genau ist der Wagen? – Was? – Ah, gut, das kenn ich. Das ist der Parkplatz in Richtung Seebruck, hinter dem Malerwinkel, da bei Lambach, ja? Gut, wir kommen da hin. – Wann? Jetzt gleich. – Der Zeno und ich, ja. Und noch was, Ringo: Der Zuckerhahn wird den Wagen nach München bringen lassen. Sag das deinen Leuten. Die sollen drum rum alles absperren und keine Spuren verwischen. Okay? Hast du das kapiert? – Gut, was? Du kommst auch raus? Ehrlich? Dann setz deine Polizeimütze auf, damit dich da draußen keiner verhaftet. Bis gleich.«

»Was läuft da ab?«, fragt Zeno und kratzt sich mit der freien Hand zwischen den Beinen.

»Meine Karre ist brennend unten am See gefunden worden. Ein paar Segler, die noch draußen auf dem Wasser waren, die haben die Polizei in Prien angerufen, und rate mal, wer heute Nacht dort Dienst hat?«

»Elvis. Wow. Und, was meint er?«

»Elvis meint, dass das nicht gut aussieht. Er ruft den Zuckerhahn in München an, und er fährt gleich selber raus und sperrt den Tatort ab, wie er sagt. Und ich sage, nimm die Hände aus der Hose, wenn du unseren Hund auf dem Arm hast. Wie soll der sich positiv entwickeln, wenn er so was mit ansehen muss?«

»Du hast dein Auto deiner Gerlinde dagelassen, stimmt's? Ich hab dich gehört und aus dem Fenster gesehen, wie du den BMW in die Garage gefahren hast. Was war los?«

»Nichts«, sagt der Stocker und schwingt die Füße aus dem Bett, »das ist nicht meine Gerlinde. Obwohl … egal. Ich hab den BMW mitgenommen und ihr die Schlüssel von meiner Kiste dagelassen. Sie wollte ja nicht mehr fahren. Sollte sie auch nicht, denn erstens war sie ein bisschen betrunken, und zweitens, wo sollte sie auch hinfahren? Ich hab ihr gesagt, sie soll um Himmels willen in der Wohnung bleiben, von den Fenstern weg und nicht mehr auf den Balkon gehen. Das hat sie mir dann ja auch versprochen. Teufel noch mal, was ist da passiert? Was geht da ab?«

Chiemsee-Ufer, kurz hinter Lambach, 03.27 Uhr

»Die gehören zu uns. Fast, jedenfalls«, sagt Ringo, der fröstelnd die Hände zusammenklatscht, zu seinen uniformierten Kollegen, und winkt den taubenkacke-grauen Skoda mit Zeno am Steuer durch bis ans Ufer. Die Worte bilden kleine Nebelwolken vor seinem Mund.

Stocker, auf dem Beifahrersitz, kurbelt das Fenster runter, weil die Seitenscheiben immer noch ein bisschen beschlagen sind, beugt sich über den Zeno und sagt zu Ringo, der sich jetzt auf der Fahrerseite nach unten bückt: »Hi, Alter. Was geht hier ab? Habt ihr was Neues? War wer im Auto? Hast du den Zuckerhahn erwischt?«

»Selber hi. Nein, im Auto war keiner. Wie auch, du bist ja hier. Und ja, der Zuckerl weiß Bescheid, und die Kollegen von der KTU aus Rosenheim sind auch schon unterwegs. Die müssen jeden Moment hier sein. Die bringen deine alte Dreckschleuder direkt nach München. Also, putzen und polieren, das bringt in dem Fall nicht mehr viel, das kann ich dir jetzt schon sagen. Der Lack sieht aus wie Streuselkuchen. Alles angekokelt. Und die geschmolzenen Reifen, die kauft dir auch keiner mehr ab. Da drüben beim Schilf, da steht er«, sagt Ringo und deutet mit dem linken Arm runter zum See.

Auf der anderen Seite des Wassers sieht man ganz leicht die Umrisse der Alpenkette. Es ist feucht. Nass, kühl, neblig und klamm, und Stocker dreht das Gebläse im Skoda auf Stufe drei.

Der altersschwache Ventilator stöhnt vorwurfsvoll auf und dröhnt los.

Im Schritttempo fährt Zeno noch die paar Meter bis zum Kiesstrand und bleibt dann direkt neben den drei Streifenwagen stehen.

Lautlos drehen sich die blauen Blinklichter der Polizeiautos. Durch die offenen Fenster und Türen kommt das Krächzen des Sprechfunks matt durch die Nachtluft. Es dämmert schon ein bisschen, und dicht über dem See hängt schwerer Nebel.

Stocker geht auf sein Auto zu, oder besser gesagt, auf das, was davon noch übrig ist. Ein Polizist, den Stocker vom Sehen her kennt, ein Kerl wie ein Baum, der schlägt sich mit der Hand auf den ansehnlichen Bauch und sagt: »Die Karre wollte einer abfackeln. So viel ist klar. Aber jetzt schau mal, da hat der vorne und hinten Benzin oder so was über die Kiste gekippt, und dann auf die Sitze. Oder umgekehrt. Auf jeden Fall, Profis waren das keine.«

»Grüß dich. Warum waren das keine Profis?«, fragt Stocker und sieht sich seine geliebte Wanderdüne an. Warum hat man das mit dir gemacht?

»Was? Ein Profi, der würde Brandbeschleuniger über den Motor kippen oder mit Benzin getränkte Lumpen oben in den Radkästen auf die Reifen legen. Und wenn man sich schon die Arbeit macht und Benzin über die Sitze kippt, dann sollte man wenigstens die Fenster runterkurbeln, damit viel frische Luft an das Feuer kommt. Hast mich, Stocker?«

»Klar, das hab ich so weit kapiert«, sagt Stocker, »aber mal andersrum gesehen, vielleicht waren das doch Profis. Und die haben das so clever gedreht, dass man denken soll, das waren Amateurpyromanen. Was habt ihr im Auto gefunden?«

»Wie du meinst. Im Auto? Nicht viel. Da vorne links, da kannst du die roten Schlieren an der Frontscheibe sehen. Das ist mit Sicherheit Blut, da wette ich mit dir. Und da drüben«, damit zeigt der Uniformierte rüber zu ein paar Schilfbüschen, die sich im seichten Wasser zwischen den Nebelschwaden vor sich hin wiegen, »da drüben haben wir die Damenjacke gefunden. Die ist auch voll mit Blutflecken. Tja, das war's schon, sonst haben wir nichts. Aber die Profis von der Spusi kommen ja gleich, zusammen mit den Weltmeistern von der KTU. Ich bin neugierig, was du jetzt wieder ausgefressen hast, Stocker.«

Ringo ist unbemerkt hinter sie getreten und sagt: »Halt jetzt besser deine vorlaute Beamtenschnauze, Berger, sonst lass ich dich die ganze nächste Woche in Prien vor dem Hagebau-Markt Jagd auf Kassenzetteldiebe machen.« Und zu Stocker und Zeno sagt Ringo: »Du«, damit zeigt er auf den Stocker, »du sollst sofort den Zuckerhahn anrufen. Und du«, damit zeigt er auf Zeno, »du sollst den hier«, damit zeigt er wieder auf Stocker, »während er im Auto mit dem Kommissar telefoniert, ohne Umwege zurück in euren Imbiss bringen. Der Zuckerhahn will in einer halben Stunde mit euch skypen. Ende der Durchsage. Und ich, ich hab hier zu tun, also haltet mich bitte nicht auf. Und tschüss.«

Zeno nimmt den Stocker am Arm und sagt: »Lass uns fahren. Ich merke, wenn ich nicht willkommen bin. Und der Ringo, der kann sich auf den nächsten Abend bei uns in der Kneipe freuen. Dann bring ich seinen Hintern wieder auf Linie. Komm jetzt. Wenn der Zuckerhahn so eine Welle macht, dann hat er was rausgefunden. Ich kenn den. Komm jetzt.«

Stocker wischt Zenos Arm weg und sagt: »Wir fahren zur Wohnung.«

»Welche Wohnung?«, fragt Zeno und zieht Stocker weiter. »Das ist eine sichere Wohnung, ein *safe house*, da sind schon lange die Leute vom Zuckerhahn. Und da ist sie auch nicht, sonst wäre dein Auto hier nicht am Rumbrennen. Du kannst jetzt im Moment gar nichts machen. Komm einfach mit.«

An der Theke der »Endstation«, 04.16 Uhr

»Ich hab ja nun wirklich nichts gegen Singvögel, aber müssen die so einen Krach machen? In aller Herrgottsfrühe? Verdammt noch mal.« Zeno schüttelt den Kopf und stellt zwei Krüge mit starkem Kaffee auf den alten und zerkratzten Holztresen in der Gaststube. Nur mit Milch, ohne Zucker.

»Schon klar, dass du normalerweise gut zu Vögeln bist«, sagt Stocker und grinst, »aber auch das ist schon lange her, mein Alter, nicht wahr?«

Der aufgeklappte Laptop vor ihnen erwacht zum Leben, der Bildschirm flackert, und ein ruckartiges Bild von Zuckerhahn ist zu sehen. Die Bewegungen seiner Lippen passen nicht ganz synchron zum Ton, der ziemlich dünn aus den eingebauten kleinen Lautsprechern kommt. Irgendwie zeitverzögert, das Ganze.

Aber man versteht ihn und seine Verärgerung ziemlich gut. »Einen schönen guten Morgen, Mädels. Albin, du blöder Sack, warum hast du der Frau dein Auto dagelassen? Ich hab gedacht, mich trifft der Schlag, als mir die Kollegen den Brand und die Blutspuren gemeldet haben.«

»Tja, weißt du, Zuckerl –«

»Nenn mich noch einmal Zuckerl, und ich lass dich wegen übler Nachrede verhaften. War die Leitner noch einmal an oder in ihrem Auto, nachdem du ihr die Sachen in die Wohnung hochgetragen hast?«

»Nein, war sie nicht«, sagt Stocker und schaut zu Zeno rüber, der auf der anderen Seite der Theke steht, die offene Hand vor seinem Kopf dreht und lautlos und mit überdeutlicher Betonung die Lippen bewegt. Stocker liest von seinem Mund, was er meint: Wie kann er das wissen? Sachen hochgetragen und so? Ist die Wohnung verkabelt?

»Wie kannst du das wissen, dass ich ihr die Sachen hochgetragen habe?«, fragt Stocker den Mann auf dem Bildschirm. Und weiter: »Hast du Mikros in der Wohnung in Breitbrunn, oder was?«

Zuckerhahn lacht und bewegt die Lippen, das Bild ist abgehackt und ruckelt, und eine halbe Sekunde später kommt der Ton: »Mikros? Mann, wir haben acht Kameras in der Bude. Und ich habe dein ganzes Gebalze auf Festplatte. In Farbe und in stereo. The great Gatsby himself, bloß eben auf Bayerisch. Du arbeitest wirklich mit vollem Einsatz, Albin. Kompliment. Und am Schluss, da hat sie dich sogar geküsst. Freiwillig, igitt. Du solltest mal deine dämliche Visage dabei sehen. Was hab ich gelacht, Mann. Egal, ich bin froh, dass dir nichts passiert ist. Sonst hätt ich ja keinen mehr, über den ich lachen kann.«

»Warum habt ihr Profis dann nicht mitgekriegt, dass die Leitner mit meinem Auto noch mal weggefahren ist? Mhm?«

Wieder erst die Pantomime auf dem Bildschirm, dann kommt der Ton: »Ja gut, weil meine Jungs alles abgeschaltet haben, nachdem du aus der Wohnung weg warst. Die Kameras jedenfalls, den Ton haben sie weiterlaufen lassen. Aber da war außer der Toilettenspülung und dem Geräusch einer elektrischen Zahnbürste nichts mehr zu hören. Und dann haben meine Burschen eben Feierabend gemacht. Aber was soll's. Passiert ist passiert. Pass auf, ich lasse den BMW bei euch abholen. Der Premm und seine Jungs erledigen das. Und deine alte Schüssel, die nehmen wir hier auseinander. Der Premm müsste in einer halben Stunde oder so bei euch sein. Wir lassen die Gegend um den Fundort absuchen, und ob sich da noch was ergibt, das weiß ich in ein paar Stunden. Es ist ja nun so, und das hast du dir bestimmt schon unten am See gedacht: Wenn sie entführt worden ist, dann muss man sich fragen: von wem? Wer hat gewusst, wo sie ist? Wenn sie umgebracht worden ist, dann haben wir das Problem: Wo ist die Leiche? Hat sie der Täter mitgenommen? Oder die Täter? Hat sie sich selber umbringen wollen? Hat sie das Auto selber angezündet und sich dabei verletzt oder, weil es ja eine Menge Blut am Tatort gibt, hat sie sich die Pulsadern oder sonst was aufgeschnitten und ist dann in den See rausgeschwommen? Wenn das zutrifft, dann kann es sein, dass wir die Leiche erst nächstes Jahr oder gar nicht finden. Der See hat Unterwasserströmungen, der ist riesengroß, und in ein paar Stunden kann eine Leiche weiß der Teufel wohin abgetrieben worden sein.

Ich habe im Moment keine Ahnung. Und du und Zeno, ihr beiden scheinbar auch nicht. Oder hast du noch irgendwas für mich? Irgendwas, das wichtig sein könnte?«

Zeno dreht den Laptop zu sich rüber und sagt: »Spiel uns die Aufnahmen rüber. Erstens, weil ich von meinem Partner hier vielleicht Amore-mäßig noch was lernen kann. Du weißt schon, wie man mit Frauen umgeht und so. Und zweitens, weil ich mir ansehen will, wie die Leitner sich gegeben hat. Körpersprache, Mimik, Gestik, den ganzen Profiler-Scheiß eben. Das hab ich ja mal richtig gelernt, wie du weißt. Wir melden uns dann bei dir, gleich nachdem wir uns den Film angesehen haben, okay?«

»Okay und Ende. In fünf Minuten habt ihr den Film.«

Der Bildschirm flackert ein paarmal, dann wird er milchigweiß. Wie Schneeschauer im April.

Drei Minuten und einen Kaffee später: »Jetzt schau dir das an. Das hier! Hier, wie sie spricht. Und wie sie steht, als sie dich küsst.«

»Ja, schon. So küssen Frauen eben. Was ist dabei nicht normal?«, fragt Stocker und sieht sich selber, schräg von oben gefilmt. Das Bild ist eigenartig verzerrt. Die Köpfe sind viel zu groß, und die Beine, die sehen aus wie bei Liliputanern. Ich steh da wie ein kompletter Idiot, denkt er sich und sagt zu Zeno: »Was meinst du damit, wie sie mich küsst? Sie küsst mich eben, weil sie mich nett findet. So was ist dir wohl noch nie passiert. Dass dich jemand nett findet, meine ich. Höre ich da Neid aus deiner Stimme?«

»Nein, Mann. Jetzt mal im Ernst. Schau dir die Augen an, die Mimik. Die verabschiedet sich von dir. Nicht für eine Nacht oder so, die verabschiedet sich für immer. Die geht aus deinem Leben. Gut, sie ist ein bisschen in dich verknallt, das sehe ich auch, aber das kann auch der Alkohol ausmachen. Wenn ich besoffen bin, dann mag ich dich auch, so ist das eben. Aber spiel noch mal zurück. Die Szene, wo sie über die falschen Papiere und so spricht. Da! Hier! Stopp! Ja, genau da. Und jetzt, genau jetzt: Schau dir ihre Hände an. Ihre Bewegungen und die Körpersprache. Wie sie da sitzt. Weißt du was, Alter? Diese

Frau, die ist kein Opfer. Die weiß genau, wovon sie spricht. Da wette ich mit dir.« Zeno schlürft seinen Kaffee und zeigt auf den Bildschirm: »Und hier! Wie sie dich ansieht, da, jetzt, als du aus der Wohnung rausgehst. Siehst du das? Schau, jetzt läuft sie zu ihrer Reisetasche oder wie man das nennt und sieht rein. Macht man das, wenn man betrunken ist und sowieso gleich ins Bett will? Jetzt geht sie ins Bad. Ich hab ja auch schon der einen oder anderen Frau dabei zugesehen, wie sie ins Bad geht, aber hier, hier stimmt was nicht. Was bloß? Warte, gleich hab ich es. Mach uns noch einen Kaffee, ich hab's gleich, ehrlich, ich spür das.«

Stocker geht kopfschüttelnd in die Küche und gießt noch zwei Kaffee in die großen alten Gmundner-Tassen. Josef stupst ihn am linken Knöchel an, und Stocker öffnet ohne nachzudenken den Kühlschrank, nimmt ein Blatt von dem guten Schwarzwälder Schinken aus dem untersten Fach und bückt sich zu Josef runter, da kommt triumphierend die Stimme von Zeno aus der Gaststube: »Bingo, ich hab's gewusst. Komm raus, Alter, komm raus. Los, das musst du sehen.«

Stocker stellt die Tassen, aus denen der Kaffeedampf hochsteigt, auf die Theke und beugt sich hinter Zeno über den Laptop.

»Da! Hier! Was siehst du da? Hmh? Und erzähl mir jetzt nicht, dass du das nicht siehst. Das da! Pass auf, ich fahre das zurück. Das! Jetzt! Was tut sie da?« Zeno fuchtelt mit dem Finger vor dem Bildschirm hin und her, auf dem eine offene Badezimmertür zu sehen ist, und die Gerlinde Leitner, die da drinnen irgendwas macht.

Und Stocker sagt: »Eine Frau geht in ein Badezimmer und schminkt sich ab oder wie man das nennt. Das haut mich jetzt nicht so direkt um, muss ich sagen. Was meinst du damit, was sie da macht?«

»Mann, Alter, was hat sie da in der Hand? Das ist ihr Handy. Und was macht sie? Bist du blind oder was? Sie schaut drauf, sie zieht die Augenbrauen hoch, und jetzt, hier, schau doch, Mann, jetzt tippt sie was in das Handy. Und jetzt, pass auf, jetzt macht sie die Badezimmertür zu. Clever, was?«

»Kann ich jetzt so nicht sagen«, meint der Stocker, nimmt einen Schluck von seinem Kaffee und sagt: »Auch auf die Gefahr hin, dass ich dich ganz herb enttäuschen muss, ich hab das live schon öfters gesehen. Dass eine Frau ins Badezimmer geht und dann die Tür hinter sich zumacht, meine ich. Um das geht's dir doch jetzt, oder? Das machen die aber einfach so, diese Mädels. Manche von denen haben es eben nicht so gerne, wenn man ihnen beim Dings und so weiter zusieht.«

Zeno stellt seinen Kaffee ab, schüttelt verzweifelt den Kopf und sagt: »Mann Gottes, mach doch die Augen auf. Und die Ohren. Noch mal, für Leute wie dich: Die Dame hat eine Message auf ihrem Handy erhalten. Die hat sie beantwortet. Dann hat sie die Tür geschlossen. Dann kommen die Geräusche, und man beachte jetzt die Reihenfolge: Erstens, die Toilettenspülung. Aber das kommt viel zu schnell, das mit der Spülung. Und du checkst aber auch gar nichts, was? Na ja, ist in deinem Zustand normal. Pass auf, ich verrat dir jetzt mal was. Die Frauen, die sind uns Männern sowieso immer einen Schritt voraus, egal, um was es geht. Kennst du den: Frage an Radio Eriwan: Ist es möglich, dass laufender Mann mit Hose runter vergewaltigt Frau, die vor ihm läuft, und zwar mit Rock hoch? Antwort von Radio Eriwan: Das ist nicht möglich, weil Geschwindigkeit von Frau mit Rock hoch ist wesentlich höher als Geschwindigkeit von Mann mit Hose runter. – Also, was lernen wir daraus über weibliche Cleverness? Die schöne Gerlinde macht die Tür zu, und fünf Sekunden später hört man die Toilettenspülung? Was? Ah, geht dir ein Licht auf? Gut! Weiter. Was ist das für ein Geräusch? Das jetzt. Hör genau zu und denk nach, auch wenn's dir schwerfällt.«

»Das?« Stocker hält den Kopf schief und die Schulter auch, weil er mit der rechten Hand den Josef kraulen muss, der sich an seine Füße gedrückt hat. »Das? Das ist eine elektrische Zahnbürste, glaube ich. Warum?«

»Das ist keine elektrische Zahnbürste, mein Freund, das ist ein Föhn. So klingt ein Föhn, wenn man ihn zwischendurch auf den Rand des Waschbeckens legt und nicht ausschaltet. Also, was macht die junge Frau da? Hmh?«

»Was? Ein Föhn? Woher willst du das wissen? Warst du mal Bundestrainer oder mindestens so was wie ein Klopp bei Borussia? Die beiden haben nämlich Ahnung von schönen Haaren. Sie hat zu mir gesagt, sie geht ins Bett.«

»Wie, Alter? Jetzt aber. Mein Gott. Du glaubst auch jedes Wort, das dir eine hübsche Frau ins Ohr flüstert, was? Du armer Trottel. Der Adam im Paradies, der hat damals auch zu seiner Eva gesagt: ›Sag mal, liebst du mich eigentlich?‹ Und Eva, die erste Tusse überhaupt, die hat ihrem Adam geradewegs ins Auge gesehen und gesagt: ›Natürlich lieb ich dich! Wen denn sonst?‹ Hier, Stocki, die Sahneschnitte da drinnen im Bad, die schminkt sich nicht ab, sondern die macht sich noch mal kurz straßentauglich. Warum? Für wen? Wer hat ihr was und warum um diese Uhrzeit aufs Handy geschickt? Wer hat überhaupt ihre neue Handynummer? Sie hat das doch erst in Salzburg in diesem Einkaufscenter gekauft, das hast du mir selber erzählt. Hast du die neue Nummer? Hoffentlich hast du die, Mann. Denn dann können wir das irgendwie rauskriegen, wer das da eben war. Und? Wo ist die Nummer? Her damit.«

Der Bildschirm wird dunkel, die Aufzeichnung ist zu Ende, und Stocker kratzt sich am Kopf, während er sagt: »Die neue Nummer? Das mit der Wohnung und so, das lief über ihr altes Handy. Die neue Nummer, die wollte sie mir noch geben, ehrlich, aber irgendwie … Das verstehe ich jetzt auch nicht. Lass uns noch ein paar Stunden drüber schlafen, ich geh jetzt ins Bett, und gleich beim Frühstück, da reden wir weiter. Komm, Josef, heute brauche ich Gesellschaft, was meinst du dazu?«

Josef schüttelt sich und trabt hinter Stocker her, der langsam die Treppe zu seinem Zimmer hochsteigt.

Zeno klappt den Laptop zu und sagt im Rausgehen: »Na dann, schlaf gut, Casanova.«

Freitag, in der »Endstation«, oben in Stockers Schlafzimmer, 08.42 Uhr

»Guten Morgen, meine Hübsche, es ist kurz vor neun, Zeit zum Aufwachen.« Die Stimme von Kommissar Zuckerhahn dröhnt im Telefonhörer an Stockers Ohr. Josef, der unten am Fußende des Bettes liegt, streckt sich und gähnt herzhaft, während er fassungslos zu Stocker hochsieht.

»Herr Kommissar, es ist kurz vor neun, ich habe die ganze restliche Nacht drauf gewartet, dass der BMW abgeholt wird. Warum war keiner von deinen Leuten hier?«

»Erster Kriminalhauptkommissar, bitte, ja? So viel Zeit muss sein. Der Fall ist mir aus den Händen genommen worden, mein Lieber. Während du geschlafen hast, ist so einiges passiert. Kennst du den Film ›Während du schliefst‹?«

»Was?« Stocker schaut aus dem Fenster, und Josef überlegt, ob er vom Bett springen soll oder nicht. Mit der Ruhe hier drinnen ist es eh vorbei.

»Was, ja. Genau, was, das ist die richtige Antwort«, hört man den Zuckerhahn sagen, und man hört auch die unterdrückte Wut in seiner Stimme. »Ich geb dir mal ein Update, mein Freund, dann kannst du dich ja wieder hinlegen. Pass auf: Die Kollegen aus New South Wales, die haben mich vor zwei Stunden angerufen. Da drüben, in Australien, da war es da nämlich kurz vor siebzehn Uhr. Und kurz vor fünfzehn Uhr, also Känguru-Zeit, meine ich, da haben sie unseren abgängigen Freund Lightman alias Leitner gefunden. Der war ja abgetaucht, im wahrsten Sinne des Wortes. Jetzt ist er wieder aufgetaucht, auch im wahrsten Sinne des Wortes. Nämlich mausetot neben seinem Surfbrett. Keine hundert Meter vom Strand weg. Na, was sagst du jetzt?«

»Was?«

»Kennst du noch andere Wörter als ›was‹? Wenn ja, dann benutz sie einfach. Ich seh das nicht so eng. Unser Freund Lightman ist tot. Was an ›tot‹ oder ›Lightman‹ hast du nicht verstanden, mhm? Ertrunken ist er, der Trottel. Er war wohl am Surfen und hat die Wellen da vor Ort unterschätzt, meinen die Kollegen. Besonders die Wellen am Nachmittag, und da ist er wohl vom Brett gefallen und ertrunken. Kommt in den besten Familien vor, so was. Egal, die Aussies haben nicht nur mich angerufen, sondern auch den Reimers, und der hat den Oberstaatsanwalt, den Herrn Dr. Wimmer informiert. Und der wiederum hat mir ausrichten lassen, dass ich die Akte Leitner hiermit schließen kann. Er ist ja, notabene, gefunden worden, sagt er. Um das ging's im Endeffekt. Okay, er ist jetzt ein bisschen tot, aber wir haben ihn.«

»Notabene, was? Klingt gut. Heißt das was?«

»Ja, das ist Latein und heißt: Man beachte. Das wiederum heißt, also, jetzt in meinem Fall, gefunden ist gefunden. Und ich bin ab sofort aus der Nummer raus. Den BMW holen die Kollegen von der Soko 4112 ab, aber das sind lauter Fußkranke, und die haben mit dem Auto eigentlich nicht mehr viel am Hut. Fahr den von mir aus erst mal weiter, bis du ein neues Auto hast. Vor nächster Woche meldet sich da eh keiner bei euch. Und im Fall Frau Leitner, da machen die im Moment sowieso nichts anderes als Dienst nach Vorschrift. Das kennst du ja: Krankenhäuser, Bahnhöfe und Flughäfen abchecken. Sicherlich lassen die auch den See und die Inseln absuchen, aber mehr ist in so einem Fall nicht drin. Tja, und deine angekokelte Wanderdüne, die kannst du deiner Versicherung melden. Vielleicht kriegst du dann noch so um die zweihundert Euro von denen. Da müssen die aber schon einen guten Tag haben, diese Versicherungsfritzen. Das war's dann wohl. Mann, was bin ich sauer.«

»Jetzt mal ganz ruhig«, sagt Stocker und kratzt sich am Kopf, »zufälligerweise ist der Leitner zu Lebzeiten manisch wasserscheu gewesen, außerdem war er Nichtschwimmer. Der ist freiwillig nicht mal in eine Badewanne gegangen. Warum soll der plötzlich surfen können? Übrigens, was ist mit mir? Muss ich irgendwas irgendwo zu Protokoll geben oder so?«

»Mein Gott, nein, du hast vielleicht Sorgen«, schnauft der Zuckerhahn, und Stocker hört, wie am anderen Ende der Leitung eine Tasse oder ein Glas hart auf eine Tischplatte geknallt wird. »Nein, du bist raus aus der Nummer. Ich hab dich nirgends in den Akten stehen, und von dir weiß auch keiner was. Und die über mir, die wollen jetzt alle Ruhe im Karton. Das ist schon irgendwie merkwürdig, wie schnell das Dingens jetzt tief und fest vergraben werden soll, wie? Hey, was war das mit dem Leitner? Was hast du da gerade gesagt?«

»Mann, Zuckerhahn, der war schon fast paranoid wasserscheu. Der war nie in seinem Leben an einem See oder im Freibad oder was weiß ich. Das hat mir seine Frau erzählt, und die muss es schließlich wissen, oder? Außerdem, mein Lieber, solltest du mal den Herrn Enno von Bernbach und seinen Kettenhund, diesen Timo, unter die Lupe nehmen. Nach dem, was ich so mitgekriegt habe, kann das durchaus sein, dass die den alten Leitner ins Jenseits befördert haben. Weißt du, was ich so langsam glaube?«

»Was?«

»Nein, nicht ›was‹. Benutze bitte deine eigenen Wörter, Zuckerhahn. Also, ich glaube, der Leitner, der ist abgehauen, weil er Angst hatte. Vor dem Bernbach selber vielleicht? Oder vor Leuten aus dem Kreis von Don Corleone Bernbach? Ich hab keine Ahnung, aber irgendwas ist da fürchterlich schiefgelaufen. Also haut Leitner ab und nimmt als Lebensversicherung was mit, womit der den alten Bernbach oder wen auch immer erpressen kann. Nur, der Dr. Enno von B., der tickt anders. Der lässt sich nicht erpressen, sondern schickt seine Bluthunde los, und die schnappen sich den Leitner. Und legen ihn öffentlichkeitswirksam um. Sodass jeder, der in dem Deal noch drinsteckt, mitkriegt, dass das so läuft, wenn einer nicht mitläuft. So und nicht anders.«

»Wie auch immer. Ich bin da raus. Und du und Zeno auch. Tut mir ja leid, Junge, aber man kann nicht immer gewinnen. Manchmal gewinnen auch die anderen. Was willst du jetzt machen?«

»Ich kauf mir ein Auto«, sagt der Stocker und krault Josef hinter den Ohren, »und dann, dann suche ich die Gerlinde Leitner. Und du?«

»Ich hab da einen Superjob in Aussicht gestellt bekommen. Ungelöste Mordfälle aus den letzten zehn Jahren. Mord verjährt nie. Ich aber schon. Und in ein paar Jahren können die mich mit vollen Bezügen in den Ruhestand schicken. Biologisch entsorgen, sozusagen, und bis dahin werde ich ruhiggestellt. So läuft das hier. Okay, wenn du was brauchst, Albin, dann ruf mich an. Tu mir einen Gefallen und bleib da dran, das stinkt alles ganz gewaltig. So, ich geh jetzt in den Englischen Garten und kauf mir eine Maß Bier und einen Radi. So was hab ich um diese Uhrzeit noch nie gemacht. Aber ich glaube, es wird Zeit, dass wir alle mal was machen, was wir noch nie gemacht haben, was meinst du?«

»Ja, mein Freund, das glaube ich auch. Bis dann, ich melde mich, sobald ich was habe. Nein, warte. Woher kommt die schnelle Aufklärung, ich meine, der Leitner, der ist doch als Lightman mit richtig guten Papieren unterwegs gewesen, woher wissen die Kängurus da drüben, dass das der Leitner war?«

»Ach so, ja, das ist ganz einfach: Die haben dem Toten gleich am Strand die Fingerabdrücke genommen. Weil er ja keine Papiere dabei hatte, also, in der Badehose, wo soll er da Papiere haben? Und dann, dann haben sie die Abdrücke zu Europol und Interpol gemailt. Ja, und die haben einen Max Leitner als hochgradig abgängig in den Listen, und so ist das eben ruckzuck gegangen. Da helfen jetzt auch keine Verschwörungstheorien weiter, oder?«

München, Bayerische Staatskanzlei am Franz-Josef-Strauß-Ring 1, im Minister-Büro im ersten Stock, 09.31 Uhr

»Jetzt beruhig dich, Wimmerl. Mach die Akte zu und vergiss die Sache. Der Leitner ist tot. Aus. Bumm und tot. Das ist besser, als wie wenn er jetzt bei den Kripo-Geiern in der Ettstraße sitzen und seine Geschichte erzählen würde. Unsere Geschichte, Wimmerl, unsere Geschichte, sag ich da nur. Deine und meine. Jetzt schau, sieh das doch mal so: Du wirst in ein paar Wochen Generalstaatsanwalt. Ich zieh das mit dem Bankverkauf an die Kaftan-Brothers durch und krieg dafür einen schönen Posten im Aufsichtsrat. Vielleicht sogar noch einen Orden obendrauf, und der Käse ist gegessen, nicht wahr? Da draußen warten schon ein paar von den Anwälten von den Kameltreibern, und die bitte ich jetzt gleich hier rein. Du bleibst einfach hier auf deinem Stuhl sitzen, machst ein intelligentes Gesicht und nickst, wenn ich auch nicke. Ist das so schwer? Nein? Na siehst du, geht doch. Deinem verpennten Kommissar Zuckerwurst, oder wie der heißt, dem hast du ja ein paar alte Mordfälle hingeworfen, und das war sehr clever von dir. In ein paar Wochen, da beurlaubst du den bei vollen Bezügen, ich zeichne das ab, und weg ist der alte Knabe. Ist doch super gelaufen für uns, oder nicht?«

»Ich weiß nicht, ich weiß nicht«, stöhnt der Herr Dr. Wimmer aus seinem echt antiken Leder-Ohrensessel, der vor dem barocken Minister-Schreibtisch steht, und sagt: »Was willst du den Anwälten da draußen erzählen?«

»Denen? Nichts. Die wissen ja schon alles, was sie wissen wollen. Wir unterstützen die mit einem großzügigen Steuererleichterungs-Paket und ein paar Zuschüssen. Schließlich ist so eine Bank ja was Systemrelevantes, da muss auch der Steuerzahler mit ran und Verantwortung tragen, nicht wahr? Jetzt geht es eigentlich nur noch darum, wie wir den Bankendeal der Öffentlichkeit verkaufen. Dem Bürger. Dem niederen Volk, das ja keine Ahnung hat, um was es eigentlich geht, wofür Leute wie ich, und du natürlich, wofür wir uns hier Tag und Nacht den Arsch aufreißen.«

Der Minister, der sich jetzt so richtig in Rage geredet hat, der ist nicht mehr zu bremsen und spricht in erhöhter Lautstärke weiter: »Weißt du, was das echte Problem ist? Das Problem ist nicht der Staat, das Problem ist das Volk. Wenn es schon alle paar Jahre Wahlen gibt, dann sollten wir Politiker aber auch wählen dürfen, nämlich neue Untertanen. Dieses undankbare Pack da draußen, das sollten wir abwählen können. Da, schau, weißt du, was ich hier auf dem Schreibtisch habe? Nein? Soll ich dir mal was vorlesen? Da, hier zum Beispiel haben wir eine Anfrage der Landtagspräsidentin. Ich soll offenlegen, warum meine Frau und meine Kinder bei mir beschäftigt sind. Seit wann und was sie dafür bekommen. Ist das nicht eine Unverschämtheit? Was? Und unser Ministerpräsident, was macht der? Nichts. Die Aigner, die hat wenigstens für alles einen Zehn-Punkte-Plan. Ist zwar immer derselbe, aber so was kommt trotzdem super an bei den Medien. Genau. Gut, ich habe meine Familie, wie soll ich sagen, in meine Arbeit mit eingebunden. Und meinen Schwager und den Onkel Heinrich natürlich auch, weil der ja mal stellvertretender Gesundheitsminister war, unter Kohl. So was ist ebenfalls systemrelevant. Das sind die Räder, die unseren Staat auf der Wirtschaftsautobahn halten. Auf der Überholspur. Jawoll!«

Der Minister schlägt mit der Faust auf einen Stapel Akten und sieht zornig aus dem Fenster.

Derweil im Vorzimmer

»Gleich goes it loose, gell? Nur noch one minute, dann ist der Minister ready, gell? Will you drink another tea, Mister Tripod?« Die Erni, die Vorzimmerdame des Ministers, strahlt den würdevoll aussehenden älteren englischen Anwalt an, der wiederum hilfesuchend zu seinen beiden deutschen Kollegen schaut.

Die zucken unisono mit den Schultern, und die Erni spricht weiter: »Ah, you englischmen, always what loose in your country, gell? Der Pauli, from the Beatles, he fires his Siebziger. And deswegen hears he up with kiffing. From now to gleich. Such a nice man. Poor Pauli. I must rise myself together, not to cry like a castledog. When I was young, I and der Pauli, oh god, I will gar not think of that. You really want no much tea?«

»Danke, gnädige Frau, zu gütig. Ich bewundere Ihre profunden englischen Sprachkenntnisse. Könnten wir jetzt dann so langsam zu dem Herrn Minister vorgelassen werden?«, sagt der englische Anwalt in akzentfreiem Deutsch und nickt seinen beiden Kollegen zu. »Die Herren hier haben noch Termine, und ich möchte meine Maschine nach London um dreizehn null acht nur sehr ungern verpassen. Obwohl ich Ihre erfrischende Konversation durchaus zu schätzen weiß.«

Die Erni lächelt generös, tänzelt hinter ihren Schreibtisch, nimmt den Hörer ihres Telefons ab und sagt: »Herr Minister, die Herren Anwälte würden dann gerne vorgelassen werden. – Wie meinen? – Ja, natürlich, jetzt gleich, gerne, Herr Minister.«

Mit einer schwungvollen Bewegung, die sie mal im Fernsehen in einer dänischen Serie gesehen hat, legt sie den Hörer auf die Gabel und flötet: »Wenn Sie mir dann bitte folgen wollen, meine Herren? Der Herr Minister wär jetzt so weit. Hier rein, bitte, gell?«

Rosenheim, Kufsteiner Straße, Fahrtrichtung stadteinwärts, 16.11 Uhr

Stocker, der nie ein besonders guter Beifahrer war, dreht das Radio im Skoda leiser und sagt zu Zeno, der mit verkniffenem Mund hinter dem Steuer sitzt: »Jetzt sei nicht gleich wieder eingeschnappt. Klar haben die schöne Autos gehabt, da draußen bei dem Händler, aber ich hänge halt immer noch an meiner Wanderdüne. So eine Kiste will ich wieder haben. So was haben die da draußen aber nicht.«

»Die … da … draußen«, sagt Zeno und betont jedes einzelne Wort überdeutlich, »die da draußen, wie du so schön sagst, das ist zufälligerweise der größte Mercedes-Händler weit und breit. Und ich bin da persönlich bekannt. Und du blamierst mich vor der Verkaufsberaterin bis auf die Knochen. Mann aber auch. Hat der Kerl doch tatsächlich den Nerv und fragt nach einem Uralt-Diesel aus dem Jahr 1972. Ja, und natürlich braun, wenn's geht. Stocker, geht's denn überhaupt noch? Weißt du noch, wie wir vor ein paar Wochen mit deiner Ex-Kiste an der Tankstelle waren? Du hast den Kerl an der Kasse gefragt, ob du für dein Auto hier ein paar Scheibenwischer kriegen kannst. Und der Kerl hat gegrinst und gesagt: ›Ja gut, das können wir machen, das ist ein fairer Tausch.‹ Weißt du das noch? Mann, ich hab das nie verstanden, was du an so einer alten Kiste findest. Aber das da grade eben, das war so was von oberpeinlich. Die nette Frau zeigt dir eine fast neue A-Klasse. Du setzt dich rein, und sie sagt: ›Na, wie ist der so für Sie?‹ Und du erwiderst: ›Ich weiß nicht, er drückt etwas an den Schultern.‹«

Zeno schüttelt den Kopf und spricht weiter: »Das eben, das war die Obermeier Babsi, die uns da beraten hat. Mit der hab ich mal kurz und heftig was gehabt.«

»Ehrlich?« Jetzt wird Stocker neugierig und stellt das Radio ganz ab, wendet sich zu Zeno und fragt: »Die hat aber gut ausgesehen. Wie hat einer wie du eine wie die rumgekriegt?«

»Ich hab ihre Intelligenz gelobt. So was funktioniert bei solchen Frauen meistens.«

»Das musst du mir erklären. Wie läuft das ab?«

»Was, wie läuft das ab? Ich hab die Babsi oben in dem Café in der Buchhandlung, du weißt schon, die in der Münchner Straße, im ersten Stock, da hab ich sie gesehen. Ich geh hin, mach am Tisch meine berühmte Verbeugung und sag: ›Sie müssen verzeihen, dass ich Sie anspreche. So was mache ich normalerweise nicht. Aber Sie, Sie haben eine Ausstrahlung, eine innere Schönheit und so …‹«

»Alter Hut. Und dann?«

»Jetzt warte doch mal, das ist doch bloß die Einleitung gewesen. Also, sie schaut von ihrer Illustrierten auf und sagt kein Wort, sondern schaut gleich wieder in ihr Käseblatt. Ich rede weiter und sage: ›Nein, jetzt mal ganz ehrlich. Diese Aura, dieses Außergewöhnliche, so was haben nur ganz wenig Frauen.‹«

Zeno sieht in den Rückspiegel und grinst. »Pass auf, jetzt schaut sie mich aber voll an und sagt: ›Sparen Sie sich die Sprüche, Sie wollen mich doch bloß flachlegen, oder?‹ Und ich sag: ›Wow, und gescheit sind Sie auch noch.‹«

»Und dann?«

»Was, und dann?«, fragt Zeno. »Dann waren wir drei oder vier Wochen zusammen. Dann hab ich aber einen längeren Undercovereinsatz in Norddeutschland bekommen, und die Sache war vorbei. Jetzt ist sie verheiratet, glaub ich. Aber hast du die Blicke gesehen? Die liebt mich immer noch.«

»Bin vollstens beeindruckt. Und jetzt lass uns bitte da vorne an der Ampel links abbiegen, und dann geht's geradeaus. Gleich da hinten, da ist ein Händler, der immer ein paar alte Mercedes auf dem Hof stehen hat. Vielleicht kann ich da so ein altes Schätzchen vor der Verschiffung nach Afrika retten.«

Keine fünf Minuten später, auf dem eingezäunten Hof des Autohändlers. Die beiden sind kaum aus dem Skoda raus und sehen sich suchend um. »Grüß Gott, buona sera, moin moin und welcome. Isch bin de Issy, und dasse, dasse sin meine Autos. Was konkret sucht ihr, Brüder?«, ruft der kleine, olivenhäutige und schon leicht grauhaarige Mann mit der riesigen Nase und den Glubschaugen, der einen beachtlichen Bauch vor sich herschiebt, und kommt händereibend aus einem verwitterten Wohnwagen auf Zeno und Stocker zu.

»Da, der da hinten. Der W 123. Was ist mit dem?« Stocker deutet auf einen leicht angeschmutzten und unscheinbaren braunen Mercedes, der selbstvergessen in der dritten Reihe hinter chromglänzenden BMWs, VWs und aufgemotzten amerikanischen Blendern vor sich hin korrodiert.

»Das da? Der da? Meinst du den Star von meine Truppe?« Issy zieht sich das mit Eigelb bekleckerte Bayern-München-Shirt über den Mammutbauch und tänzelt zu dem Mercedes. Zeno zuckt ergeben mit den Schultern und hinkt hinter Stocker her, der mit glänzenden Augen ebenfalls auf den Mercedes zusteuert. »Da. Voilà. Jetzt guckst du, was?« Issy zieht einen pfundschweren Schlüsselbund aus seiner Tasche und sucht den passenden Autoschlüssel raus: »Warte, Bruder, wo ist mistige Schlüssel? Allah u akbar! Malaka. Jebem te. Che cazzo. Wo ist der mierda Schlüssel, eh? Da, hier ist der. Schaust du, ist Auto mit alle Schikane. Guck hier!«

»Das waren schon mal sechs verschiedene Sprachen«, sagt Zeno und grinst den Stocker dabei an. »Arabisch, Griechisch, Serbisch, glaube ich, Spanisch und auf jeden Fall: Italienisch. Und ein bisschen Deutsch natürlich.« Und zu Issy sagt er: »Was bist du eigentlich? Ich meine, es ist mir ja wurscht, nur, bei Issy, da hätte ich eigentlich mehr auf Araber getippt.«

»Biste schlaue Meier, oder wie heißt, was? Ich, ich bin als Kind gefunden. Findelekind oder so. Iste international, so was. Unde du? So, wie du humpelest, sag jetzt nicht, du biste de Sammy Davis junior, eh? Pass auf, Alter. Hier im Auto hast du alle Schikanen: Schieberdach, Fenster hoch und runter mit Elektrik, Lenkrad ganz rund, Sitze wie inne Zug zum Schlafen, und jetzt … guckst du, was passiert …«

Issy klemmt sich hinter das Steuer, steckt den Schlüssel ins Zündschloss, dreht ihn, und es passiert … nichts.

Hilfesuchend sieht er den Zeno an, und der sagt: »Das heißt Schiebedach und nicht Schieberdach, sogar unter euch Findelkindern. Und runde Lenkräder haben mittlerweile fast alle Autos in Deutschland. Und jetzt? Was ist los mit der Kiste? Auto mit allen Schikanen, was, Bruder? Und das da springt erst gar nicht an, das ist wohl schon die erste Schikane, wie?«

»Bist du krasse Schlaumeier, was? Willst du Auto kaufen oder Dschihad anfangen, eh?«

Aber jetzt erwacht der alte 240er-Diesel nach dem zweiten Schlüsseldreh dröhnend aus seinem Dornröschenschlaf.

Stocker strahlt, Issy grinst, und Zeno dreht sich stöhnend um und breitet ergeben die Arme aus.

»Wie viel hat der auf dem Tacho?«, fragt Stocker und beugt sich über Issy in das Auto, das von innen eigentlich ganz gut aussieht.

»Der? Isse von '82, hatte keine hundertfunfzigtausend auffe Auspuff und geht ab wie Jungfrau in Paradies. Da, guckst du!« Damit gibt Issy kurz Vollgas, und der alte Mercedes erbebt, dass die Fenster zittern und die ganze alte Kiste scheinbar kurz vor dem Take-off steht.

»Mach mal das Radio an«, sagt Stocker, und Issy starrt ihn fassungslos an. Die Gesichter der beiden Männer sind keine dreißig Zentimeter voneinander entfernt.

»Willst du Auto kaufen oder Hansi Hinterdingsbums hören, Bruder? Allah! Iste Radio da, in Mitte, und funktioniert. Was guckst du? Hier. Da. Hörst du jetzt?«

Aus den antiken Lautsprechern kommt Bayern 3: »… hier haben wir noch eine Meldung für alle Autofahrer: Stau auf der A8, zwischen Irschenberg und Bad Aibling. Ein Lastzug hat einen Reifen verloren. Auf der Gegenfahrbahn in Richtung München gibt's ebenfalls einen Stau. Schaulustige behindern da den Verkehr. Wir wünschen Ihnen allen eine gute Fahrt, und weiter geht es mit …«

Mit was es weitergeht, erfährt in der exklusiven Runde auf dem Autohof niemand, denn Issy dreht das Radio wieder ab und sagt: »Weißtu was? Geb ich dir Garantie für de nächste vier Woche, dass Auto fährt wie Papst in Rom. Willstu jetzt kaufen oder was? Eh?«

»Wie viel?«

»Gib fünf Kilo, und ich putze der Liebling und mache in Tank voll. Krasse Angebot? Voll korrekt, eh?«

»Fünf Kilo von was?«, fragt Zeno.

»Biste von Mars, Humpelmann? Fünf Kilo iste fünftausend. Iste gut Preis für krasse Auto, eh?«

»Der Radio und die Lautsprecher taugen nichts. Mach mir eine Bose-Anlage mit zwölf Lautsprechern rein, gib mir eine schriftliche Garantie für die Technik über vier Wochen, und ich zahle dir sieben Kilo. Dafür krieg ich das Auto poliert, vollgetankt, zugelassen. Und mit neuem TÜV und neuen Reifen drauf. Was meinst du, Issy?«

»Bruder, bei Allah, dabei verdien ich dann nichts mehr. Ich schwör. Aber, du biste dann glücklich, unde ich bin dann auch glücklich, wenn du biste glücklich. Hast du korrekte Anzahlung dabei?«

»Glaub schon«, sagt Stocker und holt ein Geldbündel aus der Hosentasche. Er zieht vier Fünfhunderter aus der Rolle, wedelt damit vor Issys beachtlicher Nase und sagt: »Das lass ich dir hier, sobald wir einen Vertrag unterschrieben haben. Morgen früh bringe ich dir meinen Pass und so weiter für die Zulassung vorbei, und am Montagabend, da will ich das Auto. Zugelassen, schön sauber gemacht, mit zwölf Lautsprechern drin, mit TÜV und neuen Reifen. Was meinst du?«

»Isch schwör beim krassen Leben meiner Mutter und bei Allah, so wird das sein, Bruder. Zwölf Lautsprecher, alles vonne de Bose, und ich schenk dir eine CD vonne alte Hansi Hinterdingser, Mann. Weil, du biste ein echta Rock 'n' Rolla, Bruder. Komm in Büro.«

Issy strahlt die beiden an und marschiert zu seinem Wohnwagen, den Arm um Stocker gelegt.

Zeno, der Mühe hat, mit den beiden Schritt zu halten, sagt: »Beim Leben deiner Mutter, was? Wie alt ist die denn?«

Und Issy erwidert über die Schulter: »Keine Ahnung, bin doch krass gefundenes Kind. Haste schon vergessen, Sammy?«

Später, auf dem Rückweg nach Atzdorf, in Zenos Skoda

»Was?« Stocker, der mit einem entrückten Gesichtsausdruck aus dem Fenster schaut, hat den ersten Teil des Satzes nicht verstanden.

»Ich habe gesagt: Weißt du eigentlich, wie man diese Autos damals in der frühen automobilen Steinzeit genannt hat? Diese W 123? So einen, wie du Irrer gerade gekauft hast?« Zeno zeigt einem GTI-Fahrer, der ihn ein bisschen unseriös überholt hat, den Mittelfinger, schreit: »Du mich auch, du Pisser«, und schaut wieder fragend zu Stocker rüber.

»Nein, wie?«

»Ochsenaugen mit Hasenohren. Und weißt du auch, warum? Wegen der merkwürdigen Scheinwerfer, die aussehen wie Ochsenaugen. Und wegen der Kopfstützen, die von vorne oder von hinten wie Hasenohren aussehen. Deswegen. Alter, ich versteh dich manchmal echt nicht. Du könntest dir einen mistneuen Cayenne kaufen, oder eine neue S-Klasse, oder was weiß ich. Und jetzt wieder so was? Also nein. Erklär mir das mal, bitte.«

»Das ist Liebe. Aber von so was verstehst du ja nichts. Diese Autos, das waren noch echte Kunstwerke. In Spanien, da hab ich einen offenen Rolls gehabt, dann einen Ferrari, dann einen A8 und was weiß ich noch für Schlitten. Aber diese alten Dinger wie der W 123, die haben eine Seele. Von so was hast du ja wohl keine Ahnung, Sammy.«

»Sammy?«

»Sammy, wie der Sammy Davis junior. Das hat Issy vorhin zu dir gesagt, schon vergessen? Mach dir jetzt nicht ins Hemd. Ich würd dich auch lieben, wenn du rabenschwarz wärst«, sagt Stocker und pfeift das Thema von »Mr. Bojangles«. Aber in der Version von Robby Williams, schräg und rockig.

Montag, in der »Endstation«, ungefähr 23.30 Uhr

Regen. Ununterbrochen Regen, und das im Juni. Ein richtig tolles Wetter, wenn man eine Ente ist.

Schräg und dicht fallen die Tropfen im Wind vom Himmel, wie Perlen, die an einer unsichtbaren Schnur aufgehängt sind. Zeno meint, wenn es noch ein paar Tage so weiterregnet, dann gibt's im Keller keine Mäuse mehr, sondern Forellen.

Schon verrückt, dieses Wetter. Im Schwarzwald, am Feldberg, da schneit es. Und hier, in Atzdorf, da sieht es so aus: Seit Tagen dieser ungesunde Dauerregen, und es hat immer so um die acht oder neun Grad.

In der Küche stehen Stocker, Zeno und die Nellie um den Josef herum, der eigentlich raus sollte, also, rein geschäftlich, aber genau das bei dem Wetter nicht machen will.

Stockers »neuer« '82er Diesel befindet sich seit dem späten Nachmittag auf dem Parkplatz vor dem kleinen Biergarten, direkt unter der alten Kastanie. Was eigentlich nicht so gut ist, denn um diese Zeit, da verlieren Kastanienbäume gerne eine Menge von diesen kleinen, klebrigen Blütenblättern. Und bei Wind und Regen, so wie heute, umso mehr. Überall klebt das nasse Zeug, und der Mercedes sieht aus, als hätte er die Masern.

Aber: Der alte Benz ist angemeldet. Das Kennzeichen ist durch den Regenschleier vom Küchenfenster aus nur schwer erkennbar, obwohl der Halogenscheinwerfer, der oben in der alten Kastanie angebracht ist, tapfer gegen den Regendunst ankämpft. RO-AS-8888, das steht auf dem Schild.

Die Achtundachtzig, das ist ja unter den rechten Brüdern eine Zahl, die was mit dem achten Buchstaben des Alphabets zu tun hat. Zweimal hintereinander das »H«, soll das heißen.

Aber genau das wollte Stocker vermeiden, deshalb hat er die vierfache Acht genommen, denn in Asien, da ist die Acht die absolute Glückszahl. Und die Vier, bloß mal jetzt so zum Beispiel, die bedeutet das ultimative Unglück.

In Hongkong, da würde sich keiner in einen Krankenwagen schieben lassen, der eine Vier im Nummernschild hat. Egal, wie schwer es ihn erwischt hat. Weil, mit einer Vier in der Nähe, da kann alles nur noch schlechter werden.

Doch zurück zum Auto: Die Bose-Anlage mit den zwölf Lautsprechern, die unsichtbar unter der Verkleidung stecken, die klingt einfach … ultimativ. Unglaublich ultimativ. Und die Hansi-H.-CD, die doch tatsächlich im CD-Player war, die hat der Stocker sofort der Nellie geschenkt. Die will sie aber auf eBay verkaufen oder gegen eine Best-of-CD von Marianne Rosenberg tauschen.

Der BMW von der Gerlinde Leitner ist mittlerweile von drei mürrischen und schweigsamen Typen aus München abgeholt worden.

Drinnen, in der Küche: Josef, der Chef-Dackel und Gemütlichkeitsbeauftragte der »Endstation«, der ignoriert nach wie vor alles Gut-Zureden und laboriert währenddessen an einer etwas verfrühten Herbstdepression. Zeno steht daneben und überlegt, wie er das Dings mit der Babsi von der Mercedes-Vertretung in Raubling wieder ins Rollen bekommen könnte.

An der Babsi hat der Zahn der Zeit natürlich auch rumgenagt, und einige Körperteile sind dabei, den Kampf mit der Schwerkraft zu verlieren. Aber eine gewisse Herbst-Erotik ist an der ganzen Frau einfach nicht zu übersehen.

***

An der Theke, genau gegenüber von dem ausgestopften Hirschkopf an der Wand hinter den Zapfhähnen, da sitzen noch zwei hartnäckige Trinker. Nämlich links vom Bierhahn der Schmidl Alfons, der eigentlich ein gelernter Koch ist. Seit drei oder vier Jahren arbeitet er aber als Gärtner, weil er kein rohes Fleisch mehr sehen kann, seit er sich beim Skifahren einen offenen Oberschenkelbruch zugezogen hat. Und rechts neben ihm der Bruns Schorschi. Der ist bedauerlicherweise schon ziemlich dämlich auf die Welt gekommen und hat seitdem auch nicht viel mehr dazugelernt.

Jetzt fliegt die alte braune Eingangstür auf, und ein untersetzter, rundlicher Mann kommt rein in die Gaststube, flucht undeutlich vor sich hin und marschiert direkt weiter in die Küche.

Der Regen lädt schadenfroh einen Schwall Wasser am Eingang ab, bevor die Tür wieder zufällt, und ein eiskalter Windhauch zieht durch die schwach beleuchtete Gaststube.

Der Schmidl starrt fassungslos die zerkratze Küchentür an, die hinter dem Mann noch ein- oder zweimal nachschwingt, und sagt: »Heilige Maria, Mutter Gottes. Das war der Sedlmayr. Der berühmte Schauspieler. Hast du den gesehen?«

»Wo? Wen?«, fragt der Bruns.

»Ja da, du Blindfisch. Grade eben ist der hier reinmarschiert. Hier, hinter uns vorbei und in der Küche verschwunden. Das musst du doch gesehen haben.«

Der Bruns schaut sich um und sieht niemanden. Zum Schmidl sagt er: »Wow, Alter, du hättest die letzten paar Doppelten nicht so schnell trinken sollen. Der Dings, der Walter Sedlmayr, der ist doch umgebracht worden. Das weiß ich noch ganz genau, weil ich an dem Tag beinah eine Frau kennengelernt hätt. Den Tag, den vergess ich nie. Und deswegen weiß ich das, das mit dem Sedlmayr. Der ist also so was von tot, Schmidl, töter geht's ehrlich und beim besten Willen nicht mehr. Das kannst du mir ruhig glauben. Prost.«

»Dann muss ich schon sagen: Der Tod steht ihm aber gut. Denn der hat echt richtig gut ausgeschaut, grad eben. Besser wie lebendig, wenn's so ist, wie du sagst. Aber warum hast du an dem Tag beinah eine Frau kennengelernt? Ich mein, beinah, das klingt so wie … dicht daneben ist auch vorbei. Entweder lernst du eine kennen oder nicht, aber beinah …«

»Na ja, ich hab da dieses Inserat in der Abendzeitung gelesen: ›Lose Mutter sucht gut gebaute Schraube für tabulosen Sex.‹ Da hab ich hingeschrieben, die lose Mutter hat geantwortet, und dann haben wir einen Treff auf dem Viktualienmarkt ausgemacht. Nachmittags um fünf, gleich da hinten beim Schwammerlstand.«

»Und sie ist nicht gekommen, oder was?«, sagt der Schmidl

und trinkt sein Bier aus, fährt sich mit der Hand über den Mund und rülpst herzhaft.

»Doch, ist sie schon«, sagt der Bruns Schorschi, »aber ich hab's dann irgendwie verkackt. Das war wirklich eine stramme Perle, mein lieber Mann. Klein, mollig, ein bisserl tätowiert, aber so was kann ja nicht schaden. Da hast du im Bett was zu lesen, net wahr? Also, ich hab mir gedacht, tabuloser Sex und so, da musst du gleich irgendwie in die Vollen gehen, und deswegen sag ich zu ihr: ›So, grüß dich, hier bin ich. Was sagst du denn zu einem kleinen Bums, so, zum Kennenlernen?‹«

»Ja, und?«

»Ja, und? Die sagt zu mir: ›Hallo, kleiner Bums‹, dreht sich um und geht. Da versteh einer die Frauen, was?«

***

In der Küche: Der Kommissar Zuckerhahn schüttelt sich die Regentropfen von der Jacke. Dann legt er seinen Hut auf die Ablage unter dem Holztisch und seine Aktentasche auf den Kühlschrank, geht ächzend in die Knie, streichelt den Josef und sagt zu ihm: »Bleib bloß hier drin, mein alter Freund. Wenn ich so kurze Beine hätt wie du, dann würd ich mich zum Pieseln raustragen lassen.« Dann hievt er seinen schweren Körper wieder hoch, küsst der Nellie angedeutet die Hand, und zu Stocker und Zeno sagt er: »Grüß euch, ist schon spät, ich weiß, aber ich hab sowieso keine Ruhe, deswegen hab ich mich noch ins Auto gesetzt. Ich hab da was ausgegraben, das glaubt ihr einfach nicht.«

Dann dreht er sich wieder zu Nellie um und meint: »Einer von den beiden da draußen hat grade einen Geist gesehen, glaube ich. Gib ihnen eine neue Runde Feuerwasser, oder mit was auch immer die sich die Birne zuglühen. Geht auf mich. Und du, meine Schöne, du machst dir bitte einen dreifachen Gin Tonic, und den beiden Herren hier und mir könntest du vielleicht ein paar kleine Biere bringen, wenn du möchtest. Bitte.«

»Da, meine Herren. Der Herr Kommissar, der weiß, wie man

eine Frau behandelt. Also, mein Lieber, wenn ich auf Männer stehen würde, dann tät ich Sie aus der Hose reißen, ehrlich«, sagt die Nellie und entschwindet summend durch die Schwingtür in die Gaststube.

Zuckerhahn schnuppert mit erhobener Nase und fragt: »Was riecht denn da so höllisch gut?«

»Das? Das ist Zenos ›Wann wird's denn endlich Sommer?‹-Soße. Mit einem kleinen Steak und Brezenknödel-Scheiben. Hast du noch Hunger, Donat? Warte, ich mach dir was«, sagt Stocker und holt ein kleines, dunkles Filetsteak aus dem Kühlschrank.

Und so geht's:

Filetsteak mit Brezenknödel-Scheiben und Zenos »Wann wird's denn endlich Sommer?«-Soße, für eine Person, aber mit einem Löffel Soße extra

Ein kleines, ca. 5 Zentimeter dickes und schön abgehangenes Steak auf jeder Seite ca. 2 Minuten scharf anbraten. Dann in Alufolie wickeln und bei ungefähr 100 Grad für vielleicht 10 Minuten in den Backofen geben, damit sich die Säfte verteilen.
Für die Soße (die ist jetzt inklusive Nachschlag berechnet):
1 kleine Zwiebel, 3–4 Knoblauchzehen, 1 Gewürzgurke, 3–4 braune Champignons, 100 g Rote-Bete-Kugeln, ½ Bund Petersilie, 100 g Sauerrahm, 100 ml Rotwein, 1 EL scharfen Senf, Salz, Pfeffer.
Gurkenwürfel, Zwiebel und Knoblauch fein hacken und ca. 1 Minute scharf anbraten. Die in Scheiben geschnittenen Pilze dazu. Mit Rotwein ablöschen und ein bisschen einkochen lassen. Saure Sahne und Rote-Bete-Würfel mit in die Pfanne, die gehackte Petersilie ebenfalls, den Senf einrühren, salzen und pfeffern.
Die Steaks auf einen vorgewärmten Teller geben, den ausgetretenen Saft von den Steaks in die Soße rühren, die Brezenknödel in Scheiben schneiden und dekorativ auf die Teller legen.

Übrigens: Brezenknödel, das sind alte Brezen, klein geschnitten und weiterverarbeitet wie Semmelknödel. Und die kennt doch nun wirklich ein jeder, oder?
So, und jetzt alles mit der Soße garnieren und ab dafür.

Kurz vor Feierabend

Ein bisschen später, in der Gaststube: Die beiden Trinker sind weg, und Nellie dreht mit dem Josef noch eine kurze Runde im Regen. Die wird aber eher sehr kurz ausfallen, die Runde, denn Josef hasst den Regen fast so sehr wie Katzen. Wobei, und das muss man jetzt auch mal sagen, vom Regen hat der Josef noch nie so eine aufs Maul bekommen wie von der Nachbarskatze. Aber das wäre eine andere Geschichte.

In der alten Stube, in der jetzt nur noch die Lampe über dem Stammtisch und der Spot über dem ausgestopften Hirschkopf an der Wand ein bisschen Helligkeit verbreiten, da sitzen die drei Männer und rücken ihre Biergläser zur Seite.

Der Kommissar legt seine alte schweinslederne Aktentasche auf den Tisch. Der Tasche entnimmt er umständlich einen Ordner und vier Fotos im Format von ungefähr dreizehn mal achtzehn Zentimeter, die er mit der Bildseite nach unten wie ein Pokerspieler vor den Stocker und den Zeno schiebt.

»Diese Akte hier«, sagt der Zuckerhahn und klopft auf den braunen Deckel, »diese Akte hätte ich eigentlich gar nicht finden dürfen. Die lag im Archiv in einem Schrank mit der Aufschrift 2001. Und weil ich ja ab jetzt für die unaufgeklärten Uralt-Morde in München zuständig bin, hab ich mir gedacht, fang ich mal bei 2001 an. Das ist eine gute Zahl. Einfach so. Ich hätt ja auch 2006 oder 2010 nehmen können, nicht wahr? Also, ich bin da unten im Keller, mach die Schublade auf und nehm die dritte Akte von unten. Auch einfach so. Ich hätt ja auch die fünfte oder die neunte nehmen können, oder?«

»Donat, das ist jetzt alles so unfassbar spannend, wie wenn man seinem Fußpilz beim Wachsen zusieht«, sagt der Stocker und trinkt sein Bier aus. »Ich hol uns mal noch drei kleine Bier. Aber erzähl du mal ruhig weiter.«

»Ruhig, Brauner, das wird noch. Also, ich nehm die Akte und schau drauf, und auf dem ersten Deckel, da steht 2001. Aber dann merke ich, da ist noch ein zweiter Deckel drunter, und auf dem steht 2011. Ich schau in die Akte, und was sehe ich: lauter alte Bekannte. Hier, der zum Beispiel. Lasst uns mit dem hier mal anfangen.«

Damit dreht er das erste Bild um, und man sieht eine Gruppe von blassen Männern in blassen grauen Anzügen, weißen Hemden und gedeckten Krawatten. Die acht oder neun Kerle stehen in zwei Reihen aufgebaut vor einem Hotel und schauen ernst und wissend in die Kamera.

»Der da, den hier mein ich jetzt, das ist der arme Hund, der vor ungefähr zwei Jahren erschossen worden ist. Übrigens so ziemlich genau an der Stelle, an der das Foto gemacht wurde«, sagt Zuckerhahn und klopft mit seinem dicken Zeigefinger auf einen Mann, der auf dem Foto in der zweiten Reihe zu sehen ist. »Das ist der Herr Friedberg. Ein Bankmanager, Luxemburger und hauptberuflich mausetot. Du warst doch dabei, als der abgeknallt wurde, Zeno, was?«

»Yep. Mich laust der Affe. Klar, das Foto kenn ich, das hab ich neulich in der Rosenheimer Zeitung gesehen. Genau das Foto hier. Albin, weißt du noch? Beim Frühstück war das, draußen im Biergarten, oder?«

Zeno hält dem Stocker das Bild unter die Nase, der schaut drauf und sagt: »Aber der da vorne, der Zweite in der ersten Reihe, das ist der Leitner. Zum Teufel, was wird das jetzt?«

»Genau, meine Herren, was wird das?«, sagt Zuckerhahn und dreht sich zur Eingangstür um, durch die sich der Josef drängt. Über ihm taucht der Kopf von der Nellie im Türspalt auf, und dann eine Hand mit einem schwarzen Handtuch. Und sie ruft dem Hund hinterher: »Josef, warte, erst abputzen, hier … Puuuutzen, Josef, du alte Misttöle! Kommst du vielleicht hierher?«

Aber Josef ist schon unter dem Tisch, hat sich abgeschüttelt und versteckt sich zwischen den Beinen von Zeno. Der streichelt den nassen Hund und sagt zu Nellie: »Schon okay, ich putz den Burschen dann gleich. Fahr du nach Hause, wir machen die Bude später dicht. Bis morgen, Nellie, schlaf gut.«

Die Eingangstür schließt sich mit einem satten Knall, und Zeno sagt zu dem Kommissar: »Was hast du da noch dabei?«

»Tja, Freunde, jetzt wird's erst so richtig interessant. In der

Akte waren diese Fotos hier, ein paar Berichte und zwei CDs und ein USB-Stick. Lauter heiße Ware, möchte ich mal sagen. Wie hast du den Tag von damals denn in Erinnerung, Zeno?«

»Ich? Wir waren mit einem Sechs-Mann-Team da, das weißt du doch. Wir haben keinen besonderen Tipp bekommen, dass da was passieren könnte. Alles war mehr oder weniger normal. Außerdem waren wir scharf auf den Friedberg, weil wir dachten, dem könnte man irgendwas anhängen oder ihn umdrehen, dass er für uns arbeitet. Meine Leute und ich, wir sind dann was essen gegangen, nachdem die Banker alle im Hotel verschwunden sind. Die zweite Schicht sollte übernehmen. Von denen war auch schon der Einsatzleiter da. Mit dem hab ich noch ein paar Worte geredet. Tja, dann hat's ungefähr eine gute halbe Stunde später geknallt, gerade als wir wieder vor Ort waren. Den Rest kennst du ja. Friedberg tot, vom Täter so gut wie keine Spur, und wir alle, die wir da vor Ort waren, wir wurden ein paar Tage später irgendwohin versetzt. Aber weißt du was? Warum haben die in der Zeitung jetzt, ich meine, vor zwei oder drei Wochen, warum haben die das alte Foto gedruckt, da war der Friedberg doch schon lange tot, oder?«

»Schon«, sagt der Zuckerhahn und nimmt einen Schluck von seinem Bier, »aber vielleicht haben die kein aktuelles Foto, auf dem alle Cracks drauf sind. Deswegen haben die eben was aus dem Archiv genommen, so was kommt vor. Fahr doch mal nach Gibraltar und versuch da, die ganzen Paviane auf dem blöden Felsen alle auf einmal auf ein Foto zu kriegen. Das funktioniert so gut wie nie, verstehst du? Ist ja auch egal, aber hier, meine Freunde, hier kommt der zweite Knaller. Wer ist das? Und der hier? Und der? Ihr könnt jetzt entweder das Publikum fragen«, damit schwingt der Zuckerhahn seinen rechten Arm zu dem ausgestopften Hirschkopf über der Theke und deutet dann auf den Josef, der sich unter dem Tisch ausgiebig seine Männlichkeit beleckt, »oder ihr nehmt den Dackel-Joker. Also? Die Zeit läuft. Bitte antworten Sie jetzt.«

Stocker und Zeno beugen sich über die drei Fotos, und Zeno tippt auf Foto eins und drei: »Das da, das ist der Enno von Bernbach. Teufel aber auch, warum wundert mich das jetzt überhaupt nicht? Und das da, die Frau, die da im Hintergrund, die niedliche Blondine, wenn das mal nicht die Gerlinde Leitner ist? Aber wer ist der Glatzkopf da? Der, der da hinter dem Bernbach steht und genau in die Überwachungskamera in der Hotelhalle schaut?«

»Das, meine Lieben, das ist der Assistent, Fahrer, Leibwächter und was weiß ich von dem Herrn Dr. von Bernbach. Darf ich vorstellen …«

»Timo«, sagt Stocker und kratzt sich am Kopf, »das ist Timo, der Problemlöser. Die Gerlinde hat mir von dem erzählt. Das ist er, genau. Mann, ist der hässlich. Gegen den ist der Matthias Sammer so was wie George Clooney.«

Zuckerhahn schüttelt den Kopf und sagt: »Wer ist George Clooney? Auch einer von denen? Nein, der Mann hier auf dem Foto, der heißt wahrscheinlich Luc Telchen, ist Belgier, um die vierzig Jahre alt, aber bei dem ist das alles nicht so sicher.«

»Warum? Du wirst doch ermitteln können, wer das ist, oder?«, sagt Stocker und sieht den Zuckerhahn zweifelnd an.

Der sagt: »Das ist jetzt nicht so einfach, wie du denkst. Der Telchen, der war nämlich bei der Fremdenlegion. Wenn man die Jahre in der französischen Legion überlebt hat und körperlich an einem Stück ausscheidet, dann bekommt man eine vollkommen neue Identität von denen. Mit allem, was dazugehört. Du kannst dir dann einen Namen aussuchen und eine dazugehörige Geschichte. Dann kriegst du neue Papiere und eine kräftige Abfindung und kannst überall auf dieser Welt ein neues Leben beginnen. Das ist wichtig für solche Typen. Vor allem, wenn man bei der Cobra war, das ist eine Spezialeinheit. Die Cobra-Leute, das sind die ganz Harten im Garten. Die können alles. Das muss man sich jetzt so vorstellen wie … die Burschen von den SEALS bei den Amis zum Beispiel. Nur noch einen Zacken abgedrehter. Die Elite der Elite.«

»Und da war der Glatzkopf? Obwohl der so hässlich ist?«, fragt Zeno und nimmt das Foto noch einmal in die Hand.

»Genau da. Da war der so um die zehn Jahre lang. Das ist alles, was ich rausbekommen habe, und das auch nur, weil ich einen alten Kumpel beim DCRI habe, das ist der französische Inlandsgeheimdienst. Aber sogar die wissen über die Jungs von der Fremdenlegion nicht besonders viel. Und von den Cobra-Leuten, da weiß man so gut wie nichts. Die gibt es offiziell gar nicht.«

»Aber die können alles, oder?«, fragt Stocker und schaut den Zuckerhahn an. »Die können einen Scharfschützen leiten, sodass der genau zur rechten Zeit am rechten Ort den Finger krümmt. Die können den Schützen postieren und wieder verschwinden lassen, ja? Die können einen Hubschrauber fliegen, wenn es sein muss, oder einen Mann, der wasserscheu ist, aufs Meer rausbringen und ertrinken lassen, oder? Hab ich das jetzt richtig verstanden?«

»Hast du«, sagt Zuckerhahn.

Und jetzt spricht Zeno weiter: »Okay, dann kann man sich jetzt auch vorstellen, wie das in München vor zwei Jahren abgelaufen ist. Nämlich so: Der Friedberg, der hat irgendwie nicht so getickt, wie die anderen das wollten. Das sag ich jetzt mal so. Und der Bernbach, der hat zur Sicherheit was vorbereitet. Nur so, für alle Fälle, falls alle Stricke reißen. Der Timo, ich nenn den jetzt mal so, der hat das ganze Ding wie ein Regisseur geleitet. Der hat den Scharfschützen organisiert und hat den in Schussposition gelotst. Auch nur für alle Fälle. Dann hat der Timo von seinem Herrn und Meister die Nachricht bekommen, dass sich der Friedberg nicht an die Spielregeln hält, oder an eine Absprache oder an eine Abstimmung oder an weiß der Teufel was auch immer. Und dass man jetzt ein Exempel statuieren könnte. Damit die anderen Aspiranten bei der Fahne bleiben. Peng. Wahrscheinlich war der Timo in seinem Hotelzimmer und hat das Ganze mit einem Handy organisiert. Die Scharfschützen bei den Amis, die hatten immer einen zweiten Mann dabei, den Teacher. Der Teacher muss auch nicht unbedingt da sein, wo der Schütze gerade ist. Der Teacher kann irgendwo sein, er muss nur das Ziel im Blick haben und in Kontakt mit dem Schützen bleiben. So kann der Schütze die Rübe unten halten, fällt in seinem Umfeld nicht auf, und wenn es so weit ist, dann gibt der Teacher die Kommandos und sagt zum Beispiel: Er kommt jetzt raus, er geht jetzt nach links oder rechts oder was weiß ich, er kommt jetzt über die Straße, jetzt müsstest du ihn im Fadenkreuz haben, jetzt drück ab. Oder? Aber sag mal, Zuckerhahn, woher willst du das denn so genau wissen? Dass unser Timo bei den Cobras war und so? Hast du was Sicheres?«

»Nein. Aber unser Freund hier auf dem Foto, der hat eine Tätowierung. Da rechts, an der Halsschlagader. Die sieht man jetzt nicht, weil er das Hemd bis oben hin zugeknöpft hat. Aber mein Kumpel vom französischen Geheimdienst, der hat mir erzählt, dass der Luc Telchen eine Cobra am Hals hat. Und genau so was haben die Brüder alle. Eine Tätowierung am Hals, rechts, das ist das Erkennungszeichen der Cobras. Und die hat unser Knabe hier auch.«

»Wie ist denn der Enno von Bernbach an den Timo gekommen? Weiß man das?«, fragt Stocker und rührt mit dem Finger in einer kleinen Bierpfütze, die sich auf der Tischplatte neben den Fotos gebildet hat.

»Der Bernbach? Dass ich nicht lache«, sagt der Kommissar und streicht mit der linken Hand über seinen sorgfältig gestutzten Schnurrbart. »Der war ja selber jahrelang beim Bundesnachrichtendienst. Die Brüder kennen sich doch alle und haben ihre Verbindungen. Heutzutage, oder andersrum, seit dem Ende der DDR gibt es bei den Geheimdiensten keine Killerkommandos mehr. Die Ossis, die haben noch die Abteilung für ›nasse Angelegenheiten‹ gehabt, das wisst ihr ja. Und die Amis, die hatten ihre ›Mechaniker‹. Die Einzigen, die sich noch munter rund um den Globus in dem Geschäft betätigen, das sind die Israelis mir ihrem Mossad und die Russen mit ihrem SWR.«

»Was?« Stocker schaut die beiden am Tisch an, die sich grinsend zuprosten.

»Sluschba Wneschnei Raswedki«, sagt der Zeno und stellt sein Glas ab. »Das sind Typen, die gurgeln morgens beim Aufstehen nicht mit Mundwasser, sondern mit Reißnägeln. Und die haben auch keine Angst vor der Dunkelheit, die Dunkelheit, die hat Angst vor denen. Mit so einer Truppe hatten wir vor Jahren mal zu tun, was, Zuckerhahn? Weißt du noch? Gute Nacht, sag ich da nur.«

»Wie dem auch sei«, meint der Zuckerhahn, »ich denke mal, dass der alte Enno damals in seinem alten Job bei den Schlapphüten ein paar Jungs für eine nasse Angelegenheit gebraucht hat, und da haben die Kollegen halt ein paar Leiharbeiter gebucht. Ex-Legionäre zum Beispiel. Der Luc Telchen, der war Kolonnenführer bei den Cobras, der hat sechs oder sieben Spezialisten unter sich gehabt, damals. Das waren Scharfschützen, Sprengmeister, Piloten, Ninja-Typen, so was eben. Search and destroy, das haben die gemacht damals, weltweit. Solche Typen können überall alles erledigen. Guck doch bloß mal, was die Amis mit Bin Laden angestellt haben, hmh? Solche Nummern haben Luc, also, Timo und sein Team mit Sicherheit ebenfalls abgezogen. Dann ist er irgendwann aus der Legion entlassen worden. Ganz legal, mit der tollen Abfindung und mit dem neuen Namen seiner Wahl, und mit seinen alten Kollegen, mit denen ist er in Kontakt geblieben, und die Kontakte hat der Kerl auch heute noch. Deswegen ist so einer für einen wie den Enno von Bernbach pures Gold wert. Übrigens, geh doch mal ins Internet, auf die Website der Fremdenlegion. Wenn du das nötige Passwort hast, dann kannst du dir alle Veteranen rauspicken, die du egal wo auf der Welt für egal was brauchen kannst. Gegen entsprechend Cash natürlich.«

»Und jetzt?« Das ist wieder Stocker, der fragt. Der Josef, unter dem Tisch, der gähnt herzhaft vor sich hin und schaut die drei Biertrinker mit schrägem Blick an, und das will heißen: Es ist so langsam Feierabend, habt ihr denn wirklich keine eigenen Betten zu Hause?

Aber der Zuckerhahn spricht weiter: »Nein. Sagt nicht: ›Und jetzt.‹ Das war die falsche Fragestellung, mein Lieber. Es muss heißen: ›Warum jetzt?‹ Und: ›Warum das alles?‹ Es sollte gefragt werden: ›Warum zum Teufel ist der Max Leitner umgelegt worden?‹ Und vielleicht auch: ›Warum musste der Dings, der Friedberg, vor zwei Jahren dran glauben?‹ Dann geht es weiter: ›Warum ist die Gerlinde Leitner verschwunden?‹ Bis jetzt haben wir ja gedacht, die wäre so was wie eine Spielerfrau aus der Bundesliga, wenn man ihren toten Mann statusmäßig mal mit Mesut Özil oder dem ollen Martínez vergleicht. Und vor allem: ›Wohin ist die Frau verschwunden? Ist die tot? Ist die entführt worden?‹ Das weiß bis jetzt keine Sau. Und jetzt, meine Freunde, jetzt kommt die letzte und entscheidende Frage aus ›Wer wird Millionär?‹: ›Warum zum Teufel noch mal hat euch der Sperber, der Satan soll ihn langsam grillen, warum hat der euch das Notizbuch geschickt? Mit den Transaktionen, mit Zahlen und Vorgängen, die nur einer haben kann, der bei einer großen Bank arbeitet. Oder mit der Aussie-Mafia oder so was, und zwar nicht als Putzmann, sondern ziemlich weit oben.‹ Prost. Jetzt seid ihr dran.«

Mit einem Schluck leert der Zuckerhahn sein Glas und sieht die beiden Freunde, die ihm gegenübersitzen, fragend an.

»Wow«, sagt Zeno und prostet dem Zuckerhahn bewundernd zu, »das war die längste Rede, die ich je von dir gehört habe. Der Sperber, der ist in Australien oder da irgendwo. Vermute ich jedenfalls. Aber der ist mit Sicherheit nicht als Rentner unterwegs. Sondern, und da wette ich die nächsten drei Biere drauf, der kungelt da an was rum, weil er gar nicht anders kann. Der berät irgendwelche Känguru-Banken als Sicherheitschef, oder der macht Deals mit den örtlichen Geheimdiensten oder hinter korrupten Politikern sauber. Der kann einfach nicht anders, verstehst du? Ich glaube, der Sperber ist wie auch immer an das Buch gekommen und hat gecheckt, dass da hier, ich meine, hier bei uns in der Ecke, irgendwas ganz Großes gedreht werden soll. Und weil der Sperber mit ein paar Staatsanwälten und dem einen oder anderen bei der Polizei und in der Politik noch eine Rechnung offen hat, hat er uns das Buch geschickt. In der Hoffnung, dass wir seine Hampelmänner spielen und für ihn seinen privaten Rachefeldzug aufziehen. Ihm ist es natürlich ziemlich egal, ob wir dabei draufgehen oder nicht. Und da sind wir schon mitten drin. Oder täusche ich mich da? Wo wären wir denn ohne das Notizbuch vom Sperber? So, die Frage ist, um was ging es bei der Tagung vor zwei Jahren, und um was geht es jetzt? Gibt es da einen Knotenpunkt?«

»Ich hol uns jetzt noch drei kleine Biere, und dann will ich ganz was anderes wissen«, sagt der Stocker und schnappt sich die leeren Gläser vom Tisch. Auf dem Weg zur Theke sagt er zum Zuckerhahn: »Der Luc sowieso, unser Timo, hat der hier in der Gegend seine Leute? Wenn ja, wo und wie viele? Der kann ja wohl kaum ein paar Ex-Legionäre auf dem Landgut von dem Enno von Bernbach im erzkatholischen Seeon versteckt halten. Und alleine kann er das Ding mit dem Leitner nicht durchgezogen haben. Und was, wenn er hinter der Sache mit der Gerlinde steckt? Ich meine, nehmen wir mal an, dass die nicht freiwillig verschwunden ist, sondern aus der Wohnung weggelockt und dann entführt worden ist. Dazu braucht es doch auch Leute, eine Menge Ausrüstung und Autos, Boote, was weiß ich. Wer hilft dem Luc-Timo hier?«

»Tja, Stocker, man sagt ja immer, wer nichts wird, wird Wirt. Aber dir merkt man eine gewisse Grundbildung schon an«, grinst der Zuckerhahn und zieht die Fotokopie einer Zeitungsseite aus der Innentasche seine Jacke. »Hier, das war vor ein paar Tagen eine Schlagzeile in eurem örtlichen Blatt. Passt auf, hier steht: ›Illegale Geldgeschäfte im Bordell. Polizeieinsatz und Durchsuchung‹. Na? Klingelt was bei euch?«

»Nein«, sagt Zeno, »der Stocker geht nicht ins Puff, weil er zu geizig dazu ist, und ich, ich bin einfach ein Frauentyp. Mir laufen die die Bude ein. Erst gestern Nacht hat wieder eine Rothaarige zwei Stunden lang an meiner Schlafzimmertür gekratzt. Mit den Fingernägeln. Ich hab sie aber nicht rausgelassen. Also, was willst du uns sagen?«

»Ich? Gar nichts. Danke!«

Das »Danke« war für Stocker, der dem Zuckerhahn ein richtig schön gezapftes Bier über den Tisch reicht. Der Kommissar hält das Glas gegen das Licht, trinkt und sagt: »Es hat eine bundesweite Razzia in Bordellen gegeben. Gesucht wurde nach illegalen Abrechnungsterminals in Bordellen und Swingerclubs und so weiter. Auch an die fünfzig Puffs in München und hier in Rosenheim waren mit auf der Liste. Es ging um Terminals, die ohne Genehmigung betrieben wurden. Das heißt, die Kunden haben mit Kreditkarte bezahlt und die Nutten haben ihren Geldanteil später in bar von den Puffbetreibern bekommen. So kannst du Geld waschen und Steuern sparen, und fast keiner merkt es. Alleine in und um Rosenheim sind an die dreißig illegale Terminals gefunden worden und ein oder zwei Millionen Bargeld.«

»Huch, ist das spannend«, sagt Zeno.

Aber Zuckerhahn spricht unbeirrt weiter: »Wenn die Bafin, das ist die Finanzdienstleistungsaufsicht, wenn die nicht so scharf hinter den Steuer-Flocken her wäre, dann könnte ich euch beiden Folgendes gar nicht erzählen: In einer Tabledance-Bar im Gewerbegebiet in Rosenheim, da sind als Geschäftsführer und an der Bar und als Türsteher zwei Belgier, ein Franzose und ein Italiener tätig. Die zufälligerweise alle vier eins gemeinsam haben: jeweils eine Schlangen-Tätowierung am Hals, und ein Vorleben, das nicht aktenkundig ist. Also waren die Burschen höchstwahrscheinlich bei der französischen Fremdenlegion. Wegen der besagten Tätowierung, und, jetzt kommt noch was, die Papiere von den Burschen, die sind nämlich so was von einwandfrei, man könnte glauben, das sind Messdiener auf Urlaub im Puff. Kann das ein Zufall sein, meine Herren?«

»Woher weißt du das? Ich meine, das mit der Tätowierung, das mit der Legion und so weiter«, fragt Stocker und rückt näher an den Tisch ran. Auch Zeno hat sich jetzt vorgebeugt. Der Josef unter dem Tisch, der schnarcht leise.

Zuckerhahn streckt genüsslich die Arme aus, faltet dann die Hände auf seinem fast kahlen Kopf und sagt: »Tja, Freunde, einer meiner Kumpels aus München, der war selber mal bei der Legion. Der ist aber dann mit zwanzig oder so zur Vernunft und zur Polizei gekommen, und der hat da jetzt für mich privat ein bisschen recherchiert und mir das erzählt. Ich hab den angerufen und genau das gefragt, was du mich auch gerade gefragt hast, Stocker: Wer hilft dem Luc Telchen? Örtliche Ganoven kommen da eher nicht in Betracht, das hätten wir schon lange erfahren. Da wird zu viel geredet in der Szene, und wir haben jede Menge V-Leute auf der Straße. Nein, das müssen welche aus dem Clan sein. Und wo fallen solche Knaben überhaupt nicht groß auf? Im Rotlichtmilieu. Na, was sagt ihr jetzt?«

»Prost Mahlzeit«, sagt Zeno und trinkt sein kleines Bier mit einem kräftigen Zug aus. Dann knallt er das Glas auf den Tisch, sodass Josef abrupt wach wird und knurrt. »Da haben wir die ganze Brut direkt hier vor der Haustüre, und keiner hat's gemerkt. Super. Da hat der Luc also seine Truppe sitzen, und wenn er die braucht, sind die in einer halben Stunde hier oder überall rund um den Chiemsee. Wow. Und jetzt?«

»Tja, Männer«, sagt Zuckerhahn und klaubt seine Fotos und Zeitungskopien und Blätter auf. Dann klopft er alles fein säuberlich auf dem Tisch zusammen wie ein Nachrichtensprecher im Fernsehen und schiebt es zu den beiden rüber. »Das hier ist alles für euch. Das sind eh nur Kopien. Ich bin ja nicht mehr aktiv in dem Fall, also kann ich da auch nicht viel machen. Ich muss mich jetzt aber auch so langsam in die Socken schwingen, es sind ja doch ein paar Kilometer bis München, oder? Und ein paar Stunden Schlaf muss ein alter Mann wie ich ja haben, das seht ihr doch ein. Obwohl, als ich in eurem Alter war, Mann, da bin ich um diese Zeit erst munter geworden und losgezogen. Da war ich um drei Uhr in der Früh in Nachtclubs bei leichten Mädels und schweren Flaschen. Ja gut, ihr beide seid halt ein Abfallprodukt aus einer anderen Generation. Da sitzt man eben um diese Zeit maximal noch vor dem Fernseher, mit der Hand in der Hose, und zappt sich durch die Privatkanäle. Aber wir früher, Mann, wir waren da noch ganz anders drauf. Also, Burschen, eine ruhige Nacht wünsche ich euch. Danke für das gute Essen und das nette Bier. Schlaft gut.«

Ächzend erhebt sich der Kommissar von seinem Stuhl, schaut noch einmal unter den Tisch und sagt zu dem Hund, der sich aber eigentlich selber nicht als Hund sieht: »Servus, Josef, du alte Schnapspraline. Pass gut auf, dass die beiden hier jetzt auch schön brav ins Bett gehen und keine Dummheiten machen. Von wegen: ›Olé, wir fahr'n in Puff nach Barcelona‹, oder so, ja?«

»Warte, Donat, einen Moment noch«, sagt Stocker und blättert in den Unterlagen, »von was für einem Club in Rosenheim redest du da überhaupt?«

»Ich?« Der EKHK Zuckerhahn, der ist die Redlichkeit in Person, wie er sich so umdreht und die beiden am Tisch verwundert mit großen Augen ansieht. »Ich hab gar nichts gesagt. Und ich weiß auch gar nicht, von was du da sprichst. Da fällt mir ein, hab ich das schon erzählt? Ich hab da einen alten Kumpel, der wohnt mit seiner versoffenen Frau in der Nähe vom TÜV in Rosenheim. Oh Mann, die Alte, wie der sie geheiratet hat, das hättet ihr sehen müssen. Damals, da hat die ausgesehen wie ein Laubfrosch. Das hat mein Kumpel unfassbar niedlich gefunden. ›Mein Fröschlein‹, so hat er sie immer genannt. Jetzt ist sie eine alte, permanent quakende Warzenkröte geworden. Was wollte ich eigentlich sagen? Ah ja. Bei denen war ich letztes Jahr im Juli zum Grillen eingeladen. Auf dem Balkon. Und wie wir da so sitzen, also, die alte Warzenkröte, mein depressiver Kumpel und ich, da sagt die doch: ›Jetzt wird es aber langsam Zeit, dass die Polizei was gegen den scheiß Puff da schräg gegenüber unternimmt.‹«

Zuckerhahn schüttelt entrüstet den Kopf und spricht weiter: »Ich meine, ein Puff, mitten im Gewerbe-Mischgebiet, schräg gegenüber von einem Balkon-Biotop, auf dem sich seltene Krötenweibchen nachts den Frust aus der Kehle quaken, das geht ja so was von überhaupt nicht. Gut, so in diesen Worten, so hat sie sich natürlich nicht ausgedrückt, aber ich, ich hab das so verstanden. Jetzt muss ich aber wirklich verschwinden. Wie war deine Frage gleich noch mal, Stocker? Nach drei kleinen Bieren, da hör ich auch nicht mehr alles so klar. Ist ja auch egal. Einen schönen und ruhigen Abend noch. Servus.«

Der Zuckerhahn winkt mit der linken Hand über die Schulter und marschiert aus dem Lokal.

Zeno, der die Gläser vom Tisch nimmt und schon halb steht, sagt zu Stocker: »Das haben wir jetzt doch klar und deutlich verstanden, oder? Was meinst du? Das Gleiche wie ich?«

Und Stocker, der aus dem Lichtkegel raus in Richtung Treppe zu seinem Schlafzimmer hochgeht, der sagt: »Hol doch schon mal den Wagen, Harry! Ich mach mich noch schnell ein bisschen nett.«

Und Zeno sagt darauf: »Klar, Stefan«, und summt dabei die Erkennungsmelodie von »Derrick«, während er zu Josef unter dem Tisch flüstert: »Guck nicht so. Das Lied kennst du nicht, mein Kleiner. Das ist aus einer Zeit, da war so was und ›Flipper‹ grade fürchterlich in, und du, du warst noch irgendwo im Weltall.«

Rosenheim, am Schlossberg, vor der Ampel an der Innbrücke, 01.58 Uhr

»Fahr geradeaus, sag ich. Über die Brücke, und an der nächsten Ampel links. Das ist der kürzeste Weg, und nicht rein in die Stadt und dann über die Münchener Straße. So fährt keiner. Außer dir vielleicht. Mann, ich will keine Stadtrundfahrt machen, sondern direkt zu dem Laden, wenn's geht. Weißt du, was ich glaube? Dass du bald einen Blindenhund mit Führerschein brauchst.«

Stocker, der am Steuer seines »neuen« 240D sitzt, starrt mit verkniffenen Augen durch die regenverschlierte Frontscheibe hoch zu der roten Ampel und sagt: »Einen blinden Hund mit Führerschein? Wo ist da der Gag? Übrigens, das ist ja jetzt schon komisch, wie du den Weg so genau kennst, was? Wenn du schon so schlau bist, dann kannst du mir auch bestimmt sagen, warum zum Teufel hier in einer bayerischen Kleinstadt diese mistigen Ampeln in der Früh um zwei noch eine Rotphase haben müssen wie auf dem Times Square in London?«

Rosenheim, Club »Atlantis«, 02.13 Uhr

Diese Läden sehen alle irgendwie gleich aus. Egal, ob du in Hamburg auf der Reeperbahn bist oder in Cuxhaven oder in München oder in Rio. Gut, in Rio sind mehr Farben da, und die Musik ist lauter. Okay, und in Rio, da gibt es in solchen Läden den Piña Colada schon fertig mit Penicillin drin, aber sonst?

Aus den Boxen stöhnt Donna Summer die letzten Takte von »Hot Stuff«, dann geht es übergangslos weiter mit »Er gehört zu mir« von Marianne Rosenberg, und da sieht man jetzt gleich, welche von den Nutten aus dem deutschsprachigen Raum kommen. Nämlich die, die jetzt diesen mütterlichen Blick kriegen und feuchte Augen und verschämt nach ihren Gläsern greifen.

Die anderen, die mit Penetrations-Hintergrund aus der Ukraine, aus Rumänien oder Polen, die verziehen nämlich keine Miene. Und die zwei oder drei schwarzen Mädels, die in ihren Latex-Miedern und Beate-Uhse-Strapsen eher wie politisch unkorrekte Barbiepuppen aussehen, die grinsen unisono mit ihren grell geschminkten Mündern und starren die Lautsprecherboxen über der Tanzfläche fragend und ungläubig an.

Stocker marschiert durch die zuckende rot-blau-grüne Licht-Tunke und die Lärmnebelwand direkt an die Bar. Zeno, der heute ein bisschen mehr als sonst hinkt, der grinst die Mädels der Reihe nach an und zeigt einer auf Blond getrimmten blassen Bulimie-Maus an der Stange seinen hochgereckten Daumen, so wie auf Facebook: Gefällt mir.

Am Tresen sind noch drei oder vier übergewichtige Typen am Kampftrinken. Das sind wahrscheinlich irgendwelche Malocher aus dem Norden, die hier auf Montage sind und noch ein paar Tage überleben müssen. Von den fünf Separees sind bei zweien die speckigen roten Vorhänge geschlossen. Unterm Strich: nicht mehr viel los in dem Laden, aber für einen Montag durchaus gut.

Stocker, der sich schon auf einen der Hocker geschwungen hat, zeigt auf ein Bier-Reklameschild, das in dem blau angeleuchteten Spiegel hinter der Bar im Regal steht, und hebt zwei Finger. Bei dem Krach hier drinnen muss das auch so gehen, ohne Worte.

Der Barkeeper nickt und knallt ein paar Sekunden später zwei Bierdeckel und Gläser auf die Theke, neben die er die Bierflaschen stellt. Mit einer schnellen Bewegung reißt er die Kronkorken von den tropfenbeschlagenen Flaschenhälsen und schreit: »Vierundzwanzig.«

Das klingt aber mehr wie »führusswaassig«, und dabei glotzt der muskulöse und eher klein gewachsene Kerl den Stocker aus toten schwarzen Augen an.

Irgendwer dreht die Musik leiser. Das dürre Mädel an der Stange lässt noch einmal pseudoerotisch ihre mageren Hüftknochen kreisen und verschwindet dann schnell durch eine Tür links neben der Bar. Im Gehen zieht sie sich den Stringtanga hoch und bedeckt mit der anderen Hand ihre kleinen Brüste.

»Die hat Titten, wie wenn eine Maus eine Faust macht, aber nicht schlecht«, sagt Zeno viel zu laut, denn plötzlich ist es ruhiger geworden in dem Laden.

»Führusswaassig«, brüllt der Kerl hinter der Bar noch einmal, bevor auch er merkt, dass die Musik jetzt sehr viel leiser ist. Und anders: Céline Dion singt dieses Lied, bei dem die Titanic untergegangen ist. Mit Leonardo DiCaprio an Bord, was manche Männer im Grunde als gar nicht so schlimm empfunden haben.

Wie aus dem Nichts tauchen zwei fast nackte Frauen auf, eine von links und eine von rechts. Die auf der linken Seite, eine schwer geschminkte Brünette um die dreißig, die sagt zu Stocker: »Na, wollt ihr beiden ein bisschen Spaß haben, oder was?«

Stocker, der gerade von seinem Bier getrunken hat, schaut sich den Nachtvogel an seiner Seite an und sagt: »Schwester, ich sag's dir lieber gleich. Ich bin unter der Woche schwul. Und der da«, damit nickt er zu Zeno rüber, der die Mädels freundlich angrinst und dabei mit dem Kopf nickt, »der da, der bumst am liebsten frisch gebackenen gedeckten Apfelkuchen. Lauwarm, wenn's geht. Habt ihr zufällig so was da?«

Das ist dem Barkeeper eine Nummer zu viel. Er beugt sich über die von unten beleuchtete Theken-Glasplatte und knurrt in seinem fast unverständlichen Akzent: »Wollt ihr Stress? Könnt ihr haben. Entweder ihr Cowboys holt jetzt brav eure Lümmel raus und macht mit den beiden Mädels hier eine Spargel-Party, oder wir lernen uns kennen, klar? Also, was wollt ihr?« Und zu Stocker: »Du! Was guckst du mich so an? Was willst du? Willst du mir was tun, heh?«

»Der? Der tut nichts, der will nur spielen. Und du?«, sagt Zeno und beugt sich dem Kerl entgegen. Das späte Mädchen an seiner Seite legt ihm warnend eine Hand auf die Schulter, aber Zeno streift sie ab und redet weiter: »Bist du ein Hobby-Angler oder so was?«

»Was?« Der breitschultrige, plattnasige Kerl hinter der Bar glotzt erst den Zeno an und dann den Stocker, der aber nur die Schultern hebt und grinst.

»Na ja, weil du einen Regenwurm da am Hals tätowiert hast«, sagt Zeno und zeigt mit seiner Bierflasche in Richtung des kleinen Mannes. »Und was ist das überhaupt für ein putziger Dialekt? So was wie Anglerlatein, mhm?«

»Weißt du was, Alter? Ihr zwei, ihr zahlt jetzt und macht euch gleich so was von schnell vom Acker, sonst …« Damit schnippt der Kerl mit der rechten Hand über seinem Kopf, und ein paar Sekunden später stehen zwei Typen hinter Stocker und Zeno. Die beiden Mädels rutschen vorsichtig von den Barhockern und verschwinden durch die Tür links hinter der Bar, durch die vor ein paar Minuten auch die unterernährte Strip-Taube entschwunden ist.

Stocker dreht sich halb auf seinem Sitz um und sagt zu Zeno: »Wow, noch zwei von dem Angler-Verein. Jetzt schau dir bloß die Würmer an, die die am Hals haben.« Und zu den beiden Kerlen hinter ihnen: »Petri Heil! Macht ihr einen Betriebsausflug?«

Dann dreht er sich auf seinem Hocker wieder um, holt einen Fünfzig-Euro-Schein aus der Brusttasche seines weiten braunen Wildlederblousons und fischt mit der rechten Hand in einer Innentasche nach einem Kuli. Den Schein legt er auf die Bar, mit dem Kuli schreibt er eine Handynummer quer unter die blaue Flagge.

Dann schiebt er den Fünfziger über die verschmierte und feuchte Glasplatte, während er zu Mr. Flachnase sagt: »Pass mal auf, wir gehen jetzt. Weil, wir sind Veganer, und das heißt, wir dürfen nicht einmal ein Schnitzel klopfen. Und so was wie euch hier schon gleich gar nicht, verstehst du? Gut! Auf dem Schein steht eine Telefonnummer. Die gibst du dem Luc, du weißt schon, eurem Ober-Wurm. Sag ihm, wir vermissen da eine Lady, die wir gerne wiederhätten. Und wir bezahlen auch richtig gut dafür.« Stocker rutscht von seinem Hocker, dreht sich noch einmal zu dem Kerl hinter der Bar um und sagt: »Stimmt so!« Und zu den beiden Typen, die jetzt wortlos, aber ziemlich nah bei ihm stehen: »Tja, Mädels, wenn ihr wollt, dann können wir jetzt.« Und im Weggehen zu dem Barkeeper: »Wie heißt du eigentlich? Kaa? Wie die komische Schlange aus dem ›Dschungelbuch‹? So schaust du nämlich aus.«

Im Gänsemarsch gehen Stocker und Zeno aus dem Laden, in dem jetzt Totenstille herrscht. Die drei Trinker an der Bar starren angestrengt in ihre Gläser, und auch aus den Separees kommt kein Laut. Nur der Barkeeper knurrt hinter Stocker und Zeno her: »Figlio di puttana!«

»So heißt der also. Ein schöner Name. Das ist bestimmt ein Süditaliener, das hätt ich dir gleich sagen können«, sagt Zeno zu Stocker, der vor ihm geht.

»Warum? Wie erkennst du das?«

»Halb besoffen, unfreundlich und versteht irgendwann kein Deutsch mehr. Typisch Süditaliener. Der Kerl ist ein Frikadello, der einen auf Big Mac macht.« Und zu den zwei schweigsamen Typen hinter ihm: »Ah, bringt ihr uns noch raus, was? Das ist jetzt aber echt nett von euch.«

Draußen, vor der Bar, wartet schon der Türsteher, ein Schrank von einem Kerl. So an die zwei Meter groß und ziemlich breit. Prinzipiell sieht er aber aus wie die beiden kleineren Typen, die sich jetzt vor Zeno und Stocker aufbauen: raspelkurze Haare, so kurz, dass überall die Kopfhaut durchschimmert. Muskulös und durchtrainiert. Und: eine

Tätowierung in Form einer Schlange auf der rechten Halsseite. Den Schlangenkopf sieht man über dem Rand des roten Ralph-Lauren-Kragens blau durchblitzen.

»Mes amis, jetzt wir 'aben eine Problem«, sagt er und grinst.

»Das ist der Franzose. Die reden nämlich alle so putzig, diese Franzosen. Und die zwei Fliegenfischer hier, das müssen die beiden Belgier sein. Also war der da drin der Italiener. Bingo. Was sagst du jetzt?«, fragt Zeno den Stocker und schaut die drei Typen vor ihm überhaupt nicht an.

Auf der schlecht beleuchteten Straße ist um diese Zeit weit und breit kein Mensch zu sehen. Es nieselt nur noch leicht, und die Regentropfen auf den Gesichtern der Männer sehen im bläulichen Schein der Leuchtreklame aus wie Schweiß.

Einer der Belgier holt ein Messer aus der Tasche und lässt es aufschnappen. Wortlos greift der zweite Mann hinter sich und hält plötzlich auch eine Klinge in der Hand.

Der Türsteher, der immer noch grinst, der sagt jetzt: »Dann isch will mal nicht so sein, bon?«, und holt ebenfalls ein Messer aus einer Seitentasche seiner weiten Baggyjeans.

Der kleinere der beiden eh schon ziemlich kleinen Belgier macht einen tänzelnden Ausfallschritt auf Zeno zu. Den Arm mit dem Messer hat er vorgestreckt und in Augenhöhe. Zeno springt zurück und reißt die Arme hoch, und Stocker hebt beide Hände zur Brust und ruft: »Wow! Hey, stopp. Wir müssen über die Regeln reden, oui? The rules. Was zum Teufel heißt Regeln auf Belgisch? Hier, look at me!«

»What fucking rules?«, brüllt der Messertänzer höhnisch grinsend und sieht den Stocker an.

Der hat ziemlich schnell einen silberglänzenden Revolver aus der Innentasche seines Lederblousons gezogen und ist einen Schritt zurückgegangen. Den Revolver schwingt er in einem weiten Kreis zwischen den drei Kerlen hin und her und sagt: »Keine Regeln, das wollte ich sagen. Die einzige Regel ist, dass es keine gibt. Bis auf die hier: Wer sich bewegt, kriegt eine Kugel in den Kopf. Kapiert?«

Alle drei starren auf den Revolver, und Zeno nutzt den Moment und tritt den Messertänzer mit seinem gesunden Bein voll in die Weichteile. Der Belgier klappt stöhnend zusammen, und sein Messer fällt klirrend auf die Betonquader.

»Das ist auch so ein Ding mit euch Anglern«, sagt Zeno, der kopfschüttelnd auf einem Bein hüpft und sich den Knöchel massiert. »Ihr seid echte Optimisten, aber ihr denkt einfach nicht mit. Man geht doch nicht mit Messern zu einer Schießerei, oder?«

Und Stocker sagt: »Mein Problem ist, ich reg mich wahnsinnig schnell auf. Und dann krieg ich einen Krampf im Finger. Und dann knallt's. Also, Mädels, wir gehen jetzt, und ihr bleibt schön hier, okay?«

Keiner rührt sich, und keiner von den drei Kerlen sagt was, bis auf den einen am Boden vielleicht, aber das, was aus dem rauskommt, das ist nicht zu verstehen.

»Oh Mann, der Kerl hat Schrotkugeln in den Eiern. Morgen hab ich wieder einen dicken Fuß«, stöhnt Zeno. Und zu den zu Wachsfiguren erstarrten Kerlen vor ihm sagt er: »Habt ihr verstanden, was der böse Onkel da zu euch gesagt hat? Ja? Gut. Wir gehen jetzt rückwärts hier weg, und ihr beide nehmt euren Kumpel mit den Stahlklöten mit und verschwindet in eurem All-you-can-bums-Laden, klar? Gut, dann Mahlzeit und tschüss.«

Zehn Minuten später, kurz nach dem Schlossberg, in der Salzburger Straße, Fahrtrichtung stadtauswärts, 03.01 Uhr

Zeno stellt das Autoradio leiser, denn die Nachrichten von Bayern 3, jetzt, um drei Uhr früh, die interessieren ihn nicht wirklich. Er schaut zu Stocker rüber, der, immer noch bis oben hin voll mit Adrenalin, durch den Nieselregen nach draußen starrt und die alte Kiste im zweiten Gang durch die Regenschleier jagt.

»Jetzt sag doch endlich was, ja? Nein? Gut. Auch gut. Dann sag ich eben was. Das ist jetzt aber mehr eine Frage oder so. Nein, warte, anders rum«, sagt Zeno und kurbelt das Fenster auf seiner Seite etwas runter. »Darf ich mal was sagen, ohne dass du dich gleich wieder fürchterlich aufregst? Ja?«

»Ich reg mich so gut wie nie auf. Seh ich vielleicht aus wie ein verdammter Choleriker, oder was?«, sagt Stocker, blinzelt misstrauisch zu Zeno rüber und wird schon wieder verdächtig rot im Gesicht.

»Nein, natürlich nicht«, sagt Zeno. »Gut! Also, ich finde nämlich, dass du in solchen Läden wie gerade eben viel zu viel Trinkgeld gibst.«

»Was?«

»Ja, ehrlich. Du hast dem Magengeschwür auf zwei Beinen da in dem Bumsladen einen Fünfziger hingelegt und gesagt: ›Stimmt so.‹ Ich finde, das stimmt eben nicht so. Übrigens, du wirst schon wieder rot im Gesicht.«

»Weißt du, was ich an dir überhaupt nicht abkann? Soll ich dir das mal sagen? Ja?« Stocker schaltet widerwillig in den dritten Gang, damit der Geräuschpegel in der alten Kaffeemühle etwas sinkt. »Ich reg mich nicht auf. Aber du regst dich auf. Wegen fünfundzwanzig Euro.«

»Sechsundzwanzig, ja? Es geht hier um sechsundzwanzig.«

»Zeno, verflucht noch mal, hast du zu viel weibliche Hormone, oder was? Das ist jetzt ja mal wieder so was von typisch für dich. Du kaust zehn Minuten auf irgendeiner Kacke rum, und dann kommen die Schuldzuweisungen. Das geht bei dir so automatisch wie bei einem Hirsch das Rülpsen nach dem Sex. Merkst du das eigentlich nicht, Mann? Ist dir das nicht selber peinlich?«

Zeno grinst und sagt: »Peinlich? Was? Rülpsen nach dem Sex? Oder das mit dem gedeckten Apfelkuchen? Nein, eigentlich beides nicht. Und dir?«

Jetzt lachen beide, und Stocker dreht das Radio etwas lauter, denn die Stimme im Radio sagt über einen bekannten amerikanischen Filmschauspieler: »… und wie Michael Douglas durch seinen Sprecher verlauten ließ, ist seine Kehlkopf-Krebserkrankung wahrscheinlich durch seine Sexpraktiken ausgelöst worden. Unter Medizinern ist schon länger bekannt, dass durch Cunnilingus übertragene HPV, genauer gesagt Humane Papillomviren, Kehlkopfkrebs begünstigen können. Wir wünschen einen guten Appetit, machen jetzt weiter mit den Verkehrsdurchsagen, und danach kommt Thomas Anzenhofer mit Bayerns bestem Wetterbericht.«

»Wow, der erzählt von Oralsex, und dann kommen gleich darauf die Verkehrsnachrichten. Die lassen wirklich keinen Gag aus«, sagt Stocker.

Und Zeno meint: »Ich weiß ja auch nicht, ob man das alles so glauben soll. Aber wenn ja, dann kann man nur sagen, der alte Michael D., der hat eine echte Mördermuschi zu Hause.« Im Radio kommt jetzt »One of these Nights« von den Eagles, und Zeno sagt: »Du hättest den Revolver eigentlich gar nicht ziehen müssen, ich hätte die drei Knaben nämlich im Alleingang gefaltet und gelocht.«

»Stimmt«, meint Stocker, »du hast ja eine Nahkampfausbildung. Ikebana oder so was.«

»Oder so was. Genau, das hab ich. Yep!« Zeno nickt und sucht im Handschuhfach nach Schokolade oder Keksen.

»Klar«, sagt Stocker, »die Kung-Fu-Ausbildung, die hast du damals bei der Caritas bekommen, wie du als freiwilliger Spendensammler in München am Hasenbergl unterwegs warst, oder?«

Musikkneipe »Endstation«, Dienstag, 09.14 Uhr

Stocker, der mit dem Josef in der Gaststube beim Frühstücken sitzt, sagt zu Zeno in der Küche: »Geh doch mal an mein Handy, bitte. Hörst du das nicht? Ich glaub, das liegt bei dir auf dem Kühlschrank. Danke.«

Zeno ruft zurück: »Ich hab auch bloß zwei Hände, und die sind voll. Warum kann der Hund das nicht machen?«

Chefdackel Josef, unter dem Tisch, der fühlt sich bei dem Wort »Hund« eigentlich überhaupt nicht angesprochen. Er sagt aber trotzdem zu Stocker so was wie: »Nam.«

»Was sagt er?«, fragt Zeno aus der Küche.

»›Nam‹ sagt er, und ich glaube, der Josef meint, er isst gerade, also mach hin, ja?«

Zeno hat sich seufzend die Hände abgetrocknet und sich das Handy zwischen Ohr und rechtes Schulterblatt geklemmt. »Ja? Wer stört?«

»Wen habe ich denn da in der Leitung? Den Michael Jackson aus Atzdorf, den Moonwalker himself? Ich glaub es nicht«, sagt die Stimme vom Zuckerhahn. »Zeno, du bist ja ein echter Traumtänzer. Wie geht's dem Beinchen heute? Euch Mädels kann man auch nicht alleine auf Tour gehen lassen, was?«

»Witzig, der Herr Kommissar, und das schon in aller Frühe. Mein Knöchel tut weh und ist ein bisschen geschwollen, und woher zum Teufel –«

Aber Zuckerhahn unterbricht ihn und spricht fröhlich weiter: »Jetzt weiß ich auch, warum der Breakdance so heißt. Weil man sich dabei was brechen kann. Stell mal das Telefon auf Laut und schau, ob du deinen Schützenkameraden Albin Stocker findest. Ich muss euch nämlich was erzählen. Übrigens, hat der Stocker überhaupt einen Waffenschein?«

Zeno kommt grinsend aus der Küche und legt das Handy auf den Tisch, während Stocker eine Tasse Kaffee für ihn einschenkt.

»Test, one, two. Könnt ihr mich hören? Ja? Also, Männer,

guten Morgen erst mal. Das war ja wieder ein zirkusreifer Auftritt von euch beiden Helden. Schon die Konversation da drin, in dem Laden. Also nein. Ich hab echt was draus gelernt.«

»So? Was denn?«, fragt Stocker und sieht den Zeno fragend an. Der hebt die Schultern und zieht die Augenbrauen hoch.

»Über Apfelkuchen. Und ich esse ab jetzt bei euch bestimmt keinen Apfelkuchen mehr«, sagt Zuckerhahn und spricht weiter: »Die drei Trinker an der Bar, die direkt neben euch, das waren meine Kollegen aus der Münchner Polizei-Boxstaffel. Schwergewicht. Und draußen, schräg über die Straße, da stand so ein alter Fiat-Ducato-Transporter. Habt ihr den gesehen? Nein? So ein weißer, ohne Seitenfenster? Mit der Aufschrift: ›Gemüse-Sepp‹?«

»Nein, haben wir nicht«, sagt Zeno.

»Tja, der Kollege im Auto hat euch aber gesehen, mit seinem Nachtglas mit eingebauter Videokamera. Und dieser Kollege war mit seinen Kumpels in der Bar über Funk verbunden. Das ist so ein modernes Zeugs, mit einem Knopf im Ohr wie bei einem Hörgerät oder so. Ich lasse euch beiden doch nicht so ganz alleine mit den bösen Jungs spielen. Auf jeden Fall, soll ich euch mal sagen, über was die Tätowierten sich unterhalten haben, nachdem die wieder im Laden waren?«

»Die haben in der Bar über das Ding gesprochen? Das glaube ich jetzt echt nicht, oder?«, sagt Zeno und schaut zu Stocker rüber. Der schüttelt den Kopf und gibt dem Zeno eine Butterbreze aus dem Korb. Und dem Josef unter dem Tisch eine Scheibe von der Putensalami.

Der Kommissar spricht weiter: »Klar, die haben nämlich Französisch geredet, das ist bei der Fremdenlegion die Umgangssprache. Also, die Wurm-Brothers, die drei von draußen und der Kerl hinter der Bar, die waren hell erstaunt über das ganze Theater und hatten keine Ahnung, um was es da überhaupt ging. Und der Knabe hinter der Theke, der sagte, er hat eben mit dem Luc gesprochen, und auch der hat keinen Schimmer, wen oder was ihr vermissen könntet. Und was er damit zu tun haben könnte. Ich hab die Unterhaltung auf Band, und ich hab die von zwei verschiedenen Leuten übersetzen lassen. Vor einer

Stunde schon. Die Wurm-Gang in der Bar weiß von nichts. Die halten euch für zwei Knaben, die einfach auf Krawall gebürstet waren. Und wenn unser Freund Timo, alias Luc, was weiß, dann hat er es seinen Kumpels jedenfalls nicht erzählt. So, und was sagt ihr jetzt?«

»Wie hast du denn die Angler-Gang im Laden aufgenommen, und hast du die kleine Unterhaltung vor der Bar vielleicht auch auf deinem Film?«, fragt Stocker, der sich über das Handy gebeugt hat, das zwischen Kaffeetassen, Brezen, Butter und Käse mitten auf dem Tisch liegt.

»Das Gespräch an der Bar, und zwar alles, auch den sittlich und moralisch bedenklichen Teil mit dem gedeckten frischen Apfelkuchen meinst du? Das hat der Biertrinker direkt rechts neben euch mit seinem kleinen Knopf im Ohr aufgenommen. Und das draußen, damit meinst du wohl die Tanzeinlage deines Suppenkochs und deine Wyatt-Earp-Nummer? Ja, die haben wir auch, in Bild und Ton, gefilmt von meinem Kollegen aus dem Fiat von schräg gegenüber. Aber die Aufnahme habe ich dann wohl aus Versehen gelöscht. Mit der modernen Technik bin ich nicht so ganz fit, weißt du? Und der Kollege im Auto, der war sich auch nicht mehr so sicher, ob er dich da in der schlecht beleuchteten Straße und durch den Nieselregen mit einem Revolver gesehen hat oder nicht. Hätte auch ein Feuerzeug sein können, meint er. Und ich hab gesagt: ›Ja, so ist er halt, der Stocker, will mit allen Leuten immer gleich die Friedenspfeife rauchen. Der ist schon fast krankhaft harmoniebedürftig‹, hab ich zu meinem Kollegen gesagt. Das stimmt doch so, oder?«

»Gut, ich habe verstanden. Und jetzt?«, fragt Stocker und hält Zeno seine leere Tasse über den Tisch.

»Wie, und jetzt? Wir haben das so was von verkackt«, meint der Zuckerhahn mit einem Seufzen in der Stimme. »Wenn die Brüder von nichts wissen, also ich meine, wo die Leitner steckt, oder anders rum, wo die dämlichen Diamanten sein könnten, dann passt das in das Bild, das mir der Major Schmittel gezeichnet hat. Fakt ist, der Timo oder Luc oder wie auch immer der heißt, der war in Salzburg in der Wohnung von den Leitners. Das wissen wir, weil das der Schmittel auf den Bildern von der

Überwachungskamera hat. Wir wissen aber nicht, was er da gesucht oder gemacht hat. Das heißt, wir sind wieder bei null. Mein Vorschlag wäre, ihr wartet mal ab, ob sich der Timo-Luc bei euch meldet. Wenn ja, wird er euch sagen, was er will. Wenn nein, dann hat er wirklich keinen Schimmer, wo die Leitner ist oder wer die Steine hat. Was die Steine anbelangt, da bin ich mir überhaupt nicht mehr so sicher, ob der Luc und seine Truppe da überhaupt mit drin sind. Scheißegal. Ich mach hier noch meinen Kram weg, und wir warten erst mal ab, was heute noch so alles passiert. Habt ihr einen besseren Vorschlag, Mädels?«

»Nein«, sagt Stocker, »wir nicht. Was haben denn die Überwachungen ergeben, ich meine, die Flughäfen, Bahnhöfe, Autoverleiher, Fähren, was weiß ich? Habt ihr da was erfahren, wo die Leitner hingebracht worden sein könnte?«

»Die ist wie vom Erdboden verschluckt«, sagt der Kommissar, »die Leute von der Wasserschutzpolizei, die freiwillige Feuerwehr, das THW, alle, die bis jetzt im Einsatz sind, die haben nichts. Ich geh jetzt mal zu den Kollegen von der OK rüber, ob irgendwelche Leute im Land sind, die die auf dem Radar haben. Weil, wenn die Leitner entführt worden ist, und der Luc und seine Cowboys waren das nicht, dann sind da andere Profis am Werk gewesen. Von denen gibt's hier in Europa nicht allzu viele. Na ja, einen schönen Tag noch, macht was draus, ich melde mich dann heute Abend wieder. Wenn ihr was habt, ruft ihr mich sofort an, ja?«

»Klar. Dann bis später, Commissario«, sagt der Stocker und drückt auf das Handy.

Musikkneipe »Endstation«, 19.56 Uhr

Nellie kommt durch die Schwingtür in die Küche gefegt, in der Stocker und Zeno in Töpfen und Pfannen rühren, und sagt: »Sechsmal Rindsgulasch mit Bratkartoffeln, haben wir überhaupt noch sechsmal da?«

»Warte«, sagt Zeno und hebt den Deckel des chromglänzenden Neun-Liter-Topfes: »Nein, das sind maximal vier Portionen. Geh raus und sag, wir haben nur noch viermal. Wo ist der Josef, den habe ich schon seit einer Viertelstunde nicht mehr gesehen?«

»Oben, der sitzt im Bett vom Albin. Ich hab ihm den Fernseher eingeschaltet, weil gleich was mit Florian Silbereisen kommt, und den mag er irgendwie. Aber ich brauch jetzt sechsmal Gulasch. Heute ist der Benefiz-Häkelkurs von den Eggstätter Landfrauen da draußen am Stammtisch, die essen immer alle das Gleiche oder gar nichts. Also, was läuft ab, Männer?«

Stocker schaut in den Kühlschrank, und da drin unterhalten sich noch zwei Tomaten, eine Bio-Paprika und vier geräucherte Debrecziner-Würste sehr angeregt im Gemüsefach.

»Geh raus zu den Häkel-Mädels und erzähl denen, dass der Zeno heute ausnahmsweise das Gulasch persönlich veredelt, und zwar nach einem Rezept seiner verschollenen ungarischen Großmutter. Es gibt ein Debrecziner-Rindsgulasch, und zwar nur hier und heute, und auch nur genau sechs exklusive Portionen, ganz speziell für die Eggstätter Landfrauen. Sag denen, in Ungarn, da essen die so was mit geweihten Häkelnadeln bei Vollmond, okay?«

»Auch gut, das ist euer Laden hier«, sagt die Nellie und verschwindet mit einem Achselzucken in der Gaststube, streckt aber eine halbe Minute später den Kopf in die Küche und sagt: »Sechsmal das ungarische Debrecziner-Rindsgulasch bitte, und wenn's geht, einigermaßen original serviert mit geweihten Häkelnadeln, sagen die Damen da draußen!«

Ja, und so geht's:

Ungarisches Debrecziner-Rindsgulasch (oder: aus vier mach sechs)

Wir nehmen ein ganz normales Rindsgulasch, vier Portionen, in das schneiden wir noch eine oder zwei gewürfelte Tomaten, eine Paprika, geben noch ein bisschen süßes Paprikapulver und etwas Sahne dazu. Dann nehmen wir die zwei oder drei angeräucherten Debrecziner-Würste, schneiden die in kleine Scheiben und lassen die in dem Gulasch noch ein paar Minuten köcheln. Das Räucheraroma von den Würsten gibt dem Ganzen eine neue, sehr elegante Note.
Dazu? Kartoffelbrei oder Bratkartoffeln oder Knödel. Je nachdem, was gerade weg muss … Und Mahlzeit.

Später, so gegen 23.00 Uhr

Die Landfrauen sind weg, und zwar satt, leicht angetrunken und gut zufrieden. An der Theke haben sich die üblichen Verdächtigen noch ein paar Biere mit Schnäpsen genehmigt und sich dann auch verzogen.

Nellie und der Josef haben eine schnelle Runde vor dem Biergarten gedreht, und Nellie hatte es dann heute auch ziemlich eilig, nach Hause zu kommen.

Stocker sitzt am Stammtisch und geht die Bestellungen für den nächsten Tag durch, da kommt Zeno aus der Küche: schwarze Jeans, dunkelblaues Hemd, schwarze Windjacke, schwarze Nikes an den Füßen. In der linken Hand hat er einen länglichen schwarzen Beutel.

»Wo willst du denn noch hin?«, fragt Stocker und schaut über den Rand seiner Lesebrille.

Josef, unter dem Tisch, murrt ein bisschen, und Zeno sagt: »Ich will noch … Ich muss noch … Ach was, in zwei Stunden oder so bin ich wieder hier.«

»Bist du wieder hier, so, so. Und von wo oder was bist du dann wieder hier, wenn ich mal ganz bescheiden fragen darf?«

»Weißt du was?«, faucht Zeno. »Manchmal gehst du mir schon ganz schön auf den Sack. Echt jetzt, so wie ein altes Eheweib, genau so bist du manchmal. Wo gehst du hin? Wann kommst du heim? Mit wem triffst du dich? Mann, ich geh jetzt noch weg, und irgendwann komm ich wieder heim. Ich bin über achtzehn, ich darf Alkohol trinken und Geschlechtsverkehr haben, an klaren Tagen sogar von hinten. Weißt du was? Mach du jetzt deinen Papierkram, und wahrscheinlich bist du dann eh noch auf, wenn ich heimkomme, okay?«

»Ist ja gut«, sagt Stocker leicht verwundert, »also dann, bis nachher und viel Spaß. Ich frag mich nur, was du mit der abgesägten Schrotflinte willst, die da in deinem Beutel ist. Und angezogen bist du wie zu einer Feuerbestattung. Soll ich nicht lieber mitkommen?«

»Nein, Mama, das sollst du nicht! Und die Schrotflinte, die ist gegen die Mücken. Du bist doch Zeitungsleser, ja? Na also. Wir haben eine Mückenplage. Und da muss man eben manchmal richtig draufhalten, oder? Und außerdem, ich hab eins von den speziellen Handys dabei, und wenn was ist, dann melde ich mich, okay? Jetzt mach dir mal nicht in die Socken, so gegen zwei oder drei bin ich garantiert wieder da.«

Zeno streichelt den Josef und fährt dann dem Stocker mit der Hand über den Kopf, was der überhaupt nicht abhaben kann, und draußen ist er, der Zeno.

Die Tür fällt hinter ihm zu, und Stocker sagt zum Josef: »Kommst du noch mit hoch? Ich kann eh nicht schlafen. Wir machen noch ein Kreuzworträtsel, oder ich lese dir was vor, das kannst du dir aussuchen, okay?«

In Stockers Schlafzimmer im ersten Stock der »Endstation«, 04.19 Uhr

»Vier Buchstaben, Bezeichnung für männliche Ziege. Josef, jetzt mal ganz ehrlich, was soll die Scheiße? Entweder ist eine Ziege eine Ziege oder ein Ziegendings ... Bock. Genau. Bock. Hast du das gewusst, Josef? Vier Buchstaben. Bock, genau. Josef? Hallo? Du pennst ja schon wieder, Mann. Das würde ich ja auch ganz gerne, aber wenn der alte Zen-Man nicht da ist, dann kriege ich irgendwie kein Auge zu.«

Stocker schaut wieder auf den Wecker auf seinem Nachttisch. Genau genommen schaut er seit ungefähr einer Stunde alle dreißig Sekunden auf die schwach blau beleuchtete Digitalanzeige.

Manchmal vergeht so ein Tag rasend schnell. Man steht auf, macht was, fährt irgendwohin oder auch nicht, dann ist es Mittag. Dann tut man noch ein bisschen was, dann ist es schon wieder Abend. Und dann liegt man wieder in der Kiste und denkt sich, wow, wieder ein Tag von meinem Leben rum. Aber andersrum, wenn man beim Zahnarzt sitzt oder auf eine Diagnose wartet oder auf einer Beerdigung ist, dann vergeht die Zeit überhaupt nicht. Gefühlter Zeitablauf, so nennt man das. Und der gefühlte Zeitablauf ist im Moment für Albin Stocker eine Katastrophe.

Josef, der sensible Chefhund, der merkt natürlich, dass irgendwas nicht stimmt, und fiepst leise vor sich hin.

Stocker schaut innerhalb von fünf Minuten zum zehnten Mal auf die Uhr und sagt: »Hey, Josef, pass auf, ich habe da einen Witz gehört, gestern, im Fernsehen. Mal schauen, ob ich den noch hinkriege. Wie war der? Ja, hier: Gott erscheint mitten in der Nacht dem Obama, dem Putin und der Frau Merkel. Jetzt schau mich nicht so an, Josef, Gott kann so was, wenn er will. Also, er erscheint den dreien und sagt: ›Freunde, ich hab die Faxen dicke. In ein paar Tagen geht die Welt unter. Sagt das eurem Volk, ja?‹ Und weg ist er. Der Obama, der sowieso eine eigene TV-Show hat, der tritt am nächsten Abend vor sein Volk und sagt: ›Americans, ich habe eine gute und eine schlechte Nachricht für euch. Die gute: Es gibt Gott, und er spricht zu mir, eurem Präsidenten. Die schlechte: Er sagt, er will die Welt untergehen lassen. Aber wir Amerikaner werden auch das überstehen. Good night and God bless America.‹ Drüben, in Russland, da tritt Putin im Kreml vor die Kameras und sagt: ›Bewohner des demokratischen Russland. Ich habe zwei schlechte Nachrichten für euch. Erstens: Es gibt Gott. Und zweitens: Er steckt offenbar mit den Tschetschenen unter einer Decke und will deswegen umgehend die Welt untergehen lassen. Aber wir werden diese typisch antirussische Provokation entsprechend beantworten. Na sdarowje und do swidanja, meine Freunde.‹ Ja, und in Deutschland sagt Angela Merkel nach den ›Tagesthemen‹ und unmittelbar vor den Lottozahlen in einer Sonderschaltung: ›Liebe Mitbürgerinnen und Mitbürger. Ich habe zwei gute Nachrichten für Sie: Erstens: Es gibt den lieben Gott. Und zweitens: Ich werde bis ans Ende Ihrer Tage Ihre Kanzlerin bleiben.‹«

Stocker kratzt sich am Kopf und sagt: »Wie findest du den, Josef? Nicht so gut? Ich schon, und ich geh jetzt mal runter und schau nach, was der alte Onkel Zeno eigentlich so alles aus unserer Schatzkammer mitgenommen hat. Kommst du mit?«

Aber Josef vergräbt seine Schnauze unter der Bettdecke und wackelt nur einmal mit dem Schwanz.

Unten, in der Küche, geht Stocker durch die Vorratskammer weiter in die Garage. Dort ist im Boden eine Falltür, an die man aber erst kommt, wenn man ein paar ölverschmierte Bohlen hochhebt und zur Seite legt. Ursprünglich war da unten eine Grube für Ölwechsel oder Reparaturen unter dem Auto. Aber Zeno und Stocker haben die Grube abgedeckt, eine Falltür mit einem Zahlenschloss eingebaut und für Licht und trockene Luft gesorgt. In der ehemaligen Grube kann man stehen, aber eng ist es schon, hier unten. Die Wände sind mit Holz verkleidet und mit Halterungen versehen.

An der linken Wand hängen die Waffen: sechs Revolver, ein paar Schalldämpfer, drei Schrotflinten, eine Pumpgun und zwei Automatikpistolen. Außerdem eine Mac-10-Maschinenpistole.

An der rechten Wand ist Platz für ein paar schusssichere

Kevlarwesten, für Ersatzmagazine und Munition, für sechs Prepaid-Wegwerf-Handys und diverses Einbrecherwerkzeug.

Im Schein der Vierzig-Watt-Sparbirne sieht Stocker sofort, was fehlt: die abgesägte Schrotflinte, schon klar. Dann: ein .38er-Revolver mit Schalldämpfer und eins von den Einweg-Handys. Der Zettel mit der Rufnummer klebt an dem Platz, an dem das fehlende Handy hängen sollte. Außerdem ist ein amerikanisches NVS-9-Nachtsichtgerät weg und ein Satz Türschlossöffner.

Stocker, der lautlos vor sich hin flucht, dreht sich in dem engen Raum, schlägt sich die Schulter an und findet einen Zettel, der in Augenhöhe an eine Treppenstufe gepinnt ist. »Albin, ich weiß, dass du hier nachsiehst. Wenn ich bis fünf oder sechs Uhr nicht zurück bin, ruf den Zuckerhahn an: Handypeilung und GPS fürs Auto, volles Programm. Pass auf meinen Josef auf. Und auf dich. Z.«

»Endstation«, Mittwoch, 06.02 Uhr, Stocker steht an der Theke mit dem Telefonhörer in der Hand

»Ja, ich weiß, wie spät es ist, Donat, aber … Lass mich jetzt ausreden, verflucht noch mal, ja? Zuckerhahn, der Zeno steckt irgendwie voll in der Scheiße. Was? Weiß ich auch nicht, wo. Nein, hat er nicht gesagt. Ich les dir jetzt mal einen Zettel vor, den ich gefunden habe, okay?«

Stille am anderen Ende der Leitung. Dann ein schweres Schnaufen, dann spricht der Kommissar: »Gut, das hab ich so weit verstanden. Okay. Du machst jetzt erst mal nichts. Bleib in eurem Imbiss und warte. Wenn er kommt, dann ruf mich sofort an, ja? Dann kriegt der Arsch einen Anschiss von mir verpasst, so einen wie in der guten alten Zeit. Wahrscheinlich taucht er sowieso gleich auf. Glaub mir, ich kenn den Kerl. Der war einer meiner Besten, damals. Ein Sturkopf und Einzelgänger. Aber der weiß, was er tut. Mach dir jetzt mal keinen Kopf, ich ruf dich in ein paar Minuten an. Dann haben wir sein Handy geortet, und dann wissen wir auch, wo sein Auto ist. In seiner alten Skoda-Rennsemmel ist ein GPS-Sender. Und wenn das Handy an ist, dann finden wir auch den Kerl, der da dranhängt, nämlich ihn. Bis gleich und Ende.«

Stocker starrt das Telefon in seiner Hand an und wählt dann eine ellenlange Mobilnummer in Spanien. Nach drei Klingeltönen und einem Knacken und einer schnellen Abfolge von piepsigen, hohen Geräuschen hört er eine vertraute Stimme. »Stockman, you better got a fucking good reason –«

»John, ich hab eine scheiß Angst um meinen Freund. Was? Genau der. Der Zeno. Der ist seit ein paar Stunden überfällig. Ich kenn den. Wenn der sagt, dann und dann bin ich wieder da, dann ist der auch wieder da. Und der Mistkerl ist mit voller Ausrüstung aus dem Haus gegangen. Du weißt schon, was ich meine, oder? Ich geb dir jetzt eine Handynummer und ein Autokennzeichen. Schau, was deine Jungs da rauskriegen können. Irgendwas stimmt nicht. Ich glaube, der legt sich mit ein paar Kerlen an, die er lieber nicht im Alleingang nehmen sollte. – Was? – Ja, die Truppe, von der ich dir mal erzählt habe. Ex-Legionäre. War nicht einer deiner Jungs auch mal in dem Verein? – Wer? – Dein Fahrer? Ja, klar, das ist der Kleine, der mit der Narbe über den Augen, den kenne ich.«

»Albin«, sagt John, und man hört, wie er sein Telefon in die andere Hand nimmt, »ich muss dir auch was erzählen. Da fragt jemand rum nach euch. Jemand, der in unserem Geschäft Bescheid weiß, verstehst du? Ich hab gehört, dass irgendwer gestern ein paar Leute hier an der Küste angerufen hat, und der wollte wissen, was du hier so gedreht hast. Ob man mit dir Geschäfte machen kann und so Zeugs. Ich hab die Parole ausgegeben, dass du zur Family gehörst, und wer sich mit dir anlegt, der kriegt es mit uns zu tun. Und dass ich überall in Europa schnell mit meinen Jungs zuschlagen kann. Was ist los? Ist wer hinter dir her? Hast du dich mit jemandem von einem Geheimdienst oder so in die Haare gekriegt? Was gibt's denn da so bei euch? BND? MAD? Was noch?«

»Nein, ich glaube nicht. Warum auch?«, sagt Stocker. »Wir suchen bloß nach einer Frau, die verschwunden ist. Und jetzt ist mein Partner überfällig. Mir geht's beschissen. Wie läuft's bei dir so?«

»Gut, bleib ruhig, Albin. Wir fangen sofort mit der Suche an, die Daten geb ich gleich an meine Jungs in Benidorm weiter. Die sind besser als der verdammte britische MI6. Wenn wir was rauskriegen, dann melde ich mich sofort. Soll ich dir ein paar von meinen Cracks schicken?«

»Nein, lass uns sehen, was passiert. Danke, John, du hast wieder mal was gut bei mir.«

Stocker, der zwar hundemüde ist, aber weiß, dass er eh nicht schlafen kann, putzt den Gasherd in der Küche. Dann den Elektroherd. Dann den Kühlschrank.

Dann, so gegen neun Uhr, da läutet das Telefon in der Gaststube. Festnetz. Das kann eigentlich nur der Zuckerhahn sein. Stocker lässt die Tücher und die Bürste fallen und schlittert vor die Theke, reißt den Hörer aus der Station und sagt: »Ja?«

»Bist du das, Monsieur Stocker?«, fragt eine tiefe Stimme mit leicht französischem Akzent.

»Ja, wer ist da?«

»Wer ist nicht da, das ist doch hier die Frage, oder?«, sagt die Stimme.

»Luc? Luc Telchen? Timo? Was willst du?«

»Du hast dich also schon mit mir beschäftigt, was? Nenn mich, wie du willst. Ein geliebtes Kind hat viele Namen, so sagt ihr doch in Deutschland, oder? Pass auf, Stocker, pass jetzt gut auf und hör mir zu. Ich sage nichts zweimal. Ich habe keine Ahnung, was ihr von mir wollt, du und dein Partner. Ihr sucht was. Okay, gut. Aber das, was auch immer ihr sucht, das habe ich nicht. Die Frau, die ihr sucht, die suche ich selber. Ich habe gedacht, ihr habt die, oder die ist bei euch, oder was auch immer. Aber was für ein Zufall das ist: Die Frau, die ihr haben wollt, die hat etwas, das uns gehört. Deswegen suchen wir sie. Ihr sucht die aber auch. Komisch, was? Das hat mir dein Freund erzählt. Er hat mir viel erzählt. Erst wollte er nicht, dann aber schon. Dann hat er gesungen wie ein Pirol. Wie sagt man bei euch dazu? Pirol … Pirol … ja, genau, Stieglitz, glaube ich. Ja, oui, ein Stieglitz, n'est-ce pas? Die können singen, das ist eine richtige Freude.«

»Wo ist er? Ist er tot?«, fragt Stocker und hat plötzlich Probleme mit der Atmung.

»Tot? Nein. Viel schlimmer. Er ist nicht tot. Aber ich glaube, er wünscht sich im Moment, dass er tot ist. Wie sagt ihr bei euch? Deckel zu, Affe tot? Da gibt's doch so einen Spruch, mon ami, oder? Aber weißt du was? Er wird tot sein, in vielleicht einem halben Tag oder so. Oui.«

»Was willst du?«, fragt Stocker.

»Bien, was will ich? Ich sage dir, was ich will. Nein, andersrum. Ich sage dir, was ich weiß. Ich weiß, dass ihr beide ziemlich viel Geld habt, und das ist im Ausland gebunkert. Von dem Geld wirst du mir fünf Millionen Dollar auf ein Konto in Singapur überweisen, klar? Sobald das Geld auf dem Konto ist, ich meine, sobald ich das online auf meinem iPad sehe, sage ich dir, wo dein Kumpel ist. Ach ja, noch was: Er hat sich dummerweise verletzt und blutet ziemlich viel, und wir haben keine Medikamente oder so. Also hurry up, mein Freund. Hast du das verstanden?«

»Ja. Hab ich. Ich muss wissen, dass er noch lebt.«

»Non, mon ami, da musst du mir schon un petit vertrauen. Weißt du, was ich an euch Allemandes liebe? Eure Kultur, eure Sprichwörter. Hier, ich habe eines für dich: Wer nichts weiß, der muss alles glauben. Verstehst du das? Pass auf, ich gebe dir jetzt eine Kontonummer. Hast du was zu schreiben?«

Stocker fährt mit der Hand durch die Schublade unter der Theke und findet einen Block der Wieninger-Brauerei, passenderweise mit Bierflecken drauf, und einen Kuli mit einer Werbeaufschrift der VR-Bank Rosenheim-Chiemsee.

»Sag an!«

Luc gibt eine ewig lange Nummer durch und sagt dann: »Wo ist die Frau?«

»Wir wissen es nicht. Da kannst du jetzt machen, was du willst, wir wissen es trotzdem nicht. Sie war mit meinem Auto unterwegs, und das hat die Polizei unten am See gefunden. Sie war nicht drin. Sie ist weg. Wo ist mein Partner?«

Jetzt summt das Handy, das in der Küche auf dem alten Holztisch liegt, und Luc lacht leise und sagt: »Viel Betrieb bei dir, mon ami, was? Geh ruhig ans andere Telefon. Wenn ich sehe, dass fünf Millionen Dollar auf dem Konto sind, dann ruf ich dich an und sag dir, wo du deinen Freund finden kannst. Mach schnell, Monsieur Stocker. Tschau!«

Stocker rast zurück in die Küche und schnappt sich sein Handy. Zuckerhahn ist dran, und er sagt: »Du glaubst es nicht. Wir haben das Handy und den Skoda gefunden. In Salzburg. Ganz in der Nähe der Leitner-Wohnung. Wir haben das Auto per GPS geortet, und das Handy war auch drin. Der Schmittel hat sofort ein paar Jungs von der Kripo dahingeschickt. Von Zeno keine Spur. Im Auto war sonst nichts. Nur die Papiere, nichts weiter. Was will der Zeno in Salzburg?«

»Ich habe keine Ahnung. Bei mir hat er sich nicht gemeldet. Wenn ich was von ihm höre, dann rufe ich dich sofort an. Lässt du mein Telefon abhören?«

»Was? Nein! Warum, was liegt an?« Jetzt hört man das Misstrauen in der Stimme des Kommissars.

»War nur so eine Frage. Ich bin nervös. Und ich sage dir, der Zeno, der wollte nicht nach Salzburg. Das passt erstens nicht ins Zeitfenster, und zweitens, was sollte er dort machen? Die Gerlinde Leitner ist weg, der Max Leitner ist tot. Die Salzburger Wohnung ist vom Schmittel und seinen Leuten durchsucht worden. Der Timo war auch da, und der hat genauso wenig gefunden wie die Kripo. Zuckerhahn, ich muss jetzt Schluss machen. Es kann sein, dass ich in ziemlich kurzer Zeit weiß, wo der Zeno ist. Dann brauche ich Ärzte, Sanitäter, vielleicht einen Hubschrauber, das volle Programm. Aber ich kann dir jetzt nicht recht viel mehr sagen, okay? Kannst du schon mal alles anleiern, damit es dann schnell geht, wenn es so weit ist? Ja? Der Zeno ist hier irgendwo, das spüre ich. Der ist entweder nach Rosenheim in den ›Atlantis-Club‹ gefahren, um sich den Timo dort zu schnappen, oder er ist in Seeon bei dem alten Bernbach eingefallen und hat da Tabula rasa gemacht. Weil er denkt, der Timo ist da zu kriegen.«

»Der Karl Valentin hat mal gesagt: ›Hoffentlich wird's nie so schlimm, wie es eh schon ist.‹«

»Was?«

»Stocker, ich mach mich an die Arbeit. Ruf mich sofort an, wenn du was weißt, okay? Was läuft da ab, Mann?«

Aber jetzt brummt eins der »speziellen« Handys in der Küche über dem Kühlschrank.

Stocker drückt den Zuckerhahn weg, fischt das Handy für verschlüsselte Gespräche aus der Salatschüssel und sagt: »John?«

»Yes, my friend. Wir haben noch nichts. Aber wir sind dran.«

»John, der Kerl, der meinen Partner hat, der will fünf Millionen. – Was? Dollar, ja, auf ein Konto in Singapur. Pass auf, du weißt, wo wir unser Geld haben. Mach da ganz schnell die fünf Millionen locker, so viel müssten wir eigentlich zusammenkriegen, und schick das an … Was? Ich versteh dich so schlecht, was?«

»Stockman«, sagt John durch das Rauschen in der Leitung,

»Stockman, mein alter Freund, bleib ganz ruhig jetzt. Cool down, get straight, man. Lebt dein Partner noch? Weißt du, dass er noch lebt? Hast du mit ihm gesprochen?«

»Nein.«

»Okay, das hast du also nicht. Pass auf, hör mir zu, lass mich jetzt reden, okay? Denk mal an den worst case. Dein Partner ist tot. Dann ist euer ganzes Geld weg. Ob ihr beide überhaupt die ganzen fünf Millionen habt, das weiß ich nicht. Aber wenn on top was fehlt, leihe ich dir das. Um das geht's aber nicht. Es geht darum, dass, verstehst du, wenn dein Partner nicht mehr lebt, dass dann deine Kohle weg ist, seine auch. Und du hast dann keinen Partner mehr und auch kein Geld. That's the point, man, do you understand that?«

Stocker starrt das Handy an und schaut dann aus dem Fenster. Josef kommt leise winselnd unter dem Tisch hervor. Der Sekundenzeiger auf der alten Wanduhr in der Küche bewegt sich lähmend langsam. Tick … tick … tick …

»Ja. Gut, was soll ich machen? Was meinst du?«

»Okay, Stockman, gib mir die Kontonummer von dem Kerl. Wir machen das jetzt gleich. In Echtzeit. Sobald ich auflege, wartest du genau dreißig Minuten, dann rufst du den Kerl an, der deinen Partner hat. Er wird dann fünf Millionen und ein paar Dollar auf seinem Konto in Singapur sehen. In spätestens einer halben Stunde ist das Geld da. Das ist dann ganz offiziell auf seinem Kontoauszug sichtbar, auf der Website seiner Bank. In Singapur ist es dann, warte mal, ja, immer noch Mittagspause. Die haben sechs Stunden oder so plus, glaube ich. Wenn er da anruft, kriegt er wahrscheinlich niemanden ans Telefon, falls er das Geld gleich weiterleiten will, auf die Caymans oder was weiß ich. Also glaubt er, dass er die Kohle erst mal hat, und er wird dir sagen müssen, wo dein Partner ist. Wenn der noch lebt. Wenn der tot ist, dann wird er versuchen, Zeit zu schinden und noch mehr Geld aus dir rauszukriegen. Dann musst du ihm Druck machen, aber das kennst du ja, right?«

»Wie könnt ihr so schnell das ganze Geld zusammenbekommen?«

»Gar nicht, Stockman, gar nicht. Meine Jungs in Benidorm,

die spielen den ›man in the middle‹, das hab ich erst neulich mit einem Kerl in Monaco gemacht. Ich hab die besten Cyber-Freaks hier in Europa, das weißt du doch. We let the dogs out, man. Das kostet dich so um die fünfzigtausend, aber dein Geld auf dem Affenfelsen in G., das ist in Sicherheit.«

»Wie läuft das ab, John?«

»Pass auf: Mit der IBAN von dem Kerl loggen wir uns ein und geben einen Trojaner auf die Website der Bank in Singapur. Der Trojaner kopiert in Bruchteilen einer Sekunde die Bankbewegungen von deinem Kerl und kann sie ab sofort in Echtzeit für ein paar Stunden manipulieren, you understand?«

»Nein.«

»Egal. Der Kerl sieht auf seinem Laptop seine Kontoliste, right? Weil er sich einloggt und seine Kontonummer eingibt, die wir auch haben. Er selber kann die Manipulation nicht erkennen, weil meine Jungs ja auf der echten Website der Bank eingeloggt sind. Über seine Kontonummer, die ja stimmt. Seine PIN schützt ihn da nicht. Die brauchen wir gar nicht. Da helfen ihm auch keine Virenschutzprogramme oder so ein Scheiß, weil wir auf seinem Computer nichts machen, sondern den Mistkerl direkt in Singapur angreifen. Blöd wäre es nur, wenn er Zeit hat und die Bank anrufen kann, denn die merken, dass da was nicht passt. Das wird er aber wahrscheinlich nicht machen, denn er ist ja schon auf der Website der Bank. Da sieht er seinen regulären Kontoauszug, zusammen mit den letzten Zahlungen und Eingängen. Also, Stockman, der Scheißkerl muss dir dann aber sofort sagen, wo dein Partner steckt. Sag ihm, wenn er dir Probleme macht, machst du ihm auch welche. Brüll ihn an, bedrohe ihn, bring ihn aus der Fassung, und sobald er dir gesagt hat, wo dein Kumpel steckt, reite los. Du hast dann eine oder vielleicht zwei Stunden. Dann hat er wahrscheinlich gemerkt, dass er gefickt worden ist. Bis dahin musst du deinen Partner in Sicherheit gebracht haben. You got that, Stockman?«

»Funktioniert das? Bist du sicher?« Stocker schaut noch immer wie hypnotisiert aus dem Küchenfenster und krault mit einer Hand den leise winselnden Josef unter dem Tisch.

»Ob das funktioniert? Mann, ich hab geheiratet, weil ich

gedacht habe, dass das funktioniert. Und jetzt will sich diese bitch von mir scheiden lassen. Und meinen Hund will sie auch mitnehmen. Shit, man, keiner weiß, ob irgendwas funktioniert. Ruf du mal in genau dreißig Minuten from now on deinen Scheißkerl an, und sag ihm, das Geld ist auf seinem Konto. Und dann, move your ass, man. Und noch was: Du zahlst mir die fünfzigtausend, aber ich habe außerdem noch einen riesigen Gefallen bei dir gut, whenever it happens, okay?«

»Okay, Mann. God shave the Queen.«

»You are fucking right, Stockman. Die rasiert sich schon lange nicht mehr selber. Bye und good luck.«

Stocker nimmt das andere Telefon und ruft den Zuckerhahn an. »Donat, in ungefähr dreißig Minuten weiß ich, wo der Zeno ist. Was kannst du machen?«

»Ich hab die Krankenhäuser in Prien, in Rosenheim und in Traunstein angerufen. Die halten ein OP-Team und den ganzen Kram bereit. Ich hab denen erzählt, wir haben eine Geiselnahme, und wir wissen nicht, wie das ausgeht, wenn das SEK stürmt. Wir wissen auch nicht, was für Verletzungen anliegen. Außerdem habe ich zwei Hubschrauber. Einen in Salzburg und einen in Rosenheim. In Rosenheim sind auch schon ein paar von meinen Leuten, der Premm und der Zinner und einer vom SEK, der mir noch was schuldig ist. Die können mit dem Rosenheimer Hubschrauber mitfliegen. Was liegt an?«

»Das weiß ich in ein paar Minuten. Bleib in der Nähe von deinem Telefon. Und frag mich jetzt nichts, bitte.«

»Stocker, der Zeno, der ist wie ein Sohn für mich. Das war nicht nur mein bester Mann damals, der war wie ich, verstehst du das? Nein, das tust du nicht. Helmut hieß er damals, während seiner Undercover-Zeit. Helmut Berger, wie der schwule Filmschauspieler. Den haben wir übrigens mal in Wien gesehen. Den richtigen Helmut Berger, meine ich. Beim ›Plachutta‹ in Wien, da waren wir einen Tafelspitz essen, der Zeno und ich, nach einer bösen Undercover-Sache. Da haben wir den echten Helmut Berger gesehen. Und da hat mein Helmut gesagt, wenn ich mal wieder neue Papiere für einen Einsatz brauche, dann will ich einen Namen, der mit dieser Figur da vorne so was von überhaupt nichts zu tun hat. Und die neuen Papiere, die hat er dann ja auch nach der nächsten Aktion bekommen. Seitdem ist er der Zeno, den Vornamen hat er behalten, der hat ihm gefallen. Egal, was rede ich denn da wieder für einen Scheiß? Wir hauen ihn da raus, wo immer er steckt, okay?«

»Okay, Donat, ich geb dir gleich ein paar GPS-Daten durch, dann muss es aber echt schnell gehen, klar?«

»Klar. Bis gleich.«

Gaststätte »Endstation«, zwanzig Minuten später

»Oh, der Herr Stocker, welche Freude. Was gibt es denn?«

Stocker merkt, wie sich die Finger seiner linken Hand, die das Telefon halten, verkrampfen. »Geh auf deine Bankwebsite und auf dein Konto, schau nach. Das Geld müsste jetzt da sein.«

»Un petit moment, Monsieur. Oui, was sehe ich denn da? Fünf Millionen Dollar, sehr schön. Was würdest du machen, wenn ich jetzt einfach auflege, hmh?«

»Ich würde dich kriegen, mein Freund. Und wenn ich dich nicht selber kriege, dann die Leute, von denen du sicher schon gehört hast.«

»Deine Spanien-Connection? Ja, davon wissen wir. Aber die sind weit weg. Und wir beide, wir sind hier. Okay, schreib auf. Hast du was zu schreiben? Gut, dann geht's los: 47 Grad 87 Minuten 69,155 Sekunden Nord und 12 Grad 36 Minuten 59,812 Sekunden Ost, Höhe 517,1. Hast du das? Alles, ja? Gut, dann mach hin, denn dein Freund liegt dort in einer Kiste direkt unter dem Gras, und er hat Luft bis, na ja, bis vielleicht noch in ein oder zwei Stunden. Außerdem ist es ziemlich feucht dort. Ich schick dir gleich noch ein Foto aufs Handy, damit du mir das alles auch bestimmt glaubst, ja? Hat mich gefreut, mit euch Geschäfte zu machen, Stocker. Au revoir.«

»Du mich auch. Ich hoffe bloß, dass wir uns bald mal sehen, Luc. Nur du und ich, irgendwo, ohne Zeugen.«

Lachen kommt aus dem Hörer. »Ja, das könnte bestimmt ein Spaß werden, aber nein, mein Freund, das wird leider nicht gehen. Bien, ich bin dann mal weg. Weißt du, ich hab die Schnauze voll. Ich will weg von dem alten Sack da in seinem Haus an dem See mit dem Kloster, ich will weg aus diesem beschissenen Leben, wo immer nur die anderen verdienen und Leute wie ich die Drecksarbeit machen und dafür eine Handvoll Scheine hingeworfen kriegen. Ab jetzt verdiene ich richtiges Geld, und morgen oder übermorgen um diese Zeit, da sitze ich irgendwo mit einem Piña Colada in der Hand unter einer Palme. Und der dämliche stinkende Alte und seine verpissten Freunde, die können mich mal. Ich hab mich abgesichert, das kannst du mir glauben. Wenn der wüsste, was ich alles über ihn habe, mon ami. So, jetzt muss ich aber. Und ich will dich auch nicht länger aufhalten. Bye-bye, mein Freund.«

Stocker wirft das Handy auf den Tisch und schnappt sich das andere, drückt die Kurzwahltaste 5, und ein paar Sekunden später ist Zuckerhahn in der Leitung.

Stocker gibt die Koordinaten durch und hört, wie Zuckerhahn sie laut wiederholt, dann sagt der Kommissar: »Was? Nein, du nicht, Albin, ich hab den Piloten in der anderen Leitung, der hat die Koordinaten eingegeben. Warte mal, gleich bin ich bei dir. – Was sagen Sie, wo ist das? Ja, verflucht noch mal, super. – Wohin bringen Sie ihn? – Okay, ich bin in spätestens einer Stunde da. Sagt denen im Krankenhaus, dass nur meine Leute, also ich und der nächste Verwandte Zugang zum Patienten haben. – Wer das ist, der nächste Verwandte? Na ja, eigentlich sind das zwei. Einer heißt Albin Stocker und der andere, von dem fällt mir jetzt der Nachname nicht ein. Aber der heißt Josef. – Gut, haut ab, ich hab den Stocker am anderen Telefon. Guten Flug wünsche ich euch. – So, Albin, jetzt bin ich wieder bei dir. Hast du das mitgehört?«

»Ja, alles. Was passiert jetzt?«

»Du glaubst es nicht. Der Pilot sagt, die Koordinaten führen auf eine Wiese, nah am Wasser, bei Rimsting. Das muss keine fünfzig Meter vom Chiemsee-Ufer weg sein. Unten, am Uferweg bei der Schafwaschener Bucht. Kennst du das?«

»Ja, kenn ich. Der Uferweg macht eine große Schleife am See entlang. Da sind Wiesen, da können die mit dem Hubschrauber gut landen. Warte mal, ich hab grade ein Foto reingekriegt, ein Foto mit einer Kiste drauf, das schick ich dir gleich aufs Handy. Gib das dem Piloten weiter, vielleicht kann er was damit anfangen, okay? Die haben ihn in eine Kiste gesteckt und eingegraben, verdammt noch mal. Mann, ich dreh hier langsam ab.«

»Bleib ruhig, Albin. Ob er wirklich da in der Kiste ist, das werden wir gleich wissen. Die im Hubschrauber, die haben eine Wärmebildkamera an Bord, damit sehen sie auch, was unter dem Gras oder Schilf liegt. Ich setz mich jetzt ins Auto und komm mit Blaulicht nach Rosenheim. Die wollen ihn in die Rosenheimer Klinik fliegen, sagt der Pilot. Da haben die einen astreinen Hubschrauberlandeplatz und eine spitzen Unfallchirurgie. Frag unten, wo sie den Zeno hingebracht haben. Wir sehen uns dort, ja?«

»Nein, ich bin in zehn Minuten am See unten. Wir sehen uns in Rimsting.«

»Nein, warte, das tun wir nicht, Stocker. Das Ganze wird eine polizeiliche Ermittlung, verstehst du? Die Kollegen aus Prien sperren den Bereich rund um den Uferweg weiträumig ab, das werde ich jetzt gleich veranlassen. Ein Notarzt ist im Hubschrauber, und der entscheidet, was passiert. Du kannst da am See nichts machen. Und dass dich irgendwer von der Priener Bullerei mit aufs Revier schleppt und ich dich dann da wieder rausholen muss, dazu haben wir beide keine Zeit. Dein Name sollte besser in dieser Sache erst mal nicht fallen. Komm ins Krankenhaus nach Rosenheim, ich bin gleich im Auto, und wenn sich was tut, rufe ich dich an. Sobald die was gefunden haben, wenn da überhaupt was zu finden ist, melde ich mich. Jetzt mach dich auf den Weg nach Rosenheim. Umkehren kannst du dann immer noch. Okay?«

»Gut. Bis gleich.«

Stocker starrt auf das Handy, wischt sich mit der linken Hand über die Augen und drückt die Kurzwahl 3, Nellie. Die geht nach dem siebten oder achten Signal ans Telefon. Verschlafen kommt die Stimme aus dem kleinen Lautsprecher: »Ja?«

»Nellie«, sagt Stocker, »komm bitte sofort rüber. Ich muss weg. Der Zeno hatte einen … einen Unfall oder so was.«

»Was?« Und dann hört man, obwohl sie eine Hand über ihr Telefon hält, wie sie jemanden, der offenbar neben ihr im Bett liegt, anfaucht: »Ich schreie, wann ich will, du Tussi. Und überhaupt: Wenn der Kuchen spricht, dann halten die Krümel gefälligst die Schnauze, verstanden?« Und dann, in normaler Lautstärke, zu Stocker: »Entschuldige, jetzt bin ich ganz wach.

In einer Viertelstunde bin ich in der Kneipe, alles klar. Du kannst schon mal abhauen, ich kümmere mich um den Josef. Und Albin, tu mir einen Gefallen, ja?«

»Was?«

»Ruf mich sofort an, wenn du weißt, wie's ihm geht. Und pass auf dich auf, fahr wenigstens jetzt einigermaßen normal, ja? Wo fährst du überhaupt hin?«

»Nach Rosenheim, dahin bringen sie ihn wahrscheinlich. Ich weiß selber auch noch nichts, Nellie. Ich ruf dich an. Bis später.«

***

Stocker ist schon hinter Riedering, macht das Radio aus und dann gleich wieder an und nestelt nervös am Sicherheitsgurt rum, da brummt das Handy wieder.

Zuckerhahn ist dran. »Sie haben ihn. Er ist nicht ansprechbar, sagt der Doc. Hoher Blutverlust, Schock, fast kein Puls und so gut wie kein Blutdruck. Stich- oder Schnittwunde an der rechten Schulter, Schusswunde im Unterbauch. Der Heli ist schon im Anflug auf das Krankenhaus, wir sehen uns gleich dort. Sie bringen ihn entweder in die Chirurgie oder auf die operative Intensivstation, keine Ahnung. Warte unten am Empfang auf mich.«

»Wo bist du jetzt?«

»Ich? Kurz hinter Holzkirchen, ich komme aber gut vorwärts. Mach keinen Blödsinn, Stocker, und warte unten am Empfang auf mich, okay? – Scheiße, fahr zur Seite, du Sackgesicht! – Wie seid ihr versichert, Stocker? Privat, Einzelzimmer, Chefarzt?«

Stocker hört die Sirene von Zuckerhahns Auto über die Freisprechanlage und sagt: »Gegen Sackgesichter? Da zahlt keine Versicherung. Ja, Zeno und ich, wir sind privat versichert, das volle Programm. Was meinst du, kriegen die ihn wieder hin?«

»Lass mich jetzt erst mal da sein, alles, was ich weiß, das habe ich dir gerade erzählt. Bis gleich. – Fahr zur Seite, du Fettamsel. Das da oben ist ein Blaulicht, verdammt noch mal!«

Im Wartebereich der OP/INT (Operative Intensivstation, Haus 2, 2. OG im Krankenhaus Rosenheim), 11.48 Uhr

Der Arzt im blauen schlafanzugähnlichen OP-Kittel streift sich die blass-weißen Latexhandschuhe von den Händen und wirft sie in einen Behälter neben einer Tür. Über dem Behälter ist in Augenhöhe ein kleines Schild mit der Aufschrift »Priv.-Doz. Dr. med. Bernd Schäfer. Operative Intensivmedizin« zu sehen.

Der Arzt steuert auf Zuckerhahn zu, schüttelt ihm die Hand und sagt: »Sind Sie der Vater?«

»Nein«, sagt Zuckerhahn, »ich bin der leitende Ermittler. Kriminalkommissar Zuckerhahn von der Soko aus München. Und ich habe schon als Kind alt ausgesehen. Wie geht es ihm?«

»Schwer zu sagen. Er ist ohne Bewusstsein eingeliefert worden. Aber der Reihe nach: Wir haben ihm eine Kugel aus dem Unterbauch entfernt. Kleines Kaliber, die Verletzung ist an sich nicht lebensbedrohlich. Er hat allerdings sehr viel Blut verloren. Dann die Schulter: Den Stich haben wir genäht. Und sein Unterkiefer ist gebrochen, das wird jetzt noch verdrahtet. Da wir nicht mit ihm sprechen konnten, weiß ich nicht, ob er noch anderweitig Schmerzen hat. Ich kann nur hoffen, dass er die nächsten Stunden übersteht, dann wäre er über den Berg. Er kommt gleich auf ein Zimmer hier auf der Intensivstation, dann sehen wir weiter. Was ist mit ihm geschehen? Wissen Sie was? Wer ist er?«

»Er ist ein … ein Beamter, einer von uns. Er war im Einsatz und ist … Ich weiß es auch noch nicht so genau. Ich muss Sie aber bitten, Stillschweigen zu bewahren, und vor allen Dingen: kein Wort an die Presse. Auch darf er keinen Besuch empfangen. Niemand darf zu ihm. Nur ich und der Herr hier.« Damit zeigt Zuckerhahn auf Stocker.

Der Arzt sagt: »Stillschweigen, ist schon klar. Und Besuch kann er in nächster Zeit sowieso keinen empfangen. Wer sind Sie? Gehören Sie zu seiner Familie?«

»Ja, Familie«, sagt Stocker, mit einem Kloß im Hals.

»Hat er noch mehr Verwandtschaft?«, fragt der Arzt in Richtung Stocker.

»Nein«, sagt Zuckerhahn. »Das hier ist der Herr Stocker, Albin Stocker. Der darf zu jeder Zeit zu Ihrem Patienten, okay? Ich lasse meine beiden Beamten da, die werden sich hier auf der Station auf dem Gang aufhalten. Es kann nämlich gut sein, dass der Herr Zeno Auerbach nach wie vor gefährdet ist und dass die Leute, die ihn so zugerichtet haben, versuchen, das hier im Krankenhaus zu Ende zu bringen.«

Stocker und Auerbach. Na servus, das klingt wie eine Versicherungsagentur für landwirtschaftliche Großgeräte, denkt sich der Stocker. Da hätte sich der Zuckerhahn wirklich einen anderen Tarnnamen einfallen lassen können. Dann nickt er dem Arzt zu, dessen letzte Worte er wie durch einen Nebelschleier gehört hat: »… sehen wir dann, aber ich muss jetzt wieder rein. Bitte entschuldigen Sie mich, meine Herren.«

Auf leise quietschenden Gummisohlen geht er davon, und hinter dem Zuckerhahn steht plötzlich eine Schwester, die sagt: »Wenn einer der Herren dann bitte runter in die Verwaltung gehen möchte, es sind da noch ein paar Formalitäten zu klären.« Damit drückt sie dem Zuckerhahn ein paar ausgedruckte DIN-A4-Seiten in die Hand und verschwindet wieder im Empfangsbereich.

»Von der Wiege bis zur Bahre … immer frische Formulare«, meint Zuckerhahn und wedelt mit den Papieren. Und im Aufzug nach unten sagt er: »Schon ganz schön clever von den Kerlen, dass sie sein Auto mit seinem Handy drin bis nach Salzburg gefahren haben. Da hätten wir lange suchen können. Was meinst du, wo ist er gewesen?«

»Tja«, sagt Stocker und starrt die Digitalanzeige im Aufzug an, »entweder im ›Atlantis‹ in Rosenheim oder bei dem Enno von Bernbach in Seeon, das hab ich dir ja schon gesagt. Was anderes fällt mir dazu nicht ein. Aber weißt du was? Ich krieg das raus, und dann …«

»Stocker, du machst hier keinen Rachefeldzug im Alleingang, verstehst du das? Wir gehen so vor, und das ist die offizielle Version: Der Zeno, der war für mich unterwegs. Undercover, als bezahlter Informant, als freier Mitarbeiter oder so, das muss ich mir jetzt noch schnell überlegen. Gut, weiter. Dann ist er überfallen worden. Von … von den Leuten, die er für mich überwachen sollte. Deshalb habe ich die beiden Beamten hier im Krankenhaus postiert, weil … Ja, gut, so irgendwie verkaufe ich das dem Staatsanwalt. Und du, du machst jetzt –«

»Ich mache jetzt eines: Ich finde meinen Freund Luc, und du organisierst mir die direkte Handy- oder Telefonnummer von diesem Enno von Bernbach. Und bitte, Zuckerhahn, ich will keinen Kontakt zum Büro, um einen Termin in zwei Wochen zu machen oder so einen Scheiß, ich will seine private Nummer. Die, die nur ganz wenige haben. Ich will ihn direkt in der Leitung haben und ihm erzählen, was ich weiß. Kannst du mir die Nummer besorgen?«

»Weiß ich nicht. Was hast du für ihn? Oder gegen ihn?«

Stocker will antworten, aber da gehen die Türen des Aufzugs im Erdgeschoss mit einem »Pling-Pling« auf, und zwei Krankenschwestern und eine dicke Frau mit einer Wurstsemmel in der Hand drängen sich in die Kabine.

Stocker zwängt sich an der Dicken vorbei nach draußen und nimmt ihren schalen Körpergeruch und die Dunstwolke von Wurst und Zwiebeln wahr, dann schließen sich die Türen des Lifts hinten ihnen und Zuckerhahn steuert auf eine Sitzgruppe links neben der Empfangstheke zu.

»Setz dich!«, sagt er zu Stocker und lässt sich in einen der braunen Ledersessel fallen. »Ich krieg das bis jetzt alles sauber hin, das glaube ich jedenfalls. Aber wenn du eine Rambo-Aktion durchziehen willst, dann gehen wir alle den Bach runter. Der alte Bernbach, der hat Verbindungen, wenn der loslegt, dann gehen bei uns die Lichter aus. Dann sind wir alle platt.«

»Reden. Ich will nur mit ihm reden. Sonst nichts. Du kannst das alles überwachen lassen, wenn du willst. Ich hab da was, das sollte er hören. Dann kommen wir vielleicht alle einen Schritt weiter. Besorg mir die Nummer. Du kannst dich jetzt ruhig auf die Socken machen, ich bleibe hier. Irgendwann, da wird er wach, der Zeno, und dann bin ich da. Und mit dem Bernbach, mit dem will ich nur reden. Ich tu ihm nichts, und er wird mir auch nichts tun. Mächtiges Indianer-Ehrenwort, okay?«

Zuckerhahn gähnt und schaut auf seine Uhr: zwölf Uhr

und ein paar Minuten. »Hast du Hunger? Ich schon«, sagt er zu Stocker und schaut sich um. »Da vorne, da haben die einen Kiosk, ich geh da mal hin. Du bleibst hier und passt auf die Möbel auf. Ich komme gleich wieder.«

Ächzend stemmt Zuckerhahn sein Übergewicht aus dem tiefen und schon ziemlich durchgesessenen alten Lederteil und watschelt auf den Kiosk zu, legt dann einen scharfen Rechtsschwenk hin und verschwindet aus Stockers Blickfeld hinter ein paar halb vertrockneten, mannshohen Topfpflanzen.

Der alte Gauner, der will keine Würstchen. Der will nicht, dass ich ihn beim Telefonieren beobachte, denkt sich der Stocker.

Drei Minuten später taucht Zuckerhahn wieder auf, wirft sich in den Sessel und sagt: »Vergiss die Würstel. Die haben mehr Falten als meine alte Oma. Ich muss jetzt sowieso weg, den ganzen bürokratischen Mist hier im Krankenhaus klären. Hier!« Damit holt er einen Kuli aus seiner Jackentasche, nimmt sich einen der Prospekte vom Tisch, die für eine garantiert schmerzlose Entfernung von Altersflecken durch einen Pulsar-Laser werben, und kritzelt ein paar Zahlen drauf. »Hier. Das ist die private und intime Handynummer vom alten Bernbach. Ich hab einen Kumpel beim BND angerufen, der hat sie mir gegeben. Die haben vielleicht zwanzig Leute hier in Deutschland, diese Nummer, mehr sind das nicht. Die ist top secret. Von mir hast du die nicht, verstanden? Und noch was, mein Freund. Halte dich gefälligst an unsere Abmachung, ja? Ich bin euch das eine oder andere schuldig, schon klar. Aber ihr beide, der Behämmerte in seinem Zimmer da oben und du, ihr habt im Lauf der letzten paar Jahre gegen mehr Gesetze verstoßen, als ich Haare am Bauch habe. Willst du die mal sehen?«

»Nein, danke«, sagt Stocker und nimmt den Zettel vom Tisch.

Zuckerhahn beugt sich zu Stocker und meint: »Alter Freund, ich kann euch nicht ewig schützen. Also tu mir den Gefallen und mach bitte nur so viel Scheiß, wie in eine Hundetüte passt, ja? Und melde dich bei mir, wenn du mit der Mumie geredet hast, versprochen?«

»Versprochen. Ich rufe den Bernbach auch erst an, nachdem ich weiß, wo Zeno gewesen ist. Das ist auch versprochen, Donat. Mach du jetzt mal den Kram hier klar. Wenn was extra zu bezahlen ist, egal was und egal wie viel, ich bezahle es, das weißt du. Sieh zu, dass er alles bekommt, was die hier haben. Mach denen das klar, ja? Und noch was: Sobald er einigermaßen transportfähig ist, will ich, dass er in die Klinik nach Prien kommt. Dort kenne ich den Professor von der Inneren Abteilung, und da soll der Zeno das beste Zimmer mit Seeblick haben, das es gibt. Sag das denen hier im Büro auch gleich, das ist nämlich dieselbe Betreibergesellschaft. Tust du das, ja?«

»Lass mal, das sind richtig gute Ärzte hier in Rosenheim. Die machen ihren Job gut. Jetzt muss er erst mal die nächste Nacht überstehen, dann noch eine, und dann sehen wir weiter. Und dann können wir ihn immer noch nach Prien bringen lassen. Ok? Gut, dann bis später, Albin.« Zuckerhahn klopft dem Stocker auf die Schulter und geht mit den Ausdrucken, die er von der Schwester bekommen hat, zur Empfangstheke.

Stocker fährt mit dem Lift wieder in den zweiten Stock hoch. Die Kabinentüren gleiten zur Seite, und Stocker sieht seinen alten Bekannten, den Kriminalhauptkommissar Premm, der am Getränkeautomaten neben der Sitzgruppe steht.

Wie üblich ist Premm in seiner heißgeliebten Schimanski-Kluft. Das sind alte 601er-Jeans, gerade geschnitten, hoch am Bund. So was trägt heutzutage kein Mensch mehr. Dazu braune Westernstiefel mit hohen, aber abgelatschten Absätzen, und natürlich die original Schimanski-Jacke. Die hat ihm Götz George persönlich vor vier oder fünf Jahren beim Duisburger Polizeiball geschenkt, nur damit er ihn wieder los wird, den Premm.

Er hat wohl Geld eingeworfen, der Kommissar Premm, und tippt immer wieder auf die Taste mit der Aufschrift »2«, aber der Automat macht keinen Mucks.

»Na, Premm, was geht ab? Kein Schwanz ist so hart wie das Leben, was?«, sagt Stocker und gibt dem Getränkeautomaten einen kurzen, aber harten Schlag direkt unter den Einwurf. So was können diese empfindlichen Maschinen auf den Tod nicht abhaben.

Prompt spuckt die Kiste stöhnend, zischend und rumpelnd zwei eiskalte Cola aus.

»Hi, Stocker. Der Spruch ist aus, warte mal, aus … ›Zahn um Zahn‹, mit Schimanski, ein ›Tatort‹ aus 1985 war das, glaube ich. Hast du noch so einen Klopfer?«, fragt Premm und nimmt zögerlich eine eiskalte, mit Kondenswasser beschlagene Coke-Dose aus dem Auswurfschacht.

»Nein, ich bin ja mehr so der Rosamunde-Pilcher-Typ. Das weißt du doch. Wer von euch bleibt noch da?«

»Der Zinner. Der sitzt gleich da hinten im Gang. Was zum Teufel habt ihr denn jetzt wieder gedreht?«, fragt Premm, der mit Stocker und Zeno schon das eine oder andere durchgemacht hat.

»Alter, ich habe keine Ahnung. Bis jetzt jedenfalls noch nicht. Aber passt ihr beide mal gut auf. Es könnte nämlich sein, dass hier bald ein paar Burschen auftauchen, die es in sich haben«, meint Stocker.

»Warum bist du eigentlich nicht bei uns bei der Kripo, wenn du alles so genau weißt?«, fragt Premm.

Und Stocker sagt: »Ich mag keinem Verein angehören, der mich als Mitglied nehmen würde.«

»Wow«, sagt Premm, »der ist ja mal echt stark, der Spruch, Stocker. Ist der auch aus einem Schimanski-›Tatort‹?«

»Nein, Groucho Marx hat das gesagt, Premm. Richte deinem Kollegen auf jeden Fall aus, dass es in den nächsten paar Stunden hier gut abgehen könnte. Ich will später nicht hören, dass euch keiner gewarnt hat, alles klar?«

»Geht klar, Mann. Hey, von dem Marx-Kerl, da hab ich mal was gelesen. Das ist jetzt schon lange her, aber das erste Buch von dem, das war richtig gut, ehrlich. Aber das zweite, da geht's irgendwie nur noch um Geld, so hat das auch geheißen, wie war das noch? Warte mal. Genau: ›Das Geld‹, so hat das geheißen, da hab ich nur die ersten paar Seiten geschafft. Das war mühsam. Und da kamen auch so gut wie keine Indianer mehr drin vor.«

»Premm, das Buch heißt: ›Das Kapital‹ und ist von einem anderen Marx, der mit den Sprüchen, das war –«

Jetzt ist der Hauptkommissar Premm aber auch so einer,

der andere Leute einfach nicht ausreden lassen kann. »Sag ich doch«, unterbricht er den Stocker, »es geht um Geld in dem blöden Ding. Das Erste von dem, das mit Winnetou und Old Shatterhand, das war saustark. Aber dann hat er nachgelassen, der Junge. Was soll's, ich muss dann mal wieder, Stocker. Man sieht sich.«

Damit deutet der Premm mit Zeige- und Mittelfinger seiner linken Hand zuerst auf seine Augen, dann auf die von Stocker. John Travolta hat das eindeutig besser gemacht, in »Pulp Fiction«.

Seufzend setzt sich Stocker auf die Couch, lehnt sich zurück und atmet tief durch. Nur ein paar Minuten dösen, nur ein kurzes Nickerchen, und dann schauen wir mal.

Ein paar Stunden später

Die Krankenschwester rüttelt Stocker sanft an der Schulter, und wie durch einen Nebel hört er ihre Stimme. »Hallo! Hallo, das sieht sehr unbequem aus, was Sie da machen. Möchten Sie sich nicht lieber hinlegen? Wir haben da ein Zimmer, da können Sie –«

»Wie? Was? Nein, danke, geht schon, ich bin okay. Gibt's was Neues? Wie geht es ihm?«, fragt Stocker und versucht, wach zu werden. Ruckartig setzt er sich auf und starrt die Schwester an. »Wie spät ist es? Schon fast fünf? Warum haben Sie mich so lange schlafen lassen? Ist er zu sich gekommen?«

Die Schwester schüttelt den Kopf und sagt: »Nein. Es hat ein paarmal so ausgesehen, aber der Doktor meint, dass der Herr Auerbach wohl noch längere Zeit ohne Bewusstsein sein wird. Wissen Sie was? Vielleicht ist es gut, wenn Sie zu ihm ins Zimmer gehen. Setzen Sie sich an sein Bett und erzählen Sie ihm was. Irgendwas aus Ihrem Alltag. Tun Sie was, damit er nicht das Gefühl hat, alleine zu sein. Erzählen Sie ihm, was sich so ereignet hat, bei Ihnen, im Bekanntenkreis, oder lesen Sie ihm einfach was vor. Sie als Angehöriger sind der wichtigste Teil zur Orientierung in so einer Phase. Sie können ihn auch berühren, wenn Sie möchten.«

»Ja?«

»Ja. Wenn Sie seelsorgerischen Beistand wünschen, für sich oder Ihren Angehörigen, dann sagen Sie mir das bitte. Mögen Sie zu ihm reingehen? Ich bringe Ihnen gerne Kaffee oder was Sie wollen. Haben Sie Hunger?«

»Nein danke«, sagt Stocker und reibt sich die Augen. »Wie ist sein Zustand? Ist er stabiler geworden? Hat sich da was geändert?«

Die Schwester zuckt mit den Schultern und meint: »Er ist an ein Open-Lung-Beatmungsgerät angeschlossen, und er ist nach wie vor ohne Bewusstsein, so sieht's aus. Sein Kreislauf hat sich aber etwas stabilisiert, und sein Puls ist mittlerweile einigermaßen normal. Na ja, fast normal, immer noch zu niedrig, aber er ist wohl über den Berg. Wann er zu sich kommen wird, das wissen wir nicht. Gehen Sie rein zu ihm. Noch was: Da sind einige Überwachungsmonitore, und die sind alle mit Alarmeinrichtungen verbunden. Also erschrecken Sie bitte nicht, wenn eines dieser Geräte loslegt. Wir haben unsere Geräte hier vorne, kriegen alles mit und reagieren dann sofort.«

Stocker nickt, steht mühsam auf, streckt sich und geht der Schwester nach.

Die öffnet die Tür zu dem vierten Zimmer auf der rechten Seite. Premm und der andere Kripo-Mann, wie hieß der noch gleich? Zimmer? Zirner oder Zinner? Egal, die beiden sitzen auf Metallstühlen links und rechts davor und nicken dem Stocker zu.

Premm sagt: »Du hast ziemlich lange geschlafen, da vorn auf der Couch. Macht aber nichts. Wir sind ja hier. Und als Bewacher sind wir das Nonplusultra.«

»Du? Du bist doch mehr Always Ultra, Premm, meinst du nicht?« Und zum andern Kripo-Mann sagt er: »Passen Sie mal gut auf Ihren Kollegen hier auf. Nach meinem Freund da drinnen schau ich lieber selber.«

In dem leicht abgedunkelten Krankenzimmer sieht Stocker als Erstes ein riesiges Bett mit halb hochgefahrenem Kopfteil, in dem scheinbar eine Mumie liegt.

Zeno, oder besser gesagt das, was man von ihm sieht, ist einbandagiert. Der Rest, von der Brust abwärts, ist mit weißem Leinen, über das einige Schläuche und Kabel laufen, bedeckt.

Die Stirn und das Gesicht unterhalb der Nase, alles komplett in weißem Mull. Aus seinem Mund kommt eine gartenschlauchdicke und durchsichtige Röhre, die zu dem zischenden Beatmungsgerät rechts vom Bett führt. Über dem Bett verläuft eine dicke Leiste mit fünf oder sechs Monitoren drauf, die alle blinken und leise piepen. Auch an den Wänden befinden sich diverse Bildschirme und Digitalanzeigen. Links vom Bett steht ein Infusionsgestell, von dem aus zwei Schläuche in den rechten Arm führen. Der bandagierte Körper atmet im Rhythmus der Maschine, der Brustkorb hebt und senkt sich im Zwei-Sekunden-Takt.

Scheiße aber auch, denkt sich der Stocker und zieht sich den Stuhl an die rechte Seite des Bettes. Unbeholfen tätschelt er Zenos linke Hand, die auf der weißen Bettdecke liegt, und schaut auf den Pulsmesser an Zenos rechtem Zeigefinger auf der anderen Seite des Bettes.

Die Monitore und die Beatmungsmaschine machen Geräusche in einem Takt, der den Stocker an einen alten Hit der Bee Gees erinnert. An welchen bloß? Was war das noch? Ja, genau, »Nights on Broadway«, das ist es, denkt er sich.

Stocker schüttelt den Kopf und schaut sich in dem Zimmer um. Dann sagt er zu der Mumie: »Alter, warum hast du mich nicht mitkommen lassen? Wir beide, Mann, wir hätten denen gezeigt, wo der Frosch die Locken hat. Na ja, jetzt ist es passiert. Aber ich mache was mit denen, mein Freund. Timo und seine Regenwürmer, die werden bezahlen. Da kannst du dich drauf verlassen.«

Die Tür geht auf, und die Schwester von vorhin erscheint. Sie sagt: »Hier, ich habe Ihnen ein Käsebrot mitgebracht und Kaffee. Und einen Orangensaft. Reden Sie mit ihm. Vielleicht kann er Sie hören. Sie machen das schon.« Sie berührt Stocker am Arm und geht wieder.

Stocker schiebt das Tablett mitsamt dem Nachttisch weg und sagt zu Zeno: »Unser blöder Hund, der Josef, der will einfach nicht raus, wenn du nicht da bist. Aber der muss doch raus, verdammt noch mal. Und ich, ich hab keinen Bock mehr zu kochen. Die Nellie hat den Laden übernommen, bis klar ist, wie es weitergeht. Du siehst, wir haben echte Probleme. Wenn du hier drin abschmierst, du dämlicher Sack, dann verkaufe ich den Saftladen und geh in eine Seniorenpension in Thailand. Das ist dann ganz allein deine Schuld, wenn ich mir in Pattaya einen Tripper hole. Willst du das? Hmh? Jetzt mal ganz ehrlich?«

Und Stocker redet und redet, aber nach ein oder zwei Stunden fallen ihm die Augen kurz zu. Dann wird er plötzlich ruckartig wieder wach. Irgendwas war hier im Zimmer. Hat sich Zeno bewegt? Stocker starrt seinen bewusstlosen Freund an.

Im bandagierten Gesicht ist keine Regung zu erkennen. Die Lider sind geschlossen, aber die Augäpfel dahinter, die rollen jetzt hin und her.

Stocker starrt vor sich hin, und dann fällt sein Blick auf Zenos linke Hand. Der Zeigefinger, der hat gezuckt. Einmal nur. Aber er hat gezuckt.

Stocker ist plötzlich hellwach und sagt: »Hey, kannst du mich hören, du Simulant? Ja? Nein? Was jetzt? Du verarschst mich doch schon wieder. Pass auf: Wenn ja, dann mach den Trick mit dem Finger noch mal. Nur einmal, für den Papa hier, ja? Komm schon, du Spinner, zieh noch mal deinen Trick ab. Los jetzt, mach!«

Stocker schaut wie gebannt auf den Zeigefinger auf seiner Seite des Bettes.

Nichts. Keine Bewegung. Stocker schüttelt resigniert den Kopf und sieht dann aus dem Augenwinkel: Der Finger hat sich wieder bewegt. Einmal nur, ziemlich kraftlos, aber er hat sich bewegt.

»Ich hab's gewusst, dass du simulierst. Yes. Weil du dir nämlich eine von den leckeren Karbolmäusen hier drin ins Bett zaubern willst. Los, give me five, oder erst mal, gib mir einen. Beweg den Finger noch mal. Bitte. Ein einziges Mal. Nur für mich. Ich brauch dich, Alter. Los, gib mir ein Zeichen! Bitte!«

Der Finger auf der weißen Bettdecke geht zitternd und langsam hoch und fällt sofort wieder runter.

»Ja! Yep! Yes, we can! Ich hab's gewusst. Ich liebe dich, Mann. Nicht so frauenmäßig, du weißt schon, aber ich liebe dich. Ich bin gleich wieder da. Eine Minute, Zeno, eine Minute, ja? Geh nicht weg und fass hier nichts an, sonst glauben die Schwestern, ich wär das gewesen, okay?«

Stocker rennt aus dem Zimmer. Vorbei an den beiden dösenden Kripo-Männern draußen am Gang, und ein paar Sekunden später ist er an der Theke, vorne im Empfangsbereich.

Neben den Informationsblättern für Besucher der Intensivstation und dem Sparschwein für die Kaffeekasse der Krankenschwestern liegt, direkt neben einem Topf mit einem depressiven Kaktus, eine Klingel. So eine, wie man sie aus Hotels oder

Pensionen von früher her kennt. Eine messingfarbene Halbkugel auf einem Holzteller, mit einem Knopf oben drauf. Sieht aus wie eine kleine Frauenbrust.

Und wenn man auf diesen Knopf mit den Fingern tippt, dann kommt ein kurzes und helles »Pling«.

Stocker schnappt sich die Klingel und rennt zurück in das Krankenzimmer. Direkt unter Zenos linkem Zeigefinger platziert er die Klingel und sagt: »Pass auf, das ist jetzt so wie im Fernsehen. Ich frage dich was, und du antwortest. Okay? Einmal mit dem Finger auf den Knopf, das heißt ja. Zweimal klingeln, das heißt nein. Hast du das verstanden, oder soll ich dir eine Zeichnung machen? Einmal heißt: ja. Kapiert? Mach hin, Alter, hau einfach auf den Knopf, wenn du mich hörst. Und hier kommt sie, die Fünfhundert-Euro-Frage. Sie lautet: Hörst du mich?«

Nichts.

Die Beatmungsmaschine zischt, die Monitore piepen, und sogar das Summen der Klimaanlage ist zu hören. Stocker merkt, wie ihm trotz der einundzwanzig Grad, die hier im Zimmer herrschen, der Schweiß in dicken Tropfen von der Stirn rinnt. Er lehnt sich zurück, beugt sich aber sofort wieder über den einbandagierten Mann im Bett und sieht, wie sich Zenos Augäpfel hinter den Lidern hin- und herbewegen.

»Was willst du? Den Telefon-Joker? Oder lieber jemanden aus dem Publikum fragen? Ich bin dein Publikum, Mann, und du hast doch vorhin mit dem Finger gewackelt. Ich hab das glasklar gesehen. Mach was, du kannst das. Los, mach, ich will dem Josef was erzählen, wenn ich heimkomme. Und unserer Nellie. Scheiße, ich hab vergessen, die Nellie anzurufen. Die ist in der Kneipe und wartet auf meinen Anruf. Sie will wissen, wie es dir geht. Die alte Lesbe liebt dich auch, und sie macht sich Sorgen um dich. Ich auch, und weißt du was, Alter? Wenn du hier abnibbelst, dann verkaufe ich die Kneipe, weil, alleine hab ich auch keinen Bock mehr. Dann such ich mir eine Frau, die ich nerven kann, kauf mir ein Haus am Chiemsee unten am Hafen und spiele Golf. Oder so was Ähnliches. Oder ich geh wirklich nach Pattaya. Mann, bin ich fertig. Zeno, mach was, wenn du mich hörst. Bitte!«

Stocker steht auf, geht nervös einmal um das Bett herum, schaut sich die Monitore von hinten an, überprüft dann, ob der Knopf der Klingel auch noch genau unter dem Zeigefinger liegt und setzt sich wieder schwer auf seinen Stuhl.

Da hört er ein leises »Pling«.

»Wow, das war super«, sagt er und streicht mit der Hand über Zenos feuchte Stirn. »Echt super war das. Ich hab das genau gehört, Mann. Du schaffst das. Verstehst du, was ich sage? Ja?«

»Pling.«

»Ich krieg mich nicht mehr ein. Ich spring gleich aus dem Fenster. Pass auf, wir wollen das jetzt nicht übertreiben. Ich lass dich gleich wieder in Ruhe. Nur zwei oder drei Fragen. Hier kommt die erste. Lass dir Zeit, wir haben alle Zeit der Welt, du und ich. Die Frage ist: Warst du in Rosenheim, im ›Atlantis‹?«

Nichts. Stocker hört sich selber atmen und den Tinnitus-Ton, den er in beiden Ohren hat. Meine verdammten Ohren, sie spielen unser Lied, denkt er sich und starrt den bewusstlosen Mann vor sich im Bett an.

Dann, nach einer gefühlten Ewigkeit, ein weiteres, zaghaftes: »Pling.«

»Super, klasse, ich hab dich glasklar verstanden. Du warst in Rosenheim, im ›Atlantis‹, da haben dich die Tätowierten geschnappt, richtig?«

Nach vielleicht zwanzig Sekunden: »Pling.«

»Alle vier oder fünf? Die waren alle noch da?«

»Pling-Pling.«

»Nicht. Okay, nein, die waren nicht da, kapiert. Pass auf, andersrum: Du warst in Rosenheim und bist in den ›Atlantis-Club‹ rein. Das wissen wir jetzt. Hör zu, ich kenne dich. Du hast versucht, von hinten in den Laden zu kommen, Lieferanteneingang, Hintereingang oder so was, richtig?«

Fast unhörbar: »Pling.«

»Scheiße. Und die Kerle, die wir von unserem Besuch her kennen, die waren nicht mehr da, richtig? Der Laden war dunkel. Gut, du hast gedacht, da ist keiner mehr, ich geh da jetzt rein und schau mir in Ruhe die Sachen an. Du bist da rein, oder? Zuerst ins Büro. Da würde ich nämlich nachsehen. Vielleicht ist da was, würde ich mir denken. Ein Safe, Papiere, Unterlagen, ein Computer. Irgendwas, das uns mit der Gerlinde Leitner weiterbringt. Liege ich da richtig?«

»Pling.«

»Verstanden. Und entschuldige bitte den saublöden Ausdruck ›liege ich da richtig‹. Wenn hier einer liegt, dann bist du das, schon klar. Du liegst hier richtig, und zwar richtig blöd. Mann, Zeno, ich bin so was von nervös, ich weiß schon gar nicht mehr, was ich rede. Reiß dich jetzt zusammen, Stocker, reiß dich zusammen. Gut, weiter, die Tätowierten waren nicht mehr da. Der Laden war schon zu, und du wolltest aber im Büro nachsehen, ob es da was Interessantes für uns gibt. Und dann hat's dich erwischt. Jetzt kommt die vorletzte Frage. Ehrlich, nur noch die und dann noch eine einzige. War es so? Du bist da rein, der Laden war dunkel, es war offensichtlich keiner mehr da. Und du bist durchmarschiert ins Büro. Das war nämlich auch dunkel, und du hast gedacht, da ist auch keiner mehr, richtig?«

Zitternd und quälend langsam geht der Zeigefinger hoch und fällt dann auf den Klingelknopf. »Pling.«

»Gut. Und im Büro, da hat der Timo, unser Freund Luc, auf dich gewartet und hat dich voll gelegt. Im Dunkeln hinter der Tür oder so was. Der hat damit gerechnet, dass wir zurückkommen, oder zumindest einer von uns. Oder ganz anders gedacht, er war vielleicht dabei, seine Sachen zusammenzusuchen oder Unterlagen zu vernichten oder was weiß ich, weil er ja sowieso über kurz oder lang abhauen will. War es so ungefähr? Dass der da war? Und mitgekriegt hat, dass da wer durch die Hintertür kommt? Und dass er dich dann kalt erwischt hat? War es so?«

Nach einer Ewigkeit kommt ein fast unhörbares »Pling«, und an den Monitoren für Puls und Blutdruck ist plötzlich eine Lightshow, und zwei verschiedene Pfeiftöne jaulen einen schrillen Alarmton durch das halbdunkle Zimmer.

Die Lichter auf den Bildschirmen über dem Bett blinken immer schneller, und Sekunden später kommt die Schwester, gefolgt von einem jungen Arzt durch die Tür gestürmt.

Der Arzt schaut auf die Monitore und ruft: »Holen Sie den Chef. Und Sie, mein Herr, Sie gehen jetzt raus. Los, raus hier.

Und was soll das Kinderspielzeug da unter seiner rechten Hand? Nehmen Sie das weg, Schwester. Eine Klingel? Ich glaub, ich spinne. Was soll eine Klingel hier drinnen, verdammt noch mal?«

Stocker geht aus dem Zimmer, drängt sich an Zinner vorbei, klopft dem verdutzten Premm im Vorbeigehen auf die Schulter und kramt nach seinem Handy.

Unten, auf dem Parkplatz, ruft er die Nellie an. »Hi, ich bin's. – Wie? – Nein, es geht ihm nicht gut. – Was? – Noch mal nein, du kannst ihn nicht besuchen. Mich haben die auch gerade rausgeworfen. Morgen wissen wir mehr. – Nein, die Ärzte können nichts Genaues sagen, und er selber kann nicht sprechen. Ich habe noch was zu tun und weiß nicht so genau, wann ich wieder im Laden bin. Aber du schaffst das, ja? Ist mit dem Josef alles okay? – Was? – Ja, gut, dann bis später, ich melde mich wieder. Servus.«

Und sofort macht er den nächsten Anruf: »Hallo, Donat, hörst du mich? Mann, ist das eine scheiß Verbindung, wo steckst du gerade?«

»Im Auto, in einem Tunnel, auf dem Mittleren Ring. Gleich bin ich hier wieder raus. Was gibt es? Wie geht es ihm?«

Stocker fischt in der Jackentasche nach seinen Autoschlüsseln und sagt: »Nicht so toll. Aber die Ärzte meinen, dass er wahrscheinlich über den Berg ist. Genaueres können sie allerdings erst sagen, wenn er diese Nacht so einigermaßen überstanden hat. Pass auf, es ist ungefähr so abgelaufen: Der blöde Hund wollte doch tatsächlich im Alleingang in das Büro vom ›Atlantis-Club‹ in Rosenheim. Was? Ich höre nichts mehr. Was sind das für Geräusche? Hallo? Bist du noch dran? Hast du Husten mit Auswurf, oder ist das die Verbindung? Hallo, Donat?«

Ein paar Sekunden später ist der Zuckerhahn mit einem mal glasklar zu hören. »Ich bin jetzt aus dem Tunnel raus, sprich weiter. Bis jetzt habe ich alles verstanden. Auch das mit dem Husten. Das war pfui. Gut, er war also in dem Puff. Und dann?«

»Na ja, es war wohl alles dunkel da drin in dem Saftladen, und er hat gedacht, da ist keiner mehr. Da war aber doch noch einer. Nämlich unser Freund Luc Telchen, alias Timo. Der hat den Zeno dann von den Beinen geholt und sofort seine Kumpels angerufen. Dann haben sie den armen Zeno gemeinsam ein bisschen verhört, nehme ich an. Das Resultat kennen wir: Kiefer gebrochen, mindestens eine Gehirnerschütterung und so weiter. Von der Stichverletzung in der Schulter und der Kugel im Bauch weißt du ja auch. Die Kugel haben sie ihm rausgeholt, und der Arzt meint, die können wir mitnehmen, als Lesezeichen oder so. Und außerdem hat er über den Körper verteilt jede Menge Hämatome, das hat mir die Schwester erzählt. Gut, dann, nach der Befragung im ›Atlantis‹, so glaube ich, haben sie ihn in eine Kiste verpackt und überlegt, wo sie ihn deponieren. Den Rest kennst du. Vielleicht wollten sie nach Seeon mit ihm, oder was weiß ich. Auf jeden Fall haben sie ihn dann in Schafwaschen da unten am See verbuddelt. Flach unter der Erde, aber gut getarnt. Umgebracht haben sie ihn nicht. Das heißt für mich, Timo alias Luc war sich nicht sicher, ob er unseren Zeno nicht noch braucht. Lebend. So sehe ich das. Und so hat er mir das erzählt.«

»Erzählt? Bist du besoffen, oder was? Ich denke, der Bursche liegt im Koma oder so ähnlich. Wie zum Teufel kann er dir da was erzählen? Stocker, trinkst du heimlich?«

»Nein, aber unheimlich, wenn's sein muss. Ich hab mit ihm kommuniziert, das musst du jetzt einfach mal so glauben. Und so, wie ich dir das gerade erzählt habe, so war es wohl. Mit neunzigprozentiger Sicherheit war es so.«

»Gut, mal angenommen, es war wirklich so. Was willst du jetzt machen, hmh? Ich sag dir was. Du kannst gar nichts machen, mein Freund. Lass uns zusammen überlegen, wie wir da weiter vorgehen können, okay?«

»Wie wir weiter vorgehen? Das kann ich dir auf Wunsch auch vorpfeifen«, sagt Stocker und schwingt sich in sein Auto. »Ich rufe jetzt den Bernbach an und verabrede mich mit dem. Jetzt ist es, warte mal, kurz nach acht. Der alte Enno hat sein Abend-Müsli bestimmt schon hinter sich und sitzt in seinem Schaukelstuhl, mümmelt an einem Magentee rum und denkt über neue Sauereien nach. Mal schauen, wie ich an den rangehe.«

»Stocker, mach jetzt nichts Unüberlegtes. Warte, ich fahre

rechts ran, da ist ein Parkplatz. Warte, gleich, so, jetzt stehe ich. Du kannst den Bernbach nicht unter Druck setzen, Stocker. Warum sollte der sich also mit dir treffen? Der lässt dich eiskalt abtropfen und macht dir dann richtig Dampf unter dem Hintern. Also lass das mal lieber.«

Stocker spielt mit dem Zündschlüssel in seiner Hand und nickt zwei älteren Frauen zu, die mit einem riesigen Blumenstrauß in der Hand an der Fahrerseite vorbeigehen. Zum Zuckerhahn sagt er: »Ich hab schon was, das ich ihm anbieten kann. Etwas sehr Interessantes. Sag mal, wo treibt der alte Sack sich rum? Hat der ein Stammrestaurant, oder hat er ein Boot am Chiemsee, isst er regelmäßig in irgendeinem Yachtclub? Gibt es da was? Kannst du mir da was sagen? Ich meine, ich brauche einen Ort, an dem ich mich mit ihm treffen kann. In sein Haus fahre ich nicht, das ist mir zu gefährlich. Es muss ein öffentlicher Ort sein, verstehst du? Aber einer, den er gut kennt, denn da fühlt er sich sicher. Fällt dir da was ein?«

»Ja klar, warte. Lass mich überlegen«, sagt Zuckerhahn und dann ist es für fast eine halbe Minute still in der Leitung. »Das Einzige, das mir jetzt so einfällt … in den Akten ist ein Vermerk, dass er immer dieselben Personenschützer will, wenn er mit Politikern oder ausländischen Investoren zum Essen geht. Und er geht gerne in dieses Restaurant am Malerwinkel. Das direkt am Chiemsee, du kennst das auch, oder? Gut, die haben da einen kleinen Raum für vielleicht zwanzig Personen, den nimmt er immer, den kann man gut bewachen. Und für seine Gäste ist das auch toll, so mit Seeblick und so weiter. Die sind da für sich, aber keiner sieht die. Da war er im Lauf der letzten zwei Jahre öfters. Warum? Willst du ihn da zum Essen einladen?«

»Nein, aber das ist ein guter Tipp, danke. Ich ruf den Bernbach jetzt an. Jetzt gleich. Mein Handy lass ich dann auch an. Lass mich orten, Donat, und wenn ihr keine Peilung mehr habt, dann schick die Kavallerie dahin, wo ihr das letzte Signal von mir auf dem Bildschirm gehabt habt. Kannst du das veranlassen? Jetzt gleich?«

»Scheiße, Albin, warte doch noch. Lass dir Zeit. Mach das morgen, wir müssen –«

Aber Stocker hat die Verbindung unterbrochen und wählt die ganz persönliche Handynummer von Enno von Bernbach.

Nach dem zweiten Signalton knackt es in der Leitung, und eine brüchige und dünne Stimme, die sich anhört, wie wenn man mit Schmirgelpapier über Hartholz fährt, die sagt: »Wer spricht da?«

»Stocker. Albin Stocker. Wissen Sie, wer ich bin?«

»Warten Sie. Ja, natürlich. Ich habe schon von Ihnen gehört.« Dann ändert sich der Tonfall, und die Stimme klingt plötzlich hart. »Woher haben Sie diese Nummer?«

»Die hab ich, wie Sie hören. Und ich habe noch viel mehr. Ich habe Informationen, die Sie betreffen. Sie und mich. Ich will mit Ihnen darüber sprechen.«

»Das tun Sie doch gerade, sehr zu meinem Missfallen, muss ich sagen. Und wir sprechen auch nicht mehr lange, denn ich werde jetzt auflegen. Rufen Sie nie mehr hier an. Nie mehr, verstehen Sie mich?«

»Gut sogar, Herr Bernbach. Lassen Sie mich nur noch sagen, dass Sie wahrscheinlich sehr bald tot sein können, und dann will Sie sowieso keiner mehr anrufen. Aber ich habe Informationen, die Ihnen sehr nützen könnten. Ihnen und dem Deal, den Sie gerade am Laufen haben. So, und jetzt legen Sie auf, wenn Sie wollen.«

Schweigen. Stocker schaut sich die Fassade des Krankenhauses an und denkt sich, da oben irgendwo, da liegt mein Freund und wird von Maschinen am Leben gehalten. Was fühlt der jetzt? An was denkt er? Ob es wohl stimmt, dass das ganze Leben wie in einem Zeitraffer an einem vorbeifliegt, wenn man dem Tod nahe ist? Oder denkt man nur an die schönen Momente? Oder an die weniger schönen?

Ich selber, ich habe so vieles falsch gemacht in meinem Leben. Wenn ich könnte, würde ich manches ungeschehen machen, denkt sich der Stocker, während er das raschelnde Atmen des alten Mannes durch das Telefon an seinem Ohr hört. So laut und klar, als würde der neben ihm sitzen.

»Was genau wollen Sie? Wissen Sie, mit wem Sie sich da anlegen?«, sagt der alte Mann.

»Weiß ich. Und was ich will? Mit Ihnen reden. Mit Ihnen persönlich. Jetzt. Geben Sie mir zehn Minuten Ihrer Zeit. Ich gebe Ihnen dafür Informationen, die Sie ganz bestimmt nicht haben. Und Sie können mir vielleicht weiterhelfen. Mit Informationen, die ich nicht habe. Ich bin jetzt noch in Rosenheim. In, na ja, in vielleicht fünfundzwanzig oder dreißig Minuten bin ich auf dem Parkplatz Ihres Lieblingsrestaurants. Ich meine das, das direkt am Chiemsee liegt. Sie treffen sich dort im kleinen Saal ab und zu mit Ihren Geschäftskontakten aus Politik und Finanzadel. Wissen Sie, was ich meine? Und wo? – Ja? – Gut, dann kommen Sie dorthin, Herr Bernbach. Nein, entschuldigen Sie, von Bernbach, so heißen Sie ja. So viel Zeit muss sein, nicht wahr? Ich will Ihnen nicht drohen, bei Gott nicht. Aber wenn Sie jetzt nicht kommen, dann komme ich zu Ihnen. Vielleicht nicht heute oder morgen, aber bald. Und Sie werden mich erst bemerken, wenn ich neben Ihrem Bett sitze. Mein Partner liegt schwer verletzt im Krankenhaus. Vielleicht stirbt er. Vielleicht wollen Ihre Leute aber auch noch ein bisschen nachhelfen, dass er nicht aussagen kann, falls er jemals wieder zu sich kommt. Sehen Sie, ich habe keine Zeit mehr, und Sie auch nicht. Der Unterschied zwischen uns beiden ist nur, dass ich absolut nichts mehr zu verlieren habe. Sie schon. Also was ist, kommen Sie?«

Wieder ist Schweigen in der Leitung, dann sagt der alte Mann: »Sie können mir nicht drohen. Vor was soll ich Angst haben? Vor dem Tod? Der Tod hat Angst vor mir, junger Mann, sonst hätte er mich schon lange holen lassen. Was Ihren Partner anbelangt, davon weiß ich absolut nichts. Damit habe ich auch nichts zu tun. Also, was für eine Information könnten Sie haben, die mich interessiert?«

»Luc Telchen. Gerlinde Leitner. Max Leitner. Friedberg, Gott hab ihn selig. Oder Arafat al-Jabbari? Wissen Sie was? Sie bringen den Kaffee, ich den Kuchen, und dann machen wir es uns so richtig nett, wir beide. Was ist jetzt? Bis gleich? Nur wir zwei und ein Stehgeiger?«

Durch das Telefon kommt ein Seufzen, das mehr wie ein leises, schmerzhaftes Stöhnen klingt, und dann sagt der alte Mann: »Ja, gut. Ihren Humor kann ich leider nicht nachvollziehen, aber passen Sie auf, Herr Stocker, ich komme. Ich warte auf Sie auf dem hinteren Parkplatz, zwischen den Bäumen. In einem schwarzen Auto. Und ich wünsche mir für Sie, dass Sie genau wissen, was Sie da jetzt tun. Denn ich glaube, Sie wissen nicht, mit wem Sie es tun.«

»Gut. Bis gleich. Und, Herr von Bernbach, noch was: Ich bin abgesichert. Wenn mir was passiert, so was Ähnliches wie meinem Partner, dann geht's richtig ab. Ich fahre jetzt los. Ich bin alleine und will nur mit Ihnen sprechen. Zehn Minuten Ihrer Zeit, und Sie hören wahrscheinlich nie wieder von mir. Gut?«

»In Ordnung. Sie haben meine Neugierde geweckt, junger Mann. Bis gleich.«

Zweiunddreißig Minuten später

Die Abendsonne versinkt irgendwo hinter den Bergen, und der Chiemsee macht sich für die Nacht bereit. Es wird noch einige Zeit hell sein heute, denn wir schreiben den längsten Tag des Jahres. Aber es wird wohl eine dieser Nächte werden, in denen die Sterne im Dunst kaum zu sehen sind. Und die Luft am See unten, die wird man fast trinken können.

Stocker fährt über die Seestraße, aus Gstadt raus und am Schalchenhof vorbei. Hinter Gollenshausen heißt sie ja Seebrucker Straße. Links kommt jetzt die Einmündung der St2095, und dann geht's auch schon rechts ab auf den Parkplatz vom »Malerwinkel«.

Stocker hält sich rechts und noch mal rechts und fährt gleich auf den Kiesweg zum kleineren Parkplatz, der ein bisschen erhöht ist. Hier unten, auf den beiden großen Kiesflächen, da stehen die Autos dicht an dicht.

Aber der obere Parkplatz ist bis auf einen Wagen leer. Am Weg dorthin steht ein Mann im schwarzen Anzug und spricht in seinen linken Ärmel. Wie in einem dieser Filme, in denen diese Secret-Service-Typen mit ihren Hemdsärmeln kommunizieren. Vielleicht zwanzig Meter hinter ihm, auf dem kleinen Parkplatz, da steht ein schwarzer Rolls-Royce Silver Cloud unter den Bäumen. Davor wieder so ein Typ im schwarzen Anzug. Der genauso aussieht wie der Hemdenflüsterer, den Stocker soeben passiert hat. Und auch der spricht mit seinen Klamotten.

Ich glaub es nicht, wo wachsen die bloß alle?, denkt sich Stocker und hält direkt neben dem Rolls. Der Kerl im schwarzen Anzug ist sofort da und öffnet die Fahrertür.

»Steigen Sie bitte langsam aus und stellen Sie sich vorne an Ihr Auto«, sagt der Typ und geht einen Schritt zurück.

»Ich komme in Frieden, Bruder«, erwidert Stocker und stellt sich wie befohlen hin. Der schwarze Anzug folgt ihm und hat plötzlich ein Gerät in der Hand, das aussieht wie eine von diesen elektronischen Fliegenklatschen, nur mit kurzem Stiel und einem dicken schwarzen Griff. Der Kerl im Anzug hält das Gerät an Stockers Kopf und fährt langsam am Körper runter.

»Sauber«, sagt er zu seinem Hemdsärmel.

Stocker kann die Antwort des weißen Hemdes nicht verstehen, denn der Mann hat einen Knopf im Ohr, so wie eins von diesen Steiff-Tieren.

Das Hemd ist aber anscheinend zufrieden, denn der Kerl zeigt mit seinem Fliegenfänger zum Rolls, und das Fenster hinter dem Fahrer senkt sich.

»Ein Handy, sonst nichts«, sagt der Typ in das geöffnete Fenster, und aus dem Inneren des Autos kommt die Antwort: »Nehmen Sie es.«

Der Kerl im schwarzen Anzug streckt die Hand aus, und Stocker gibt ihm sein Handy.

»Keine Auslandsgespräche, das kann echt teuer werden. Aber wenn du bloß deine Mama anrufen willst, bitte, nur zu«, sagt Stocker, und zu der Stimme im Wageninneren: »Das Handy brauche ich gleich. Da ist ein aufgezeichnetes Telefonat drauf, und auch ein paar Bilder, die ich Ihnen gerne zeigen möchte.«

»Kommen Sie doch bitte erst mal rein, Herr Stocker.« Von Bernbach öffnet die Tür, und Stocker steigt in den Wagen.

»Britische Kompaktklasse. Umweltfreundlich und ohne Schnickschnack. So was gefällt mir. Respekt.«

»Das ist mein rollendes Büro«, sagt der alte Mann, »und außerdem vollkommen abhörsicher. Ihr Handy bleibt draußen, solange Sie hier drin sind. Wir laden die Dateien runter. Sie haben doch nichts dagegen, oder?«

Stocker schaut sich den Mann neben ihm an: Alt ist er, so um die achtzig, fünfundachtzig. Kahl und faltig. Dünn, fast dürr. Mit vielen Leberflecken im Gesicht und fast haarlos. Die kleinen, dunklen Augen sehen Stocker an, mit dem uninteressierten, toten Blick eines Adlers.

»Zehn Minuten. Was haben Sie für mich?«

»Zehn Minuten reichen. In ungefähr fünf Minuten ist die Kavallerie hier, wenn die mich gleich nicht mehr auf dem Radar haben. Der Klon da draußen soll also nicht unnötig mit meinem Telefon rumspielen. Was ich für Sie habe, ist auf ›Gespeicherte

Mitteilungen‹ und auf ›Bilder‹. Wo haben Sie bloß diese Kerle her? Sind die aus Bio-Zuchten mit ökologischer Bodenhaltung? Also, ich kann mit meinem Hemd reden, so viel ich will, bügeln muss ich es trotzdem.«

»Konrad!«

»Ja, Herr von Bernbach?« Vollkommen lautlos hat sich die dunkle Trennscheibe zwischen Fahrer und Rückbank gesenkt, und ein weiterer Anzugträger schaut über die Schulter zu dem alten Mann.

»Das Handy. Laden Sie alles runter.« Der alte Mann wedelt mit einer dürren Hand, und die Trennscheibe gleitet wieder nach oben.

»Wo haben Sie denn den alten Timo? Oder Luc, wie der früher geheißen hat? Ich hätte ihm gerne die Hand geschüttelt«, sagt Stocker.

Der alte Mann lächelt. »Sparen wir uns das alles. Sie haben was für mich. Und dann habe ich vielleicht was für Sie. Und, Herr Stocker, keine Spielchen, ja? Ich weiß, wer Sie sind. Und ich weiß, wer Sie schützt. Da haben Sie großes Glück, mein Lieber.«

»Meinen Sie meinen Bekannten bei der Kripo, ja?«

Der alte Mann schüttelt den Kopf und sagt mit seiner krächzenden Stimme: »Kein Kripo-Mann in diesem Land könnte Sie vor mir schützen. Nein, ich meine Ihre Freunde in Spanien. Ich habe mich natürlich ein bisschen informiert. Sie kenne ich ja nun schon seit ein paar Tagen. Schauen Sie mal, hier!« Damit schnippt der alte Knabe mit dem Zeigefinger und dem Daumen seiner rechten Hand, und auf der dunklen Glas-Trennscheibe erscheint plötzlich ein Bild. Dann wird aus dem Bild ein Film, ohne Ton, aber die Handlung ist interessant.

Stocker sieht sich selbst hinter einer großen Glasscheibe, ihm gegenüber sitzt die Gerlinde Leitner. Die beiden Figuren in dem Film unterhalten sich, dann schaut der Mann, nämlich Stocker, voll in die Kamera und spricht mit der Frau, die ihm gegenübersitzt.

Die Frau steht dann nach ein paar Minuten auf und verlässt das Lokal. Der Mann, Stocker, der schaut noch mal in Richtung der Kamera und spricht mit jemandem, den man nicht sieht. Dann legt er was auf den Tisch, wahrscheinlich einen Geldschein, steht auch auf und geht. Die Glasscheibe wird schwarz, und Enno von Bernbach sagt: »Bernau, vor ein paar Tagen. Erinnern Sie sich? Übrigens, ich kenne das Café und die Bäckerei. Die machen ein Sechskorn-Brot, das ist sensationell. Das sollten Sie mal probieren, dann essen Sie nichts anders mehr.«

Stocker schüttelt den Kopf und sagt: »Der Wagen in der Straße neben der Tankstelle. Ein Mann und eine Frau, ja? So gut waren die beiden nun auch wieder nicht. Wenn Sie nichts Besseres haben?«

»Habe ich, und zwar über Sie und Ihren Partner. Sie beide, Sie sind so was wie die letzten Chiemsee-Cowboys, glaube ich. Tut mir übrigens sehr leid, was da mit Ihrem Partner passiert ist. Und glauben Sie mir, damit habe ich nichts zu tun. Aber genau deswegen sind Sie hier, nicht wahr?«

»Auch«, sagt Stocker, »aber erst eine andere Frage: Wo ist Gerlinde Leitner?«

Der alte Mann lächelt und sagt: »Nein, nein, eins nach dem anderen. Was haben Sie für mich?«

»Das ist auf meinem Handy, der letzte aufgezeichnete Anruf. Der von Ihrem Timo. Da sollten Sie mal reinhören. Dann sprechen wir weiter.«

Der Alte klopft an die Trennscheibe, die verschwindet wie durch Zauberhand wieder nach unten, und Bernbach sagt: »Spielen Sie bitte die letzte Aufzeichnung ab. Danke.«

Stille. Dann kommt die Stimme von Luc/Timo aus den Lautsprechern: »Ich will weg von dem alten Sack …« Dann, ein paar Sekunden später: »Der dämliche stinkende Alte und seine verpissten Freunde …« Dann: »Ich hab mich abgesichert, das kannst du mir glauben …«, und so weiter.

Enno von Bernbach schüttelt langsam den Kopf und sagt: »Wissen Sie, es sind eigentlich nur zwei Dinge, die uns Menschen antreiben. Geld und Macht. Die Sucht nach Macht über irgendjemanden oder irgendwas. Und das hat auch fast immer mit Geld zu tun. Was auch immer in unserer zivilisierten Welt passiert, man kann es meist auf Geld reduzieren. Da, schauen

Sie!« Bernbach drückt auf einen Knopf in der Mittelkonsole und sagt: »Spielen Sie bitte das Video aus Curaçao ab. Danke.« Und zu Stocker: »Wie unhöflich von mir. Möchten Sie was trinken? Wir haben fast alles da, glaube ich.«

Stocker schüttelt den Kopf, und Bernbach spricht weiter: »Was Sie jetzt sehen, das kennen Sie wahrscheinlich. So was läuft über Gesichts-Scanner. Biometrische Gesichtserkennung, genauer gesagt. Ein Passfoto, also ein Reisepass oder was auch immer, irgendein Dokument mit Ihrem Foto drauf, das wird gescannt. Das ist so üblich, wenn Sie heute Ihr Land mit einem Flugzeug verlassen. Dann sind Sie im Raster, dann werden Ihre Daten gespeichert, ganz automatisch. So was haben die heutzutage auf allen großen Flughäfen. Und wir haben über unsere Kontakte natürlich Zugriff auf so was, weltweit. Aber das hat Ihr mächtiger Freund John in Spanien ja auch, oder? Passen Sie auf, Sie werden staunen.«

Jetzt erscheinen wieder bewegte Bilder auf dem Display der Trennscheibe. Man sieht die Außenfront eines Gebäudes mit großen Glasschiebetüren. Über der Tür steht in roten Buchstaben »Curaçao Arrival«, daneben die Darstellung eines Flugzeuges im Landeanflug.

Aus dem Ausgang strömen Menschen mit Koffern und Taschen in den Händen. Stumm, ohne Ton, aber in Farbe eilen Männer, Frauen und Kinder, Großfamilien und Singles zu Taxis, zu Bussen und Bahnen oder werden von Freunden oder Verwandten begleitet.

In dem Strom aus bunt gekleideten Touristen und ernst blickenden Geschäftsleuten mit Aktentaschen in der Hand und meistens auch einem Handy am Ohr erscheint eine Frau im Bild.

Elegant gekleidet, in einem schwarz-weißen Prada-Kostüm.

Eine hübsche, schlanke rothaarige Frau mit einer großen schwarzen Sonnenbrille, die sie jetzt mit einer eleganten Handbewegung abnimmt, um damit nach einem Taxi zu winken. Der Louis-Vuitton-Koffer auf Rollen, den sie hinter sich herzieht, passt zur Handtasche.

Ihr Gesicht wird voll sichtbar, und Stocker schluckt trocken:

Gerlinde Leitner, wie sie leibt und lebt. Trotz der roten Perücke und dem fremdartigen Make-up. Das Bild auf dem Display ist messerscharf und wird herangezoomt. Man sieht die kleinen Schweißperlen auf ihrer Stirn, und auch, dass ihr sorgfältig aufgetragener dunkelblauer Eyeliner in der feuchten Tropenhitze leidet.

»Sehen Sie?«, sagt der alte Mann und zeigt auf das Display. »Da haben wir sie. Nach ihr suchen Sie doch, oder? Sie und Ihr Partner, ja? Aber da ist sie, schön und lebendig wie immer. Ich persönlich finde, dass ihr blond besser steht. Aber auf den Ausweispapieren, die sie verwendet, ist das Foto einer Rothaarigen mit einem italienischen Namen. Die Aufnahme hier ist übrigens erst ein paar Stunden alt. Sie ist nicht tot, aber sie ist mit schuld, dass ihr Mann tot ist. Na, was sagen Sie jetzt?«

»Was hat Luc Telchen, oder wie auch immer Sie ihn nennen, damit zu tun?«

»Der? Damit hier? Gar nichts. Die Dame hier, die hat das alles selber inszeniert. Ganz schön clever, was? Jetzt schauen Sie nicht so, ist doch nicht das erste Mal, dass eine Frau einen Mann reinlegt, oder? Wir haben die schöne Gerlinde immer auf dem Radar gehabt. Auch in Ihrer sogenannten ›sicheren Wohnung‹. Schade um Ihr schönes altes Auto. Da konnten meine Leute nichts machen. Sonst wären die aufgeflogen«, sagt der alte Mann und schaut kurz durch die abgedunkelte Scheibe des Fensters auf seiner Seite. Auf dem Weg, der zu dem oberen Parkplatz führt, sieht man eine junge Mutter mit einem Kinderwagen und zwei kleineren Kindern, die von einem der Anzugträger zurückgewiesen wird. Der Mann in Schwarz mit der Sonnenbrille im Gesicht und dem Knopf im Ohr schüttelt den Kopf und lässt die Frau nicht weitergehen. Resigniert dreht die junge Mutter um, und die Kinder folgen ihr widerwillig. Nur das kleine Mädchen bleibt vor dem Bodyguard stehen und streckt ihm die Zunge raus.

»Wird er sie jetzt erschießen?«, fragt Stocker, der die Szene auch mitbekommen hat.

»Mein lieber junger Freund. Ich bin weit über achtzig Jahre alt und habe durchaus noch Sinn für Humor. Und das, obwohl ich mittlerweile fast jeden Monat ein Kilo abnehme, nur noch Grünzeug esse und einen Cholesterinspiegel habe, der niedriger ist als mein IQ. Trotzdem werde ich bald sterben. Aber nicht hier und nicht heute. Deswegen passen diese Leute auf mich auf. Für viel Geld machen die das. Mein Geld. Damit sind wir wieder beim Thema. Wie war Ihre Frage? Ah ja, unser lieber Luc, mein Timo. Ich habe ihn gemocht. Er war so voller … Elan und Aufrichtigkeit, damals. Ich hab ihn aufgenommen, ich habe ihm Umgangsformen beigebracht und natürlich auch seine Talente für meine Sache eingesetzt. Und Talente hat er viele, das können Sie mir glauben. Nur, wie soll ich sagen, ich habe mich in ihm geirrt. Möchten Sie vielleicht ein Glas von unserem köstlichen Champagner mit mir trinken? Ich nehme jetzt ein Glas, für meinen maroden Kreislauf.«

Der alte Mann drückt auf einen der Knöpfe, nachdem er Stockers Kopfnicken mit einem Lächeln zur Kenntnis genommen hat, und sagt in ein verborgenes Mikrofon: »Konrad, wenn Sie uns bitte zwei Gläser Champagner reichen würden? Danke.« Und zu Stocker: »Das ist ein 69er Dom-Pérignon-Rosé-Champagner, den wir da haben. Ist das nicht Ihr Geburtsjahr, Herr Stocker?«

Der nickt, und Enno von Bernbach spricht weiter: »Wo war ich? Ach ja, bei Timo. In dem habe ich mich geirrt, das gebe ich zu. Aber niemand irrt vollkommen, wissen Sie? Man irrt sich und denkt, wenn ich seine Schwachstellen kenne, ist das nur gut für mich. Aber mit Timo ist es wie mit dem Golem. Ein Ungeheuer, das man geschaffen hat. Aus Ton, ja, aber ein Ungeheuer. Er ist mein Monster, dem ich eine Seele eingehaucht habe und das ich steuern kann. Aber es ist aus Ton, das Monster, und seine Seele ist auch aus Ton, und irgendwann denkt das Ungeheuer, es ist intelligenter als sein Schöpfer. Ich habe gewusst, dass der Tag kommt. Aber ich habe nicht gedacht, dass es jetzt schon passiert und so schnell. Das mit Ihrem Partner tut mir leid. Nicht um Ihren Partner, den kenne ich ja nicht. Es tut mir nur leid, dass es passiert ist. Weil es vollkommen sinnlos war, verstehen Sie das?«

Stocker nickt und nimmt das Glas entgegen, das ihm durch

die heruntergelassene Trennscheibe gereicht wird. Enno von Bernbach hebt wortlos sein Glas, nickt, und die Trennscheibe fährt wieder hoch.

»Auf Ihr Wohl, Herr Stocker. Für meines bezahle ich derzeit viel Geld. Sehen Sie, die Leitners, die sind einfach zu gierig geworden. Obwohl ich glaube, dass sie, die Gerlinde, die treibende Kraft war. Der Max, der war mir immer treu ergeben. Aber dann hat sie ihm wahrscheinlich irgendwann zwischen den zerwühlten Bettlaken eingeflüstert, dass er doch eigentlich mehr haben kann. Noch mehr, und keiner wird es mitkriegen. Die beiden haben mich um ungefähr fünfundzwanzig Millionen Euro betrogen. Ich habe es erst bemerkt, nachdem Max von der Bildfläche verschwunden ist. Gut, ihn haben wir schnell gefunden, das Geld aber nicht. Und nun ist die schöne Gerlinde in Curaçao aufgetaucht. Da haben wir sie kurz darauf wieder verloren. Sie ist weg. Okay, wir werden sie finden, weil sie bestimmt irgendwann einen Fehler macht. Das Geld, das die beiden mir gestohlen haben, das steckt auch irgendwo auf Konten in der Karibik oder in Asien. Aber wir haben Zeit.«

»Haben Sie Max beseitigen lassen?« Stocker stellt die Frage eher beiläufig und erwartet eigentlich keine Antwort.

Aber der alte Mann trinkt, nickt und sagt in einem überraschten Ton: »Ja. Natürlich. Was hätten Sie denn getan? Ich habe eigentlich damit gerechnet, dass die Gerlinde danach weinend zu mir kommt und um irgendeinen Handel bittet. Aber die ist abgebrühter, als ich gedacht habe. Kompliment. Sie ist nicht zu mir, sondern zu Ihnen gekommen und hat Sie eingewickelt. War es so?«

»Nein, es war eigentlich ganz anders«, sagt Stocker und schüttelt den Kopf.

Enno von Bernbach meint: »Egal. Was passiert ist, ist passiert, und Sie waren plötzlich mit im Spiel, und das hat mich sehr verärgert. Wissen Sie, ich hätte logistisch und emotional kein Problem, Sie mitsamt Ihrem Lokal in die Luft zu jagen und Ihrem Partner im Krankenhaus die Beatmungsmaschine abstellen zu lassen. Aber ich kann jetzt keine weitere Unruhe gebrauchen. Ich weiß, dass Sie in Spanien mächtige Freunde haben, aber glauben Sie mir, einen Krieg mit denen könnte ich aufnehmen und auch gewinnen. Im Moment habe ich jedoch andere Prioritäten.«

»Was wollen Sie unternehmen? Was können wir machen? Meine zehn Minuten sind längst um. Sie wissen, was ich will und was ich tun werde, nicht wahr? Und wenn ich es nicht tue, dann kommen andere nach mir. Die erscheinen irgendwann auch bei Ihnen, das wissen Sie. So viele Bleichgesichter in schwarzen Anzügen gibt es nicht, um Sie dann zu schützen.«

Stocker stellt sein Glas auf der Mittelkonsole ab und schaut dem alten Mann voll ins Gesicht.

Der sagt: »Das ist jetzt Stockers Krieg, was? Hören Sie mir zu, Herr Stocker. Ich will diesen einen Finanzdeal noch erledigen, an dem ich jetzt dran bin. Das ist eine ganz große Sache, die größte, die ich je gemacht habe, und die soll sauber durchgehen. Da geht es ungefähr um eine Milliarde Euro. Und da wirken Personen mit, die keine Störung akzeptieren. Der Fokus ist im Moment auf dieser Aktion, die geht in einer Woche oder so über die Bühne. Alles andere, was da jetzt außenrum passiert oder dieses Geschäft verzögert oder verhindert, das muss ich im Griff haben. Das ist mein Teil der Aktion. Und Menschen, die sich mir in den Weg stellen, die sehe ich als Kollateralschaden. Timo hätte mich erpresst, das ist mir jetzt klar. Nicht heute oder morgen oder nächste Woche, sondern irgendwann mit irgendwas. Die beiden Leitners, die haben mich und meine Geschäftsfreunde bestohlen. Deswegen ist Max Leitner jetzt tot, und seine Frau ist auf der Flucht. Timo und die Leitners, die haben nichts miteinander zu tun, das können Sie mir glauben. Da sind zwei Aktionen parallel abgelaufen, und irgendwer hat den Überblick verloren. Egal, ich habe wieder was dazugelernt. Ich kann Ihnen Timo geben, das wollen Sie doch, oder? Wo Gerlinde Leitner mit meinen fünfundzwanzig Millionen jetzt ist, das weiß ich selber nicht. Und wissen Sie was? Das ist mir auch egal, wenn ich hier nur den einen Deal noch durchkriege. Soll sie doch mit dem Geld und all der Angst, erwischt zu werden, leben, wenn sie das möchte. Was wollen Sie noch? Wissen Sie, was mich in diesem Zusammenhang interessieren würde? Sie und Gerlinde, war da was?«

Stocker schüttelt den Kopf und sagt: »Nein. Da war nichts. Nicht so, wie Sie meinen, jedenfalls. Aber eines begreife ich überhaupt nicht. Wir, mein Partner und ich, wir sind ja erst jetzt auf die ganze Sache gestoßen. Nachdem wir ein Notizbuch aus Neuseeland bekommen haben. Ein paar Seiten davon mit Zahlen und Bank-Codes hab ich abfotografiert, das sind die Bilder, die ich Ihnen noch zeigen wollte. Was ist da schiefgelaufen?«

Enno von Bernbach verneint. »Junger Freund, bei so einem Deal, da treten Sie auf der ganzen Welt vielen Leuten auf die Füße. Mächtigen Leuten, und alles kann man nicht kontrollieren. Ich habe keine Ahnung, noch keine, besser gesagt, aber diese Fotos habe ich ja nun, und wir werden daran arbeiten und sehen, wo die undichte Stelle sein kann.« Der alte Mann schaut aus dem Fenster und spricht weiter: »Das viele Reden strengt mich an. Es wird jetzt auch schnell dunkel, und ich möchte nach Hause. Passen Sie auf, ich habe nur einen einzigen Vorschlag für Sie. Der ist nicht verhandelbar, und ich möchte jetzt gleich eine Antwort von Ihnen. Heute Nacht oder morgen früh erhalten Sie eine Information auf Ihr Handy. Was Sie mit dieser Information machen, das ist mir vollkommen egal. Sie werden die Nachricht auch nicht zurückverfolgen können, also sparen Sie sich die Mühe. Zweitens, und das wollten Sie doch sicherlich auch von mir verlangen: Unsere hübsche Gerlinde oder wie auch immer sie in Zukunft heißen wird, kann tun und lassen, was sie will. Ich lösche sie aus meinem Gedächtnis. Sie und das Geld, das sie mir gestohlen hat, denn das sind Peanuts im Vergleich zu der Summe, um die es jetzt geht. Aber sie wird immer mit der Angst leben müssen, dass ein Auto neben ihr hält und ihr jemand schmerzhafte Fragen stellt. Dieser jemand wird allerdings, zumindest von meiner Seite, nie kommen. Das wissen nur Sie und ich, und so muss es bleiben, ja? Und sollte ich jemals erfahren, dass Sie oder Ihr Partner mit Gerlindes, sagen wir mal, überstürzter Abreise zu tun haben, dann hilft Ihnen kein Schutz mehr. Egal, von wem auch immer. Und unsere Vereinbarung in Bezug auf Gerlinde Leitner, die ist dann hinfällig, okay? Ansonsten wünsche ich Ihnen ein langes und zufriedenes Leben, denn wir beide, wir werden uns nicht mehr sehen oder voneinander hören. Können Sie das so ohne Einschränkungen akzeptieren?«

»Ja.«

»Dann leben Sie wohl, Herr Stocker. Wir beide, wir haben uns nie getroffen, und Sie werden sich nie mehr bei mir melden, ist das für Sie so in Ordnung?«

»Ja. Darauf haben Sie mein Wort, Herr von Bernbach. Danke für Ihre Zeit und alles Gute für Ihr letztes großes Geschäft. Leben Sie wohl. Ich freue mich auf Ihre Nachricht.«

Rückfahrt nach Atzdorf, 21.44 Uhr

Kurz vor Prien hält es Stocker nicht mehr aus. Er steuert seinen 240er rechts ran an eine Bushaltestelle, nimmt sein Handy und ruft in Rosenheim im Krankenhaus an. Nach zwei Minuten hat er die Stationsschwester am Ohr und sagt: »Stocker hier, der Verwandte von Herrn Auerbach. Wie geht es ihm?«

»Dem Herrn Auerbach? Besser. Der ist ja so ein netter Mann. Und wie Sie sich alle um ihn kümmern, das tut ihm auch richtig gut.«

»Wer ist alle?«, fragt Stocker misstrauisch.

Die Schwester sagt: »Na ja, vor ein paar Minuten, da hat zum Beispiel seine Tante Nellie angerufen. Das muss eine richtig nette alte Dame sein, so wie sie gesprochen hat. Bei ihr am Telefon war auch noch der Halbbruder von Herrn Auerbach, der Herr Josef. Den hat das Ganze aber scheinbar ziemlich mitgenommen, denn der konnte vor Freude gar nicht mit mir sprechen, der hat nur zweimal ziemlich laut geschluchzt oder so. Vor Erleichterung wahrscheinlich.«

»Ja, wir sind gefühlsmäßig eine ziemlich kompakte Familie und alle sehr emotional drauf. Aber wie geht's ihm denn jetzt?«

»Der Herr Auerbach ist bei Bewusstsein«, sagt die Stationsschwester. »Er ist noch ziemlich schwach. Sein Kreislauf läuft noch ein bisschen unrund, aber er kann etwas Flüssignahrung zu sich nehmen, und er hat was auf einen Zettel geschrieben, das ich nicht verstehe. Eine Nachricht für Sie, glaube ich. Deswegen sollte ich Sie heute noch anrufen. Gut, dass Sie dran sind, das hätte ich nämlich fast vergessen, bei dem ganzen Stress hier. Sie heißen doch Albin, oder?«

»Ja. Was steht denn da?«

»Auf dem Zettel stehen nur zwei Worte: ›Lass es.‹«

Für ein paar Sekunden ist es ruhig, dann spricht die Schwester weiter: »Können Sie was damit anfangen?«

»Ja, ich glaube schon. Wir haben eine Kneipe, so was Ähnliches wie ein Restaurant. Und er, er ist der Chefkoch. Da lässt er sich nicht reinreden, und er hat es auch nicht so gerne, wenn wer in seinen Töpfen rumrührt, verstehen Sie? Das hat er wohl gemeint damit. Lass es, lass die Finger von meinen Töpfen. Tun Sie mir einen Gefallen, bitte? Gehen Sie zu ihm, und sagen Sie ihm, dass ich angerufen habe. Sagen Sie ihm, versprochen, ich lasse es. Es hat schon jemand für ihn gekocht. Tun Sie das für mich? Ja? – Danke, das ist sehr lieb. Und noch was, sagen Sie ihm, alles läuft gut, und ich komme morgen am Vormittag zu ihm. Übrigens, was machen denn die beiden Beamten vor seinem Zimmer? Ist da alles okay? War da was?«

»Nein«, sagt die Schwester, »hier ist alles in bester Ordnung. Obwohl ich glaube, dass die beiden Polizisten über den Humor von Herrn Auerbach nicht so recht lachen können.«

»Ich denke, er kann nicht reden?«

»Kann er auch nicht so richtig«, sagt die Schwester, »aber er hat mir vor einer Stunde einen zweiten Zettel gegeben, für die beiden Polizisten. Da stand drauf: ›Wenn euch langweilig ist, spielt doch euer Lieblingsspiel: Beamten-Mikado. Wer sich zuerst bewegt, der verliert.‹«

Stocker grinst, bedankt sich und fährt weiter. Dann dreht er das Radio an und hört auf Bayern 1 ZZ-Top mit »Sharp Dressed Man«. Zwar nicht ganz von Anfang an, aber das macht nichts. Alle Knöpfe nach rechts, Schiebedach auf und jetzt muss er laut und falsch den Refrain mitsingen: »'cause every girl's crazy 'bout a sharp dressed man.«

***

Später, in der »Endstation«, bringt Nellie noch ein Bier und einen Gin Tonic zu Stocker an den Stammtisch, setzt sich ihm gegenüber und sagt: »Die haben ihm den Kiefer verdrahtet. Weißt du, was das heißt? Er muss eine Woche oder zehn Tage lang sein gotteslästerliches Mundwerk halten. Gut, das mit dem Sprechen geht schon wieder so ein bisschen, sagen die im Krankenhaus, aber verstehen tut ihn kein Schwein. Er kann ja nur irgendwas zwischen den zusammengepressten Zähnen hindurchzischen, und ziemlich geschwächt ist er im Moment wohl auch noch.

Ja, und wenn der Draht weg ist, dann kriegt er die Klappe vielleicht einen Zentimeter oder so auf, sagen die. Das reicht für ein Grießsüpplein mit einem kleinen Löffel. Aber er schreibt Zettel, hast du das gehört? Hast du im Krankenhaus angerufen?«

»Hab ich«, sagt Stocker und prostet der Nellie zu. Und natürlich dem Josef, der unter dem Tisch liegt und sehr ernsthaft sein Geschlechtsteil betrachtet. »Die Stationsschwester meint, der Zeno hat eine nette alte Tante, die hätte sich richtig Sorgen gemacht, die alte Dame. Und der Halbbruder, der Herr Josef, der hat vor lauter Rührung nur vor sich hin geschluchzt. Na dann, Prost!«

»Ich musste der Karbolfunzel ja was erzählen, sonst hätte ich keine Auskunft bekommen. Aber ich glaube auch, dass er jetzt über den Berg ist. Kannst du mir freundlicherweise erzählen, was für eine Scheiße ihr beide jetzt wieder am Kochen habt? Was? Ach, lass es, ich will es gar nicht hören. Wenn der Zeno den Draht rauskriegt, dann bring ich ihm was zu essen rein, was richtig Gutes, das er nicht beißen muss. Ich hab da schon so eine Idee.«

»Was denn?«, fragt Stocker. »Spareribs?«

»Nein, du Hirnloser. Ich mach ihm ein Hechtenkraut. Das Rezept hab ich von meiner Großmutter. Die hat mir mal erzählt, dass das eine von den Lieblingsspeisen vom König Ludwig war. Der konnte ja auch so gut wie nichts beißen, der Ärmste, weil er so schlechte Zähne gehabt haben soll. Das Essen mach ich meinem Zeno, sobald er die Kauleisten wieder ein bisschen auseinanderkriegt.«

Und so geht's, das **Hechtenkraut**:

Ein schönes großes Hechtfilet im Ofen backen (schon entgrätet kaufen, wenn möglich). Sobald das Filet ausgekühlt ist, die Haut entfernen und das Hechtfleisch in feine Stücke zupfen. Jetzt drei oder vier Schalotten und ein paar Knoblauchzehen klein schneiden und in der Pfanne mit Öl oder Butterschmalz braun anbraten. Eine kleine Dose Sauerkraut mit Speck dazugeben, alles noch mal anbraten.

Eine feuerfeste Form mit Butter ausstreichen und mit Semmelbrösel bestreuen.
In die Form legt man jetzt immer eine Lage Kraut, dann eine Lage Hechtfleisch. Das ganze mehrmals übereinander.
Obenauf dann noch eine dünne Lage Semmelbrösel, vielleicht ein paar Flusskrebsschwänze dazu, und nun Butterflocken oder Hummerbutterflocken darüberstreuen.
Alles zusammen wird im Backofen bei 220 Grad 10–15 Minuten gratiniert.
Vor dem Servieren mit Pfeffer aus der Mühle würzen. Fertig.

Stocker öffnet den Mund, um seine Meinung zu dem Hechten-Dings zu sagen, aber just in dem Moment brummt sein Handy, das er vor sich auf der alten Tischplatte liegen hat.

Stocker nimmt es, schaut auf das Display, das mattblau aufleuchtet, und da steht: »TI. = ANKUNFT/ALICANTE MORGEN/AIR BERL./15.45/ LEIHWAG. AVIS GEBUCHT/CARPARK AVIS = PARKDECK 0«.

Nellie, die ihren Gin Tonic mit einem Schluck wegtrinkt, schaut dem Stocker in die Augen, und der sagt: »Ich muss noch mal schnell weg. Aber ich bin in einer halben Stunde oder so wieder hier. Ehrlich. Warte nicht auf mich. Schließ den Laden ab und fahr heim. Und … danke. Du weißt schon.«

Damit beugt sich Stocker im Aufstehen über den Tisch und küsst die verdutzte Nellie voll auf den Mund.

»Hast du ein Glück, dass ich nicht auf Kerle stehe«, ruft sie ihm nach, aber Stocker ist schon auf dem Parkplatz und auf dem Weg zu seinem braunen Benz. So hört er auch nicht mehr, wie sie sagt: »Wenn du nur ein bissel weiblicher wärst, dann hätt ich dich jetzt auf den Tisch hier gelegt.«

In der Telefonzelle am Rathaus in Eggstätt, 22.56 Uhr

Die Nachtluft ist heute wirklich so feucht und schwer geworden, dass sogar die sonst allgegenwärtigen Mücken in einen unbefristeten Flugstreik getreten sind.

Stocker wischt sich den Schweiß aus den Augen und wählt die elfstellige Handynummer von John in Spanien.

Nach dem zweiten Signalton ist der dran. »Hi, Albin. Wie geht's deinem Partner? Lebt er noch?«

»Hallo, John. Ja, er lebt. Nicht besonders komfortabel, aber er lebt. Im Moment hängt er an Maschinen und Geräten wie ein verdammter Astronaut.« Stocker schaut aus der schmutzigen Glasscheibe. Kein Auto weit und breit. Auch keine Fußgänger unterwegs. Das ist der Vorteil von Eggstätt, denkt er sich. Ein Beschatter vom alten Bernbach, wenn da einer wäre, dann müsste der schon verdammt gut sein. Stocker sagt: »Pass auf, John, ich leite dir gleich eine SMS weiter. Airline, Flugnummer, Ankunft, Personenbeschreibung, alles da. Die habe ich selber erst vor zwanzig Minuten bekommen. Der Kerl, um den es da geht, der heißt in der SMS ›Ti‹. Das ist der Typ, der meinen Partner beinahe umgebracht hätte. Du weißt schon, der mit der Fünf-Millionen-Aktion. Der Knabe kommt morgen Nachmittag in Alicante an. Kannst du mal schauen, dass der nett empfangen wird, mit Blumen, Whisky und Frauen und so? Volles Programm eben.«

»Volles Programm? Wie hast du dir das vorgestellt? Maximal ruhigstellen?«, fragt John.

Und Stocker sagt: »Nein. Der soll weiterleben. Weiterleben und wünschen, er wäre tot. Pass auf, ich hab da an was ganz anderes gedacht. Wie wäre es, wenn der, sagen wir mal, mit Schnee oder so was gefunden wird? Von der spanischen Polizei? Am Flughafen? Also, dieses Gefängnis in Alicante, das soll ganz allerliebst sein. Kennst du das?«

»Fontcalent? Wow, Mann, von da flüchten sogar die Kakerlaken, hab ich gehört. Und die Arab-Gangs da drinnen, die sind vom Feinsten. Super Idee, Stockman, das machen wir. Verlass dich auf uns. Meine Jungs, die drehen das.«

»John, hast du die Daten von dem Kerl noch? Foto, Pass, das ganze Zeug vom ›man in the middle‹-Gig?«

»Yep, Stockman. Meine Jungs haben das bestimmt noch auf ihren verdammten Computern. Und weißt du was? Mit dem Boy, da mach ich dir einen Sonderpreis. Nur die Spesen für ein Pfund unverschnittenen Schnee. Ach fuck, vergiss es. Keine Spesen. Das geht aufs Haus. Der Kerl ist history, from now on. Vielleicht brauch ich mal einen Gefallen von dir? You never know, Stockman. Da fällt mir ein: Meine Nichte, die will in München studieren. Das hat mir meine abgefahrene Schwester heute Abend beim Barbecue erzählt. Die wird immer mehr wie die scheiß Königin von Mittelerde. Anyway, sagen wir mal, mit der Kleinen, meiner Nichte, da gibt's irgendwelche Unebenheiten bei euch im Jodel-Country. Könntest du dann was machen? Du und dein Partner, wenn er wieder fit ist? Du weißt schon.«

»Ja, versprochen«, sagt Stocker, »gib mir durch, wann die Kleine wo ist und was sie da vorhat, dann schauen wir mal. Und, John?«

»Ja?«

»Danke.«

Stocker hängt den Hörer in die Halterung und zündet sich draußen, vor der Telefonzelle eine von seinen dünnen Zigarillos an, bevor er die SMS auf seinem Handy weiterleitet an die Costa Blanca. Und dann löscht.

Alicante Airport, am nächsten Tag, 16.28 Uhr

Verspätung. Schon klar, denkt sich Timo, das muss ja wohl so sein. Was ihn aber bei jedem Flug noch mehr nervt, das sind die Touris, die bei der Landung klatschen.

Timo drängt sich an den Passagieren vorbei, die, leere Gepäckwagen vor sich herschiebend, zu den Laufbändern hasten. Handgepäck, denkt er, das ist das Geheimnis. Kein Warten, kein suchen nach Band Nummer fünf oder acht oder was weiß ich.

Den beiden Kerlen von der Guardia Civil in ihren Märchen-Uniformen nickt er freundlich zu und geht durch ins Untergeschoss.

Bei AVIS, dem vierten Büro auf der rechten Seite unten bei Arrivals, kurz vor der großen gläsernen Doppeltür zum Eingangsbereich, holt er die Schlüssel für seinen Ford Taurus.

Platz 316, Halle 5, steht auf dem Zettel, den man ihm in die Hand gedrückt hat.

Vorbei an den vielen Menschen in der Halle, die nach Freunden, Verwandten, Frauen, Freundinnen oder was auch immer Ausschau halten, verlässt er den gekühlten Raum und bleibt bei den Taxis stehen.

Heiße Luft, bestimmt dreiunddreißig oder fünfunddreißig Grad warm, schlägt ihm entgegen. Über den Zebrastreifen geht er zu der Betonrampe auf der anderen Seite des Platzes. Dann nach links, die Rampe hoch, dann über die mit zwei Pfeilen markierte Straße in den überdachten Parkbereich.

Die Autos stehen dicht an dicht auf den nummerierten Plätzen. Karossen, so weit das Auge reicht. Timo, oder Luc, wie er in einem früheren Leben hieß, schultert seine Wilson-Sporttasche und kratzt sich am Hals, dicht über der Schlangen-Tätowierung.

»Car-Rentals« steht auf einem grün-gelben Schild, und Timo folgt den Pfeilen auf dem Boden.

Drei oder vier Reihen mit Autos hat er passiert, und hinten rechts sieht er schon die Schilder der Auto-Verleiher: Budget, Hertz, Dollar, Sunny Cars, Sixt und, ganz links … AVIS.

Da stehen sie geparkt. Auto an Auto.

Timo schaut sich kurz um. Kein Grund zur Eile. Bis die anderen Passagiere ihre Koffer haben, ist hier drin in der riesigen, schattigen Halle Totenstille. Aus dem Oberdeck hört er Geräusche von quietschenden Reifen. Dann wird ein Motor abgewürgt, dann ist es wieder still.

Eine Nacht in Alicante, denkt er sich, das kann doch ganz nett werden. Und der Auftrag von dem alten Sack in Seeon, das ist eigentlich kein Auftrag. »Triff einen unserer Anwälte«, hatte der gesagt, »und rede ihm ins Gewissen. Wir warten auf Unterlagen von ihm, und die haben wir noch nicht, trotz aller Nachfragen. Er weiß nicht, dass du kommst. Also geh einfach in seine Kanzlei, durch in sein Büro, setz dich hin und schau ihn an. Dann stehst du auf und gehst wieder. Wahrscheinlich musst du kein einziges Wort sagen. Er weiß, wer du bist und für wen du arbeitest. Mach das genau so, wie ich sage, damit er sieht, dass wir überall sind, zu jeder Zeit.«

Mach ich doch, denkt sich Timo, aber morgen, morgen geht's dann weiter nach Algier. Davon weiß der alte Blödmann natürlich nichts. Und dann … ab nach Tahiti, mit fünf Millionen auf dem Konto. Wow, dann klopf ich mir die Bräute rein, und dann …

Die zwei Männer, die hinter einer der dicken Betonsäulen in dem überdachten Parkhaus zwischen all den Autos aufgetaucht sind, die hat er weder gesehen noch gehört.

Plötzlich steht einer schräg rechts neben ihm, und der andere direkt vor ihm. Der Kerl vor ihm ist mit Sicherheit ein Engländer, ganz bestimmt sogar. In braunen knielangen Baggypants und einem gelben verschwitzten Muscleshirt steht er da. Tätowierte Bodybuilder-Arme. Und jede Menge Goldschmuck um den Hals. Ein großer Bursche, ungefähr eins fünfundachtzig oder so.

Der zweite, der Kleinere, der mit einer aufgeklappten Faltkarte in der rechten Hand neben ihm steht, der trägt kurze, verschmutzte weiße Hosen. Darüber ein abgeschnittenes rotes Manchester-United-T-Shirt, und er hat eine auffällige Tätowierung. Ganz oben am linken Oberarm. Eine von der Art, wie sie

Timo schon einmal gesehen hat. Vor langer Zeit. In …? Mein Gott, wo war das gleich wieder? In der Nähe von Agadir, im Camp? Damals, vor vielen Jahren, klar. Das heißt, der Kleine, der war auch in der Legion. So ein Zufall.

Die Armtätowierung zeigt ein Dreieck, in dem neben allerhand Beiwerk deutlich eine Eule zu sehen ist. Und außen rum die Schrift: »LEGIO PATRIA NOSTRA«.

»Sir?«, sagt der kleine Typ und kratzt sich an der Narbe über seinem rechten Auge. »Sir? Sprechen Sie Englisch? Ja? Hey, da haben wir aber Glück gehabt, was? Hier, ich wollte Sie was fragen.« Er wedelt mit seiner Faltkarte. Dann stutzt er, blickt Timo zweifelnd ins Gesicht und sagt: »Aber ich glaube, ich kenne Sie. Ich hab Sie irgendwo schon mal gesehen, ist aber schon lange her. Sind Sie mein alter Kumpel Lucien? Luc? Einer von denen hier?«

Damit klopft sich der Kleine mit der rechten Hand, in der er die Landkartenmappe hält, auf seine Tätowierung. Er grinst und wedelt mit der Faltkarte zu seinem Kumpel und sagt: »Fuck. Jamie, Mann. Der Bursche hier, der war in der Legion, das ist mein alter Freund Lucien. Luc. Ich hätt den beinahe nicht wiedererkannt. Was sagst du dazu? Was?«

Ein breites Grinsen kommt auf Timos Gesicht, und er sagt: »Wow, ja, klar. Hey, Bruder. Was für ein scheiß Zufall. Was macht ihr denn hier, verdammt noch mal?«

»Wir sollen dich grüßen, schau mal«, meint der andere, der mit den braunen Baggypants, und hat plötzlich einen silbernen Revolver mit einem Schalldämpfer auf dem kurzen Lauf in der Hand.

Timo taucht nach links ab und wirft seine Sporttasche nach dem Kerl mit dem Revolver, dabei hat er aber den Kleinen mit der »Legio Patria Nostra«-Tätowierung für vielleicht eine halbe Sekunde oder so aus den Augen gelassen.

In der Zeit hat der kleine Bursche mit einem Totschläger, der in der Faltkarte verborgen war, einen blitzschnellen Schlag geführt, und Timo spürt, wie ihm anders wird. Kein Schmerz, aber seine linke Körperhälfte ist plötzlich taub.

Seine rechte Hand fährt zu seinem Kopf hoch, er geht in die

Knie, und verwundert sieht er Blut zwischen seinen Fingern. Noch mehr Blut ist plötzlich auf dem Boden. Aus dem tiefen Riss über seinem Auge läuft die rote Flüssigkeit mit jedem Herzschlag über sein Gesicht.

»Have a good journey, asshole«, sagt der mit dem Revolver und zielt auf Timos Kopf.

Der Kleine mit dem Totschläger führt noch einen wuchtigen Schlag gegen Timos Schläfe, dann sagt er: »Well, der schläft für eine halbe Stunde, würde ich sagen. Können wir es schneien lassen?«

Der Große nickt und steckt den Revolver weg. Aus einer Seitentasche seiner Baggypants zieht er einen faustgroßen flachen Beutel. Mit den Zähnen reißt er ein Loch in die durchsichtige Plastikfolie, spuckt aus und verstreut etwas von dem weißen Pulver auf den bewusstlosen Mann am Boden. Wie Puderzucker geht das Kokain auf Timo nieder und vermischt sich mit dem Blut auf seinem Gesicht.

Jamie, der Muskelmann, wischt den Plastikbeutel mit seinem T-Shirt ab und steckt ihn halb unter Timos Hemd. Dann fischt er mit Daumen und Zeigefinger einen kleinen schwarzen Revolver aus der anderen Tasche seiner Jeans, geht in die Knie und drückt Timo die Waffe in die rechte Hand.

»Schade um das halbe Pfund und die Knarre«, sagt er zu dem Kleinen, und dann: »Los, ruf an. Let's move.«

Der Kleine steckt hastig seinen Totschläger und die Faltkarte weg, holt ein Handy aus seiner Hosentasche und wählt per Kurzwahl die Wache der Flughafenpolizei an.

In rasend schnellem Spanisch sagt er, mit Panik in der Stimme: »Madre mia. Hier liegt einer. Hier, im Parkhaus. Was? Wo? Hombre, bei den Leihwagen, in der Nähe von AVIS. Kommen Sie schnell. Da war eine Schlägerei oder so, und ich habe Männer mit Messern gesehen. Einer liegt am Boden. Überall ist Blut. Oh, Gott, ich glaube –«

Dann legt er auf, grinst seinen Kumpel an und sagt: »Wie war ich? Los, weg hier, in einer Minute sind die da.«

Ein paar Tage später, immer noch im Rosenheimer Krankenhaus, 16.56 Uhr

Zeno, der mittlerweile in einem Einbettzimmer liegt (so was kostet neunundneunzig Euro vierunddreißig Zuschlag. Pro Tag natürlich, inklusive Mehrwertsteuer, aber die Schwestern sind trotzdem voll bekleidet), genießt den Blick auf die neue Großbaustelle direkt gegenüber. Nebenbei nuckelt er an einem Eis am Stiel.

Um das Bett herum sitzen Stocker, Nellie und, in einer Adidas-Balltasche in die Klinik reingeschmuggelt, der Josef.

Zeno versucht zu erzählen, was so alles abgeht hier drinnen. Aber da er den Mund nur knapp einen Zentimeter öffnen kann, ist das Ganze schon ein bisschen schwer verständlich. Gut, die Drähte, die den Unterkiefer an die oberen Eckzähne fixiert haben, die sind raus. Aber mit dem Sprechen ist das trotzdem noch so eine Sache.

Stocker sagt: »Wow, Mann, du klingst wie Clint Eastwood, weißt du das?«

Nellie zischt: »Mit so was macht man keine Späße!«

Aber Stocker sagt: »Nein, ehrlich. Wie Clint Eastwood in, warte mal, ja, in … Wie hieß der doch gleich wieder? Yep, ich hab's: ›Für eine Handvoll Dollar‹, 1964 war das, genau. Da hat der exakt so geklungen, und später in ›Dirty Harry‹, da auch. Das war dann schon 1971, denke ich. Aber wie der dann sagt: ›Make my day.‹ Mit der Zigarillo in den Kiefer getackert. Also nein, Mann, das hat was. Weißt du, was ich glaube? Der Eastwood, der hat sich damals den Kiefer verdrahten lassen. Damit er so klingt, wie er klingt. Genau.«

»Was?« Zeno legt verblüfft sein Magnum auf die Bettdecke, und sofort ist der Josef von der Tasche raus aufs Bett gekrabbelt und hat sich den Rest von dem Eis am Stiel geschnappt.

»Klar«, sagt Stocker, »ich hab mal gelesen, dass der Clint Eastwood eigentlich eine Stimme hat wie der selige Michael Jackson. Jetzt denk bloß mal, der Eastwood würde in einem seiner Western oder in den ollen ›Dirty Harry‹-Krimis mit einer

Michael-Jackson-Stimme fiepsen: ›Wer dich aufhält, Arschloch? Smith & Wesson und ich, mein Freund.‹ Da wäre der Käse doch gebissen, oder?«

Nellie, die sich bei solchen Macho-Gesprächen wie immer königlich langweilt, schaltet mit der Fernbedienung, die auf dem Nachttisch liegt, den Fernseher ein. Auf ZDF kommen die Fünf-Uhr-Nachrichten.

Obama und Putin beleidigen sich auf höchstem Niveau. Berlusconi ist wegen Sex mit irgendjemandem zu zwei Tagen sozialer Arbeit in der Kantine der Mailänder Scala verurteilt worden. Und Steinbrück verkündet, er werde jedem persönlich in den Hintern treten, der sich darüber aufregt, dass er im Fernsehen öffentlich geflennt hat. Weil er das zu Hause immer macht, das mit dem Flennen. Er sei nun mal ein Weiner, aber das komme im Endeffekt nur dem deutschen Wähler zugute.

Doch dann sagt die Sprecherin was über München, und Nellie stellt den Ton lauter. »Die älteste Münchner Privatbank, Justus von Lohse und Söhne, ist zusammen mit einer Reihe anderer europäischer Privatbanken heute an die Familie al-Jabbari verkauft worden. Die al-Jabbaris kommen ursprünglich aus Libyen, sind aber seit den Wirren des Arabischen Frühlings in den Emiraten wohnhaft. Arafat al-Jabbari, der auch im Zusammenhang mit dem Bau der großen Moschee in der Münchner Innenstadt im Gespräch ist, wurde heute bei einem Treffen der bayerischen Minister in der Staatskanzlei entsprechend gewürdigt.«

Stocker und Zeno starren fassungslos auf den Fernseher. Jetzt sieht man einen Minister, der sagt: »Wir von der bayerischen Landesregierung werden die Familie al-Jabbari in ihrer Eigenschaft als uneigennützige Investoren nicht nur auf den europäischen Märkten, wo ihr untadeliger Ruf bereits bekannt ist, unterstützen, sondern auch außerhalb Europas. Die Privatbank Justus von Lohse und Söhne, die zusammen mit ihren innereuropäischen Filialen ein Vermögen von über sechsundzwanzig Milliarden Euro verwaltet, kann sich in den Händen der al-Jabbaris auf eine sichere und seriöse Zukunft freuen. Mein besonderer Dank gilt hier und heute auch der Luxemburger Bankengruppe LBC, die diesen Wechsel erst ermöglicht hat.«

Dann sieht man die Sprecherin wieder. »Bevor wir zum Wetter kommen, hier noch eine Nachricht vom Sport von unserem Reporter Ulli Schlack live aus der Allianz-Arena in München.«

Jetzt wird der Reporter eingeblendet, der vor der Kamera tänzelt wie ein inkontinenter Profi-Kegler. »Guten Tag, meine Damen und Herren, und willkommen zum ersten öffentlichen Training hier aus der Allianz-Arena in München. Pep Guardiola, der von vielen als eine Mischung aus Barack Obama, Papst Franziskus und Mahatma Gandhi wahrgenommen wird, hat soeben den Rasen betreten. Alle Spieler auf dem Platz sind von dem heiligen Moment wie paralysiert. Alle, außer Jérôme Boateng vielleicht, der verbotenerweise sein Handy mit auf den Rasen gebracht hat und nun nachfragt, wo seine Pizza geblieben ist. Mit diesen ergreifenden Szenen gebe ich zurück an Sie, Gundula Gause.«

Nellie, die den Ton weggedrückt hat, sieht den Zeno und den Stocker an und sagt: »Von Fußball hat keiner von euch auch nur den geringsten Schimmer. Aber als das mit der Bank kam, da hab ich euch beobachtet. Kann es ein, dass ihr da irgendwie mitgemischt habt?«

»Ich nicht. Aber er hier«, sagt Stocker und deutet auf Zeno, der zum Fenster rausschaut und den Josef krault. »Der Blödmann hier wollte wieder mal im Alleingang die Welt retten. Das kann er aber nicht, und das kapiert er auch nicht.«

»Wer? Ich?«, fragt Zeno mit seiner Clint-Eastwood-Stimme. »Ja, gut, vielleicht. Ich wollte halt nur mal sehen, was das für ein Gefühl ist.«

Epilog

Jetzt, ein paar Wochen später, im Biergarten der »Endstation« in Atzdorf, nachmittags um fünf.

Es ist wieder einer dieser spätsommerlichen weiß-blauen Tage, die eigentlich nie zu Ende gehen dürften. Die Sonne steht schon ziemlich schräg am Himmel, und die ersten Kastanienblätter fallen lautlos auf das sommergebleichte, trockene Gras.

Unter den Bäumen, schräg vor dem Eingang ihrer Kneipe, sitzen Zeno und Stocker mit einem frisch gezapften Bier in der Hand. Auf dem Tisch steht ein Teller mit dünn geschnittenem Emmentaler, daneben Salz- und Pfeffer-Streuer und ein Korb mit frischen Brezen und Radieschen.

Auf der anderen Seite des alten und verschrammten Holztisches lümmelt gedankenverloren die Nellie auf einer Bank, mit ihrem unvermeidlichen Gin Tonic in der linken Hand, und starrt in die Berge. Und unter dem Tisch, da schläft der Josef.

Fehlen eigentlich nur noch die Geigen und im Hintergrund ein Filmabspann mit den Hauptdarstellern und so weiter, denkt sich der Stocker und nimmt einen Schluck von seinem Bier.

Nellie, die immer mehr wie Annie Lennox aussieht, erzählt plötzlich vom jähen Ende ihrer Beziehung mit Rena: »›Rena‹, sag ich zu ihr, ›warum gehst du nicht einfach ins Kloster, als Nonne oder so? Wenn du auf Sex eh keinen Bock hast? Weil, diese Nonnen, die dürfen sowieso null Amore haben. Anordnung von ganz oben. Aber du, du könntest, wenn du wolltest, mit mir Sex haben. Das ist erlaubterweise eine Person mehr wie bei einer Nonne. Also kein großer Unterschied, oder?‹« Wütend knallt sie ihr Glas auf den Holztisch und funkelt den Zeno an. »Grins nicht so blöd! Weißt du, was die Muffe zu mir gesagt hat, bevor sie gegangen ist? Nein? Sie hat gesagt: ›Dann mach es dir doch selber, deine Hände haben ja nie Migräne.‹ Aber das mit der Rena und mir, das hätte sowieso nicht funktioniert. Ihr Alter, der blöde Sack, der war von Anfang an gegen unsere Beziehung und hat ihr den Umgang mit mir verboten.«

»Wer war von Anfang an dagegen?«, fragt Stocker. »Ihr Vater?«

»Nein«, grummelt die Nellie, »ihr Mann. Und du, du hörst jetzt echt zu grinsen auf, Zeno.«

»Ich grins doch gar nicht«, sagt Zeno, und das stimmt. Denn das mit der Kieferfixierung, das hat nicht so hundertprozentig geklappt. Deswegen hat ihm die leicht misslungene Aktion die Andeutung eines schiefen Grinsens ins Gesicht gekratzt. Ansonsten hat er die Sache ganz gut überstanden.

Die Nellie, die sich jetzt so richtig in Wut geredet hat, die giftet weiter: »Und dann noch das Theater mit ihrer neurotischen Katze. Mann, was hat mich das Vieh genervt. Hat die Rena doch allen Ernstes eines Morgens zu mir gesagt: ›Ich muss mit der Minou zum Tierpsychiater, glaube ich.‹ – ›Warum?‹, sag ich. Sagt sie: ›Na ja, irgendwas hat sie, sie ist so komisch in letzter Zeit.‹ Sag ich: ›Mach das bloß nicht. Meine Tante, die hatte einen Kater, der von einem Huhn über den Haufen gerannt worden ist. Und dann hat der blöde Kater gedacht, er ist selber ein Huhn.‹ – ›Na und?‹, sagt sie. Sag ich: ›Was na und? Der Psychiater hat natürlich gesagt: Ein Kater, der denkt, er ist ein Huhn, den behalten wir erst mal zur Beobachtung hier. Sagt meine Tante zu dem Psychiater: Das geht aber nicht, wir brauchen die Eier.« Nellie nippt an ihrem Drink und sagt: »Tja, da drüber konnte sie auch nicht lachen, die Rena.«

Stocker grinst und trinkt sein Bier, sieht sich den Zeno an und denkt, schmal ist er geworden, mein alter Freund. Schmal und nachdenklich. Dann streichelt er den schlafenden Josef und merkt, dass sein Handy brummt, das er in der rechten Hosentasche hat.

»Ich glaub, da will wer was von dir. In deiner Hosentasche surrt es. Soll ich mal rangehen?«, fragt die Nellie.

Und Stocker meint: »Für dich hab ich doch das falsche Geschlecht. Lass mal, das ist bestimmt der Zuckerhahn.« Stocker nimmt das Telefon ans Ohr und sein Gesichtsausdruck verändert sich: »John? – Ja! – Was? – Shit. Wann?« Kurze Pause. Stocker sieht Zeno an und seine Lippen bilden lautlos ein Wort … TIMO. »Wo? – Bist du sicher? – Ja, wir passen auf. Danke, John. – Wie? – Nein, wir kommen klar, glaube ich. Danke. Stay cool, man. Bye.« Stocker legt sein Handy neben das Bierglas und sagt: »Das war der John. Timo ist aus dem Gefängnis in Alicante abgehauen.«

»Wie das?«, fragt Zeno und fährt sich mit der linken Hand über die Narben am Kinn.

»Der sollte wohl von der Krankenstation verlegt werden. Der Mistkerl hat bei einer Messerstecherei auf dem Gefängnishof eine Klinge ins Auge bekommen. Irgendwie ist er dann beim Transport ein paar Tage nach der OP geflohen, als die ihn vom Krankentrakt zurück in die Zelle bringen wollten. Das war vorgestern. John sagt, einer von seinen Jungs glaubt, dass er den Timo heute in der Nähe von La Jonquera gesehen hat. Da bei den Lkw-Rastplätzen am Porta Catalana, kurz vor der französischen Grenze. John meint, der Kerl will wohl auf einem Laster durch Frankreich und dann weiter nach Deutschland.«

»Und jetzt?« Zeno trinkt sein Bier aus und gibt Nellie das leere Glas.

Die nickt und sagt: »Weiß Bescheid. Männergespräche. Bin schon weg. Komm, Josef, die wollen uns hier nicht haben. Wir holen mal Getränke-Nachschub.

Stocker schaut ihr nach und sagt zu Zeno: »John meint, der Kerl hätte im Knast eigentlich keine Überlebenschance gehabt. In den spanischen Gefängnissen haben Ex-Legionäre keine guten Karten. Und die Richter haben ihm dort zehn Jahre aufgebrummt. Die hätte er nie überlebt. Egal, jetzt ist er raus. Und John glaubt, der ist unterwegs zu uns und hat nur einen Gedanken, der ihn am Leben hält: Rache!«

»Rache, was?«, sagt Zeno. »Da muss er sich schon brav hinten anstellen, oder?«

»Muss er wohl«, meint Stocker und wischt ein Kastanienblatt vom Tisch. »Was ich dich aber schon vorhin fragen wollte: Wie war eigentlich das Essen in der Klinik?«

Kochrezepte